古典文學研究輯刊

八　編

曾永義 主編

第6冊

魏晉南北朝文學對音樂的接受

羅世琴 著

國家圖書館出版品預行編目資料

魏晉南北朝文學對音樂的接受／羅世琴 著 — 初版 — 新北市：
花木蘭文化出版社，2013〔民 102〕
目 2+200 面；19×26 公分
（古典文學研究輯刊　八編；第 6 冊）
ISBN：978-986-322-382-5（精裝）
1. 六朝文學 2. 文學評論
820.8　　102014641

古典文學研究輯刊
八 編 第 六 冊　　ISBN：978-986-322-382-5

魏晉南北朝文學對音樂的接受

作　　者　羅世琴
主　　編　曾永義
總 編 輯　杜潔祥
出　　版　花木蘭文化出版社
發 行 所　花木蘭文化出版社
發 行 人　高小娟
聯絡地址　235 新北市中和區中安街七二號十三樓
　　　　　電話：02-2923-1455／傳眞：02-2923-1452
網　　址　http://www.huamulan.tw 信箱 sut81518@gmail.com
印　　刷　普羅文化出版廣告事業
初　　版　2013 年 8 月
定　　價　八編 24 冊（精裝）新台幣 42,000 元

魏晉南北朝文學對音樂的接受

羅世琴　著

作者簡介

羅世琴，1976 年生，甘肅白銀人，中國人民大學文學博士，中國政法大學人文學院中文系教師，主要從事中國古代文學與傳統文化研究。

提　　要

本書從對音樂的接受視角研究魏晉南北朝時期的文學，考察文學在接受觀念的轉變、審美與欣賞視野、創作生發以及主體精神探尋等方面對音樂的接受。

音樂與文學在上古時期密不可分，是樸素審美的一部分，各自內部存有一定不平衡。相通是彼此借鑒的潛在條件。因禮樂遺失與審美觀念的變化，魏晉南北朝時期文學與音樂接受觀念發生了轉向，引發了審美的多元與對個體的關注，文學不再是音樂的附庸，二者呈游離表象下的黏著關係。文學的審美過程中音樂是期待的焦點，以女樂為主的文學意象由審美轉向「審色」,「悲」與「艷」兩種獨特的審美風尚受到清商樂的影響，艷由民間音樂歌舞轉為文人筆下的文學創作特色。兼修文學與音樂的創作者在文學創作過程中，受到了新聲和女樂的薰染，同時，音樂純粹的奢靡享受與程序化又造成了文人精神的分裂。在表現審美主體精神層次上的契合，是文學接受音樂的最高表現形式，嵇康《聲無哀樂論》表面上強調聲與情感的剝離狀態，實際上陳述審美主體的平和審美心靈所提供的預備狀態與審美客體的自然平和狀態之間絕對契合的理想境界。陶淵明用實踐為魏晉文士找到了心靈上的治愈良方與精神家園，找到了文學與音樂契合的至高點與和諧之音。

目次

引　言

音樂與文學之間淵源關係的探討由來已久。上古詩、樂、舞密不可分，其三位一體關係的記載可追溯至《尚書・堯典》:「詩言志，歌永言，聲依永，律和聲。八音克諧，無相奪倫，神人以和。」〔註1〕此處詩與歌雖然代表兩類不同的藝術形式，但都是上古官方文化共有的傳播核心內容。從藝術表現形式的視角，古代音樂與文學的關係尤爲密切，《禮記・樂記》:「君子之聽音，非聽其鏗鏘而已，彼亦有所合之也。」〔註2〕《詩經》最初皆可「誦」「弦」「歌」「舞」，其中交織著音樂表現形式。段昌武《毛詩集解》:「孔（穎達）曰:『原夫樂之所起，法於人之性情，性情之生，斯乃自然而有，故嬰兒孩子則懷嬉戲抃躍之心，玄鶴倉鸞亦合歌舞節奏之應。豈由有詩而乃成樂，樂作而必由詩。然則上古之時，徒有謳吟歌呼，縱令土鼓葦龠，必無文字雅頌之聲，故伏羲作瑟，女媧作笙簧及蕢桴土鼓，必不因詩咏。如此則時雖有樂容或無詩。』《詩序》云:『情動於中而形於言，言之不足乃永歌嗟歎』,『聲成文謂之音』。是由詩乃爲樂者，此據後代之詩因詩爲樂其上古之樂必不如此。」〔註3〕源於人蘊藏在心中的自然而然的情感，以人類特有的言語形式表達出來，就成爲藝術形式的一種——詩；若是尚不具備言語表達能力的嬰兒或除人類外的動物，則會採取相應的其它表達方式。音樂和詩歌這兩種不同的表達方式在孔

〔註1〕王世舜，王翠葉譯注:《尚書》，中華書局2012年版，第28頁。

〔註2〕〔清〕朱彬撰，沈文倬、水渭松校點:《禮記訓纂》，浙江大學出版社2010年版，第581頁。

〔註3〕〔宋〕段昌武撰:《毛詩集解》，見〔清〕紀昀、永瑢等:《景印文淵閣四庫全書》冊74，臺灣商務印書館2008年版，第430頁。

穎達看來，實際上並不存在本質的區別，不過「皆始末之異名耳」，所使用的名稱不同罷了。劉勰《文心雕龍·樂府》認爲歌辭與音樂構成一種「表裏而相資」的關係：「詩爲樂心，聲爲樂體」，「樂辭曰詩，詩聲曰歌」。〔註4〕鄭樵《通志》卷四十九《樂略·正聲序論》也認爲，文學和音樂只不過是「主於人之聲」與「主於絲竹之音」的區別，二者之間並不是截然兩立，在形式上可以靈活通用：

> 凡律其辭則謂之詩，聲其詩則謂之歌，作詩未有不歌者也。詩者樂章也，或形之歌咏，或散之律呂，各隨所主。而命主於人之聲者，則有行有曲：散歌謂之行，入樂謂之曲。主於絲竹之音者，則有引有操，有吟有弄，各有調。以主之攝其音謂之調，總其調亦謂之曲。凡歌行，雖主人聲，其中調者皆可以被之絲竹。凡引操吟弄，雖主絲竹，其有辭者皆可以形之歌咏。蓋主於人者有聲必有辭，主於絲竹者取音而已，不必有辭。其有辭者通可歌也。〔註5〕

正因爲這種關係，學界有「音樂文學」的說法，朱謙之先生稱：「中國從古以來的詩，音樂的含有性是很大的，差不多中國文學的定義，就成了中國音樂的定義，因此中國的文學的特徵，就是所謂『音樂文學』。」在《中國音樂文學史》中，沒有脫離音樂的文學，包括「詩樂」、「楚聲」、「樂府」、「唐詩」、「宋詞」、「劇曲」，都被歸入「音樂文學」。〔註6〕

音樂與文學在發展中進入了兩個不同的表現緯度。黑格爾稱「音樂是最情感的藝術」，因爲在音樂裏，外在的客觀性消失了，「所引起的只不過是一種朦朧的同情共鳴，儘管一部音樂作品如果來自深心，滲透著豐富的靈魂和情感，可以在聽衆心理引起很深廣的反響」，「我們聽衆的情感可以很容易越出這種內容意蘊中不明確的（朦朧的）內心因素，把我們主體內心情況擺進去，達到一種物我同一狀態，從而對這種內容有較具體的觀感和較一般的觀念」。〔註7〕這樣便能達到作品與欣賞者互不分離。而文學則因爲是借助了語言，從而成爲

〔註4〕〔南朝〕劉勰著，周振甫注：《文心雕龍注釋》，人民文學出版社1981年版，第65頁。

〔註5〕〔宋〕鄭樵撰：《通志·樂略·正聲序論》卷四十九，浙江古籍出版社2007年版，第626頁。

〔註6〕朱謙之著：《中國音樂文學史》，北京大學出版社1989年版。

〔註7〕〔德〕黑格爾著，朱光潛譯：《美學》（第三卷上），商務印書館1979年版，第342頁。

一種「思想的藝術」，它「比其它藝術具有遠爲巨大的理性力量，更易達到深刻明確的思想高度，使人們能够由感受體驗迅速直接地趨向於認知、思考，便於對現實進行深入把握……感覺形式的愉悅因素退居次要的地位，思想內容的認識因素占著壓倒優勢。」〔註 8〕以詩爲代表，其不同在於：「在音樂裏，聲音是一直響下去的，流動不頂的，所以絕對需要拍子所帶來的固定性。語言却不需要這樣的固定點，因爲語言本身在想內容上就可找到停頓點，語言並不完全等於外在的聲響，它的基本的藝術因素在於內在的思想和藝術。」〔註 9〕可見，文學是建立在感性基礎上的更深入的理性思考，而音樂恰恰是融合了作品與欣賞主體的一種情感的藝術，雖然處於不同的表現緯度，但二者之間因各自獨立所具有的層次性却爲文學借鑒音樂提供了前提與可能。

從審美過程而言，消解作品與欣賞者之間的分離並由感覺的體驗上昇到理性的把握必不可少。近年來文藝學研究出現審美轉向趨勢，進一步折射出人們日益增長的精神內需，由此，審美與精神消費問題、審美與文化產業問題成爲文藝研究新的聚焦點，這無疑也會影響到中國古代文學相關問題的研究。然而，對文學研究進行縱向考察，古人對此也並非全無感知：理論探索角度，鄭樵認爲：「詩在於聲不在於義，猶今都邑有新聲巷陌競歌之，豈爲其辭義之美哉，直爲其聲新耳。」〔註 10〕指出追求理性之「義」從某種程度上已經被追求感性之「聲」的需求所替代；文學創作角度，正如劉大杰先生稱漢魏六朝文學演變時所指出的：「由漢代的倫理主義，變爲魏晉的個人主義，再變爲南朝時期的唯美主義了。」〔註 11〕

漢魏六朝時期，禮樂對社會與個體的約束力減弱，分析其緣由，一方面是自秦以來的雅樂流佚仍在不斷繼續，「正聲淪亡，古樂之不可復矣」已成爲無法挽回的事實，〔註 12〕而新聲在社會中的普遍接受與流行，又使這種藝術

〔註 8〕李澤厚著：《美學舊作集·略論藝術種類》，天津社會科學院出版社 2002 年版，第 381 頁。

〔註 9〕〔德〕黑格爾著，朱光潛譯：《美學》（第三卷下），商務印書館 1979 年版，第 75 頁。

〔註 10〕〔宋〕鄭樵撰：《通志·樂略·正聲序論》卷四十九，浙江古籍出版社 2007 年版，第 626 頁。

〔註 11〕劉大杰撰，林東海導讀：《魏晉思想論》，上海古籍出版社 1998 年版，第 134 頁。

〔註 12〕〔明〕胡震亨撰：《唐音癸籤》卷十五引吳萊語，見〔清〕紀昀、永瑢等：《景印文淵閣四庫全書》冊 1482，臺灣商務印書館 2008 年版，第 616 頁。

形式當然地替代了雅樂的地位。另一方面則是由於人們欣賞音樂的精神需求發生了轉化，「排斥典正，崇長煩淫」已經成爲音樂欣賞的普遍現實，〔註13〕由音樂欣賞而及個體如何對待生命、實現自身人格精神的獨立與自由，構成這一時代普遍的審美心態。

魏晉南北朝時期文學欣賞主體與文學創作主體彼此相合互動，與之相應，不但作家的創作方式與表達方式與音樂之間存在必然互動，對文學的審美視野與審美期待也必然和音樂有關。饒宗頤先生認爲：「建安時代文學，特別趨向抒情文方面發展，不再視文章爲載道工具。」「建安以後，文章浸失雅正之道，至晉宋而彌甚，轉向『悲』與『艷』方面發展，變本加厲。」〔註14〕將文學從載道工具的定位中釋放出來，從創作體現上偏向抒情，表現出理性的弱化與感性的回歸，在這一背景下，研究魏晉南北朝時期文學對音樂在創作實際和理論成果方面的接受，可以爲文學的研究提供一個可嘗試的視角。

當代西方的接受美學緣於德國康斯坦茨學派的代表人物姚斯和伊瑟爾，其對讀者的關注改變了以往文學研究中作者、作品、讀者三者的關係。作爲接受者，讀者不是被動地接受，而是能進行主動創造，對文本的接受過程就是對文本進行再創造的過程，也恰恰是文本眞正得以實現的過程。所以，作爲文學文本，並不是作者獨立進行創造的結果，而是作者的原創與讀者解讀過程中的闡釋性創造共同作用的結果。這樣，接受者不是單純被動的，而是積極能動的創造者。從這一角度言，接受過程無疑是從接受個體角度進行的審美發現，解讀也是建立在個體審美認知的基礎之上。

中國古代文藝理論不乏對接受者本身的重視，如《春秋左傳・昭公二十五年》所言的「審則宜類，以制六志」，「審行信令，禍福賞罰，以制死生」，〔註15〕《呂氏春秋・適音》所言的「以適聽適」、「樂有適」、「心有適」、「音有適」，〔註16〕《淮南子・泰族訓》所言「故先王之制法也，因民之所好，而爲之節文者也。因其好色而制婚姻之禮，故男女有別；因其喜音而正《雅》、《頌》之聲，故風俗不流；因其寧家室、樂妻子，教之以順，故父子有親。因其喜朋友，而教之以悌，故長幼有序」，〔註17〕這些都是對接受者的關注，

〔註13〕〔梁〕沈約撰：《宋書・樂志一》卷十九，中華書局1974年版，第553頁。
〔註14〕饒宗頤著：《澄心論萃》，上海文藝出版社1996年版，第167、169頁。
〔註15〕楊伯峻編著：《春秋左傳注》，中華書局2009年版，第1458頁。
〔註16〕許維遹撰，梁運華整理：《呂氏春秋集釋》，中華書局2009年版，第114頁。
〔註17〕陳廣忠譯注：《淮南子・泰族訓》，中華書局2012年版，第1180頁。

然而這裏的關注從目的、對象範圍等方面都落入了一種置接受者於被動客觀對象的境地。其主要目的在於達到統一與同化，實現治理目的；其考察對象的歸結點不在接受者本身，而更多的是讓主體的思想和政治觀念得到更好地實施與應用；其關注的對象也不在某一個體接受者如何從審美的觀點提出具有個性化色彩的觀念，而更多的是追求一種大一統的接受心理和大一統的接受方式；從整個關注的方式上，忽視了個體個性甚至個體本身的存在，而以和同爲主要目的。由此言，這近似於「施授」而非「接受」。〔註 18〕

魏晉南北朝時期，這種境況發生了轉化，雖然各個朝代對雅樂的修復做出了一定程度的努力，尤其西晉時期在禮樂建設方面甚至有短暫「回歸」傾向，但整個時代總體上對音樂藝術更多從娛樂與欣賞的角度看待，從而擺脫了禮樂的束縛，曹魏清商樂的興起和清商署的設立，正始音樂的自娛化傾向以及南朝民間新聲的大量接受，都是從個體欣賞的角度去選擇適合自身審美要求的必然結果。「音樂的基本任務不在於反映出客觀事物而在於反映出內在的自我，按照它的最深刻的主體性和觀念性的靈魂進行自運動的性質和方式。」所以，「通過音樂來打動的就是最深刻的主體內心生活。」〔註 19〕這一時期的文學創作者兼修文學與音樂，一方面是文學創作當然的主體，其中的一部分還是音樂創作的主體，另一方面，他們也是音樂及其影響的接受者，在整個時代的藝術潮流中接受音樂並做出相應的改造。這就爲考察這一時期文學與音樂的關係提供了線索和保障。

從接受角度研究文學對音樂接受的另一重要問題是期待視野，海德格爾稱之爲「前結構」，也就是讀者在閱讀作品前，由其全部的生活經驗和審美構成的鑒賞趨向與心理定勢，從而潛在地支配著讀者的接受程度和接受方式。「期待視野」在本論文中主要表現在：接受者內在審美尺度所形成的期待視野，從一定程度上制約著作家的創作並滲透入創作主體的精神領域，進而影響整個時代的文藝發展以及整個時代的文藝思潮。從文學接受音樂的期待而言，社會對音樂的接受狀況必然會影響並制約著文學對音樂的接受，從而構成對作家創作具有制約作用的「期待視野」，所以有必要論述社會對音樂的接

〔註 18〕參見劉大先：《亞里士多德的施授美學思想》，《黔南民族師範學院學報》2003 年第 4 期，第 31～35 頁。

〔註 19〕〔德〕黑格爾著，朱光潛譯：《美學》（第三卷上冊），朱光潛譯，商務印書館 1979 年版，第 332 頁。

受狀況。《樂府詩集》卷六十一《雜曲歌辭》:「自晉遷江左，下逮隋唐，德澤寖微，風化不競。去聖逾遠，繁音日滋，艷曲興於南朝，胡音生於北俗。哀淫靡曼之辭疊作並起，流而忘反，以至淩夷。原其所由，蓋不能制雅樂以相變，大抵多溺於鄭衛，由是新聲熾而雅音廢矣。」由於雅樂的流失導致了新聲的繁榮，而新聲的繁榮又導致了音樂藝術自身發生了轉變，由此，音樂欣賞的視角和心態也隨之發生了巨變，足以變革社會的審美視野，這樣的時代性變革必然會對文學藝術產生一定影響。研究文學對音樂的接受，社會對音樂的接受便構成了一個「前結構」或「期待視野」。

音樂與文學不但作爲藝術的不同表現形式具有同源關係，「人喜則斯陶，陶斯咏，咏斯猶，猶斯舞矣」(《禮記・檀弓》)，在後來的發展中還存在不斷的影響和互動，朱載育《樂律全書》指出文學和音樂在表現形式上的共性:「五音之出，皆本於喉，四者待喉而有聲，無喉焉四者無聲矣，無四者，喉能自爲聲，宮者元聲之所出也，喉會於牙爲商，喉會於舌爲角，喉會於齒爲徵，喉會於唇爲羽，未有一字出而周流於五音者也。惟詩章能備五音。」劉濂直接把《詩經》稱爲中國第一部「樂經」(《樂經元義》)，都是充分注意到了音樂與文學的關係。

選擇魏晉南北朝作爲研究，主要出於三方面的考慮：其一，這是音樂與文學本身回歸「情」「志」的時期，禮的約束力量的弱化使文藝的審美成爲可能。其二，這是中國古代文學史上第一個文學的繁榮勝過了音樂的時期，此前，《墨子》有《非樂》，《周禮》有《大司樂》，《荀子》有《樂論》，《呂氏春秋》有《大樂》、《耆樂》、《適音》、《古樂》、《音初》，又有專門論及音樂的或爲戰國或爲西漢時期的《樂記》等等，而這一時期的音樂專論却很少，與之相對應的是文學專論在這時開始繁榮，這是文學開始逐步獨立的標誌之一，也是中國古代文藝進一步走向多元化的標誌之一。其三，在魏晉南北朝人的文學專論以及對前代經典的注釋、彙集中，都不乏論及音樂與注重其語言特點和緣情特色者，這說明文學在逐步走向獨立的過渡時期，正在逐步脫離音樂但又沒有完全獨立於音樂，正是一種表面上的游離與實質上的黏著狀態。

此處的研究只是音樂與文學關係研究的一個子項，嘗試從對音樂的接受與審美視角研究魏晉南北朝時期的文學及其審美心態。「魏晉南北朝文學對音樂的接受」與「魏晉南北朝音樂與文學的關係」不同:「關係」意在闡釋二者（音樂與文學）之間所存在的內在聯繫，是平行的、等位的研究，其中包括音樂作爲施動主體與文學的關係，也包括文學作爲施動主體與音樂的關係，是更廣闊範圍上的研究母題；而此處是在承認二者具有相通性和內在聯繫的基礎上，盡可能地拋開文學作爲施動主體對音樂的作用，單表文學在某一個特定時期對音樂的接受以及由這種接受所引發的二者之間的互動，其重點在考察音樂接受前提之下的文學變遷，從研究的範疇上，屬於子項的研究。魏晉南北朝時期文學中出現的「以悲爲美」的文藝追求，「悟」、「通」、「清」、「遠」的文藝評價，陸機所倡「應」、「和」、「悲」、「艷」、「雅」的文藝標準，文氣說、文筆說、聲律論的提出，都是音樂影響下生成的結果。許璉認爲沈約的駢文「自是六朝之俊」，其原因正是因爲「曼聲柔調、顧盼有情」的音樂特點（《六朝文絜》），不但指出音樂對文學的影響，而且「曼聲」、「柔調」本身就是借用了音樂評介術語。今人余福智也認爲駢文體現了「近乎美學黃金分割的和諧」，而且「符合這一比值的畫面使人看起來愉悅，符合這一比值的音響節奏也使人聽起來感到和諧」〔註 20〕。

音樂與文學的關係，是一個十分複雜而又有意義的研究，其梳理與研究，遠非一本書一個專題就能窮盡。此處所論，也僅是研究之一隅而已。

〔註 20〕余福智：《駢文興衰原因探》，《佛山市專學報》1986 年第 1 期，第 18、19 頁。

第一章　魏晉之前的音樂與文學觀

音樂與文學各自從屬於文藝領域的不同體系，追其溯源，却共同承載著先民樸素的審美理想與世界觀，是人們祈望生活空間達到理想調諧狀態的具體媒介形式。雖然所承載的特殊「使命」使這兩種藝術形式之間以及各自內部都產生了不同程度的跌宕與失衡，這種因層級需要而產生的不平衡性，恰恰與藝術從起源就存在的樸素審美有一定共性，表明音樂與文學具有相通性。雖然文學尚不能與音樂在社會功用方面相提並論，但二者的相通却爲彼此的借鑒儲備了潛在條件。

第一節　藝術起源視域下的音樂與文學

論及音樂與文學的關係，須論及藝術起源問題。有關藝術起源，古今中外理論又不盡相同。

在西方，關於藝術起源有諸多探討與嘗試：德謨克利特和亞里士多德有模仿說，認爲模仿是人的本能，所有的文藝源自「模仿」；席勒、斯賓塞等人主張遊戲說，認爲審美活動起源於人類的遊戲本能，或是由於人類有過剩的精力，或是人將這種過剩的精力運用到沒有實際效用、沒有功利目的的活動中，體現爲一種自由的「遊戲」；克羅齊、科林伍德等人提出表現說，主張「直覺即表現」，只有表現情感的藝術才是「眞正的藝術」，藝術就是源自藝術家的主觀想像和情感的表現；泰勒、弗雷澤等人主張巫術說，認爲原始人眼裏的世界是神秘而令人敬畏的，萬物有靈，可以與人交感，於是人們便想用巫術和宗教以及藝術去控制神秘的自然界；阿爾都塞提出了多元決定的辯證法（結構的辯證法），認爲藝術起源不是由一元決定而是由多元決定，任何文化現象的產生，不是由一個簡單原因造成而是有多種多樣的複雜原因。基於此，希爾恩認爲研究藝術這種綜合性現象的起源，必須採取社會學、人類學、心理學等多種學科結合的方法。

與西方相比，中國古代關於藝術起源的認知過程中鮮有明確系統的專門理論或言說，而是將對藝術源頭的認知融合在與之相關的各種論述與描寫中，折射出古樸而豐厚的文化底蘊，顯示出人們對自身、對世界萬物、對人與自然之間的錯綜複雜關係的古樸認知，以及由此而醞釀的審美觀念與生命精神。音樂和文學作爲藝術的兩類重要形式，在中國古代藝術起源觀念的陳述中，屢屢論及。

在中國古代最受關注的，莫過於對藝術作爲人心中之「志」表達需求的討論，因「解作詩所由」而形成的詩「言志」說最具代表性。「在心爲志，發言爲詩」。從樸素的心理認知出發，認爲詩歌是存在於個體心中的「志」通過借助言語這種特殊的物質形式表達出來，也即內在的體驗得到外化，從而形成特定的藝術形式。心志釋放並不是刻意模擬或導向的結果，而是人內心情感的直接表露。音樂形式也同樣如此，孔穎達認爲：「原夫樂之所起，法於人之性情，性情之生，斯乃自然而有，故嬰兒孩子則懷嬉戲抃躍之心，玄鶴倉鸞亦合歌舞節奏之應。」〔註 1〕借助音樂這種藝術形式直接表露蘊藏在心中的情感是人自然而然的本性特徵之一，不需要經過任何矯飾與僞裝，不但成人有這種表達的需要，即便是未經過藝術薰陶的嬰兒也生來就有這種需要，只是因爲生理和心理方面的原因所採取的表達方式和形式與成人不同而已；從更爲廣泛的角度言，不僅人類有這樣的表達需要，連禽獸也有如此本能，因而「凡人之性，心和欲得則樂，樂斯動，動斯蹈，蹈斯蕩，蕩斯歌，歌斯舞，歌舞節則禽獸能跳矣」。〔註 2〕正因表達自我的情感是人本身的一種自然需要，在形式上採用詩歌、音樂、舞蹈或其它的表現方式，在本質上其實並無區別。《禮記·樂記》：「詩言其志也，歌咏其聲也，舞動其容也，三者本於心，然後樂器從之。」〔註 3〕詩、歌、舞三種藝術形式，雖然採用的外在表現途徑不同：或通過言的方式表志，或通過

〔註 1〕〔漢〕毛亨傳、〔漢〕鄭玄箋，〔唐〕孔穎達疏，〔唐〕陸德明音義：《毛詩注疏》，見〔清〕紀昀、永瑢等：《景印文淵閣四庫全書》冊 69，臺灣商務印書館 2008 年版，第 48 頁。

〔註 2〕陳廣忠譯注：《淮南子·本經訓》，中華書局 2012 年版，第 410 頁。

〔註 3〕〔清〕朱彬撰，沈文倬、水渭松校點：《禮記訓纂》，浙江大學出版社 2010 年版，第 570 頁。

咏的方式發聲，或通過動的方式顯容；但三者在發生的緣起上都無二致，都是因爲「本於心」而引發的外在動作。這樣，三種方式終究同源而殊途，構成互相彌補、相輔相成的關係。當然，人們表達情感的方式也不僅僅限於這三種，《詩大序》中所說：「言之不足，故嗟歎之，嗟歎之不足，故永歌之，永歌之不足，不知手之舞之，足之蹈之也。」〔註 4〕生活在現實中的人需要多種形式來表達自己的情感，倘若某一種形式不能盡興，還可以採用另外的方式作爲補足，多樣化的藝術形式在表達人的情感方面永遠不會顯得多餘，相反，多樣的藝術形式所共有的目的却只有一個：表達人的情志。從這個意義言，樂與詩在實質上並沒有區別。由藝術起源的探尋而透視自身的心理需求，藝術起源觀念蘊涵著人們對自身的古樸認知：人是一切藝術形式的起點，也是一切藝術形式的最終目標，自然也是人類自身活動的中心。中國古人由此而在不自覺地關注著自身的需求與表達，發掘著人自身的價值。中國古代藝術從起源的探索中就洋溢著深刻的人文意蘊。

調和陰陽，導和萬物，是中國古人對藝術起源的又一探索。這與人類遠古時代對自然界的畏懼心理有關。遠古生民面對的是一個相對於自己的生產能力和征服能力而言近於失控的自然界，各種自然灾難曾經使我們的祖先手足無措：「往古之時，四極廢，九州裂，天不兼覆，地不周載。火爁炎而不滅，水浩洋而不息；猛獸食顓民，鷙鳥攫老弱。」〔註 5〕惡劣的自然條件不能提供生存的起碼保障，凶猛的飛禽走獸又無時無刻不在威脅著人類的安全，人的生命在自然界面前顯得脆弱而單薄，渴望征服自然、與自然和諧相處的理想便成爲遠古生民生命延續和精神追求的主旋律，藝術便是人類爲實現理想而尋找到的最強音符。陰陽二氣的均衡是古人對宇宙萬物的特徵屬性及其變化發展的觀察與把握，《國語・周語》載周大夫伯陽父就曾以陰陽之間的變化來解釋西周三川的地震，〔註 6〕《管子・五行》也載：「通乎陽氣，所以事天也，

〔註 4〕關於「詩言志」說，《詩序》、《樂記》諸說相近而發生的順序不盡相同。關於此，孔穎達有過論述：「《虞書》曰：『歌永言。』注云：『歌所以長言詩之意。』是永歌長言爲一事也……《樂記》先言『長言之』，乃云『嗟歎之』，此先云『嗟歎之』，乃云『永歌之』。直言既已嗟歎、長歌，又復嗟歎。彼此各言其一，故不同也。」見〔漢〕毛亨傳、〔漢〕鄭玄箋，〔唐〕孔穎達疏，〔唐〕陸德明音義：《毛詩注疏》，見〔清〕紀昀、永瑢等：《景印文淵閣四庫全書》冊 69，臺灣商務印書館 2008 年版，第 117 頁。

〔註 5〕陳廣忠譯注：《淮南子・覽冥訓》，中華書局 2012 年版，第 323 頁。

〔註 6〕徐元誥撰：《國語集解》，中華書局 2002 年版，第 26 頁。

經緯日月，用之於民。通乎陰氣，所以事地也，經緯星曆，以視其離。通若道然後有行。」〔註 7〕人類生活在一個陰陽交錯的大千世界，「萬物負陰而抱陽」，〔註 8〕其中陰陽二氣又處於不斷變化中，這一認識啓迪了富有生命精神和生命境界的藝術形式。《呂氏春秋・古樂》：

> 昔古朱襄氏之治天下也，多風而陽氣畜積，萬物散解，果實不成，故士達作爲五弦瑟，以來陰氣，以定群生……昔陶唐氏之始，陰多滯伏而湛積，水道壅塞，不行其原，民氣鬱閼而滯著，筋骨瑟縮不達，故作爲舞以倡導之。〔註 9〕

音樂和舞蹈的由來就是自然界陰陽變化的直接結果：炎帝與堯時代的樂舞的產生，或爲陽氣過多而造成生物界的異常變化，或因陰氣過多而造成水流擁堵，歸根到底，都是陰陽變化超出了本應具有的平衡，爲了調整和修正這種由於陰陽轉移所帶來的不均衡，就要通過樂或舞等手段，使之回歸到原本的狀態，原始藝術形式的產生就是爲了使陰陽二氣在有序變化中歸位。《周禮》：「樂由陽來者，禮由陰作者，陰陽和而萬物得也。」《舊唐書・音樂志》玄宗謂於休烈曰：「古聖人作樂，以應天地之和，以合陰陽之序。和則人不夭札，物不疵癘。」〔註 10〕中國古代藝術起源觀念將藝術形式的產生與對陰陽二氣本身進行調和相關聯，進而與使自然處於一種「和」的最佳狀態相關聯，只有在這種自然界回歸到和諧的狀態中，人類所賴以生存的自然條件才能恢復到理想的狀態，才能使人類生存所面臨的威脅指數降到最低。阮籍《樂論》：「天下無樂，而欲陰陽調和，灾害不生，亦已難矣。」〔註 11〕雖然出發點在於無樂之弊，却又從另一個側面反證了藝術在陰陽調和中的重要作用。不僅如此，中國古代藝術起源觀念還將因調和陰陽而產生的藝術形式作爲實現人與自然間和諧相處的主要手段。在陰陽調和的藝術起源觀念中蘊含著中國古代樸素的審美理想，只有天地之間的陰陽互生、結合，才能孕育萬物，才能使人所生活的這個世界一直處於有生命的狀態。人類只有在這樣的環境中才能延續生命，生生不息。

〔註 7〕黎翔鳳撰：梁運華整理：《管子校注》卷十四，中華書局 2004 年版，第 860 頁。

〔註 8〕朱謙之撰：《老子校釋》，中華書局 1984 年版，第 175 頁。

〔註 9〕許維遹撰，梁運華整理：《呂氏春秋集釋》，中華書局 2009 年版，第 118 頁。

〔註 10〕〔後晉〕劉昫等撰：《舊唐書・音樂志一》卷二十八，中華書局 1974 年版，第 1052 頁。

〔註 11〕陳伯君校注：《阮籍集校注》，中華書局 1987 年版，第 77 頁。

藝術形式的產生是人們認知自身以及所生存自然界的普遍方式，但這種認知未必就一定是神秘的唯心理論，而是對自然界源起的樸素認知。賈誼《新書・六術》論及六藝的產生與陰陽變化之間的聯繫：

> 是以陰陽各有六月之節，而天地有六合之事，人有仁、義、禮、智、信之行，行和則樂興，樂興則六，此之謂六行。陰陽、天地之動也，不失六行，故能合六法；人謹修六行，則亦可以合六法矣……是故內本六法，外體六行，以（與）《詩》、《書》、《易》、《春秋》、《禮》、《樂》六者之術以爲大義，謂之六藝。令人緣之以自修，修成則得六行矣……聲音之道以六爲首，以陰陽之節爲度。是故一歲十二月，分而爲陰陽，各六月。是以聲音之器十二鍾，鍾當一月，其六鍾陰聲，六鍾陽聲，聲之術，律是而出，故謂之六律。六律和五聲之調，以發陰陽、天地、人之清聲，而內合六行、六法之道。是故五聲宮、商、角、徵、羽，唱和相應而調和，調和而成理謂之音。聲五也，必六而備，故曰聲與音六。夫律之者，象測之也，所測者六，故曰六律。〔註 12〕

不能否認，將一切形式都歸入「六」的方式烙有一定時代感染的印記，〔註 13〕然而將陰陽與六藝、六律、五聲相聯繫的樸素認知中是含有深刻的唯物意識的。如果說言志說重在探討人自身在藝術起源中的價值，陰陽調和觀念則是中國古人渴望客觀認識自身所處的世界，並由對世界的認識進而調整自身行爲，積極適應生存環境的表現。

將對人本身的價值與對客觀世界的認知相結合的，便是古樸的模仿觀念與物感觀念。中國古代也有古樸的模仿說，《易・繫辭下》：「古者包犧氏之王天下也，仰則觀象於天，俯則觀法於地；觀鳥獸之文與地之宜，近取諸身，遠取諸物，於是始作八卦，以通神明之德，以類萬物之情。」藝術產生於由「觀」引發的模擬，所「觀」的對象從天地到自然界中的萬物無所不包。西方模仿說強調模仿是人的本能，所有的文藝都源自這種人類天生具有的本性，毋須經過後天的習得。而中國古代的模仿觀念將其歸入人主觀能動的有

〔註 12〕〔漢〕賈誼撰，〔明〕何孟春訂注，彭昊、趙勖校點：《賈誼集・賈太傅新書》，嶽麓書社 2010 年版，第 94 頁。

〔註 13〕秦「以水德王」，漢「以土德王」，水尚六，土尚五，此處歸爲六，一定程度上受到了秦思想的影響。

意識行爲，這主要表現在藝術主體不但對作爲客觀事物的模擬對象有主觀選擇，而且其選擇具有明確的目的性和功利性。強調所模擬對象實際應用的便利性，是人主動觀察自身與所處的自然界之間的關係，並使之產生實際效用的能動行爲方式。劉勰《文心雕龍・聲律》論述了作爲文章關鍵的人聲言語和作爲音樂關鍵的樂器音律之間的關係，將音樂藝術中樂器的音律規則與表現方式追溯到人的有聲言語：「夫音律所始，本於人聲者也。聲含宮商，肇自血氣，先王因之，以制樂歌。故知器寫人聲，聲非學（效）器者也。」〔註 14〕作爲藝術表現形式的樂器音律是對人的自然本聲的模擬。模擬不僅是人對自然萬物的單向認知，還有人通過對自身的認知而作用於客觀事物的一面，在通過模擬的藝術方式後蘊含的是對物我關係的探索與認知。

古代有關藝術起源的「物感說」是將言志與模仿相結合，認爲藝術形式不只是人內心的作用，還直接受到外界事物的感發、影響和推動。音樂的產生是人先天所具有的情感受外物感召的必然結果，《樂記》：「人心之動，物使之然也。感於物而動，故形於聲；聲相應，故生變；變成方，謂之音；比音而樂之，及干戚羽旄，謂之樂。」「樂者，音之所由生也。其本在人心之感於物也。」〔註 15〕《隋書・音樂志》綜合音樂爲：「夫音本乎泰始，而生於人心，隨物感動，播於形氣。形氣既著，協於律呂，宮商克諧，名之爲樂。樂者，樂也。聖人因百姓樂己之德，正之以六律，文之以五聲，咏之以九歌，舞之以八佾。」〔註 16〕文學的論述中，更是如此，《文心雕龍・明詩》：「人稟七情，應物斯感，感物吟志，莫非自然。」〔註 17〕魏晉南北朝時期，專門探討文學創作的理論作品增多，人的主體意識覺醒，探討人與所處的自然之間的關係，思考二者之間作用的意識也更爲自覺，物感相交便在有關文學創作的探討中成爲屢論之題。如《文賦》：「遵四時以歎逝，瞻萬物而思紛；悲落葉于勁秋，喜柔條於芳春。心懔懔以懷霜，志眇眇而臨雲。」再如《詩品・序》：「氣之動物，物之感人，故搖蕩性情，形諸舞咏。」能感動人心的外界事物既有客

〔註 14〕〔南朝〕劉勰著，周振甫注：《文心雕龍注釋》，人民文學出版社 1998 年版，第 364 頁。

〔註 15〕〔清〕朱彬撰，沈文倬、水渭松校點：《禮記訓纂》，浙江大學出版社 2010 年版，第 547、548 頁。

〔註 16〕〔唐〕魏徵等撰：《隋書・音樂志上》卷十三，中華書局 1973 年版，第 285 頁。

〔註 17〕〔南朝〕劉勰著，周振甫注：《文心雕龍注釋》，人民文學出版社 1998 年版，第 48 頁。

觀存在的自然萬物、時節變遷，「若乃春風春鳥，秋月秋蟬，夏雲暑雨，冬月祁寒，斯四候之感諸詩者也」，又有人本身的社會交往活動，「嘉會寄詩以親，離群託詩以怨」。〔註 18〕一方面，自然萬物甚至人類自身中都蘊含著豐富價值與深刻意義，創作主體必須深入體味之、接近之、模仿之、感悟之，從中受到薰陶與感染，與物俱化，才能充分發掘這些價值與意義，客體的存在是藝術產生的前提，認爲自然萬物能够感動人，這是將自然作爲和人一樣的有生命、有意識、有思維、有感情的主體，這是中國古代天人相類的觀念產生的基礎；另一方面，自然萬物對主體的薰陶與感染，最終還是必須通過作爲人的主體自身的體味與感悟才能被消解、表達，主體的審美與接受是藝術發生的根本。物我之間的完美契合，才能使「物象了然於心，心與物合爲一體，成竹在胸，意象天成」。〔註 19〕

由此，中國古代諸種關於藝術起源認知的非系統化理論中，不乏對音樂和文學這兩種最爲重要的藝術形式的討論與探索，音樂和文學從起源上便具有相通性。

上古詩、樂、舞密不可分，其三位一體的關係可追溯至《尚書・堯典》：「詩言志，歌永言，聲依永，律和聲。八音克諧，無相奪倫，神人以和。」〔註 20〕此處的詩與歌雖然代表著兩類不同的藝術形式，但都是上古文化傳播的核心內容。《詩經》最初皆可「誦」、「弦」、「歌」、「舞」。〔註 21〕《禮記・樂記》：「昔者舜作五弦之琴以歌南風。」〔註 22〕宋王質《詩總聞・聞南》：「南即詩之南也，風即詩之風也。」〔註 23〕可見詩與歌具有融合而不相分離的同源關係。《漢書・藝文志》：「哀樂之心感，而歌咏之聲發。誦其言謂之詩，咏其聲

〔註 18〕〔南朝〕鍾嶸著，張朵、李進栓注譯，徐正英審定：《詩品》，中州古籍出版社 2010 年，第 31 頁。

〔註 19〕袁濟喜著：《古代文論的人文追尋・文藝之美與天地之心》，中華書局 2002 年版，第 92 頁。

〔註 20〕王世舜，王翠葉譯注：《尚書》，中華書局 2012 年版，第 28 頁。

〔註 21〕吳毓江撰，孫啓治點校：《墨子校注》卷十二，中華書局 1993 年版，第 687 頁。

〔註 22〕〔清〕朱彬撰，沈文倬、水渭松校點：《禮記訓纂》，浙江大學出版社 2010 年版，第 562 頁。

〔註 23〕〔清〕嚴虞惇《讀詩質疑》卷首四：「舜作五弦之琴，以歌南風。見於《禮記》，而《家語》亦云：舜造南風之詩。是則五帝以前已有歌曲，而不名詩。詩之名蓋自唐虞始矣。」見〔清〕紀昀、永瑢等：《景印文淵閣四庫全書》冊 87，臺灣商務印書館 2008 年版，第 73 頁。

謂之歌。」〔註24〕詩與歌只是不同的兩個表現方式，究其實，都是爲了發「歌咏之聲」而已。唐孔穎達也認爲「咏歌」和「長言」在產生的源頭上沒有本質區別，其《詩大序・正義》:「雖有所適，猶未發口，蘊藏在心，謂之爲志。發見於言，乃名爲詩，作詩者所以舒心，志憤懣而卒成於歌咏……正經與變同名曰詩，以其俱是志之所之故也。」又:「原夫樂之所起，法於人之性情，性情之生，斯乃自然而有，故嬰兒孩子則懷嬉戲抃躍之心，玄鶴倉鸞亦合歌舞節奏之應。」〔註25〕既然二者都是起源於人蘊藏於心中的自然而然的情感，則詩樂便有了相通性。蘊藏在心中的情志，以人類特有的言語形式表達出來，就成爲藝術形式的一種——詩。如果是尚不具備言語能力的嬰兒或者非人類的動物，則會採取相應的其它表達方式，音樂和詩歌這兩種不同的表達方式在孔穎達看來，實際上並不存在本質區別，只不過是「皆始末之異名耳」——所使用的名稱不同罷了。不僅如此，「誦言爲詩，咏聲爲歌，播於八音謂之爲樂」，音樂和詩歌是完全可以互轉，之所以如此，基礎便是「歌所以長言詩之意，是永歌長言爲一事也」。〔註26〕

第二節　樸素審美理想視域下的音樂與文學

中國古代音樂理論對接受者與接受過程規律的關注萌芽較早，基於中國文化傳統中特有的審美系統，這種關注主要集中在如何順應接受者所具有的自然之性，不但要適合受衆之「志」，更要適合受衆之「情」，是一種中國傳統文化特有的「適」與「順」的思想觀念。其目的在於實現社會「大和諧」狀態的審美理想。其所關注的接受與當代西方美學所提倡的接受美學理論的關注之間又有諸多不同。

〔註24〕〔漢〕班固撰，〔唐〕顏師古注:《漢書・藝文志》卷三十，中華書局1962年版，第1708頁。

〔註25〕〔漢〕毛亨傳，〔漢〕鄭玄箋，〔唐〕孔穎達疏，〔唐〕陸德明音義:《毛詩注疏》，見〔清〕紀昀、永瑢等:《景印文淵閣四庫全書》冊69，臺灣商務印書館2008年版，第116頁。

〔註26〕〔漢〕毛亨傳，〔漢〕鄭玄箋，〔唐〕孔穎達疏，〔唐〕陸德明音義:《毛詩注疏》見〔清〕紀昀、永瑢等:《景印文淵閣四庫全書》冊69，臺灣商務印書館2008年版，第117頁。

一、樸素審美理想：接受對人的關注

在文化的傳承中，人是主體，不但對所傳承的文化知識與思想觀念具有先導性制約作用，而且在接受中表現出個體的喜好與個性特點方面的取捨。中國傳統文化樸素的審美觀念對自然與人、人與人之間關係的不斷探索與思考中蘊含著對人本身的關注，這種樸素的人文化審美觀念成爲她獲得強大生命力的主要因素。從古代的音樂理論中尤能體現出其樸素審美的意蘊。

追溯中國古代音樂觀念中對接受者的關注，由來已久。《春秋左傳・昭公二十五年》：

> 民有好惡、喜怒、哀樂，生於六氣，是故審則宜類，以制六志。哀有哭泣，樂有歌舞，喜有施捨，怒有戰鬥；喜生於好，怒生於惡。是故審行信令，禍福賞罰，以制死生。生，好物也；死，惡物也。好物，樂也；惡物，哀也。哀樂不失，乃能協於天地之性，是以長久。〔註27〕

「樂有歌舞」是人表達天生性情的一種特有方式，必須充分瞭解人並適應其「哀樂」不同天性而進行治化，才能長治久安。《淮南子・人間訓》強調「量鑿而正枘」，認爲能言善辯的子貢不能說服一個的農夫，孔子的解釋「夫以人之所不能聽說人，譬猶以大牢享野獸，以《九韶》樂飛鳥也」極其合理。〔註28〕應充分瞭解受衆的心境，瞭解音樂接受者的客觀條件，根據其自然具有的秉性進行調整、實施治化，調整所執行的命令與賞罰。因人的需求而調整治化的政策與律令，因人之長久而探索與天地調諧的方式，因人天生而有的哀樂秉性而調製音樂；如果要求本身超出了人的需求，便是不能充分瞭解受衆所需，相應，就會沒有任何收穫。在探索人類社會構成方式與治化人的過程中，對作爲施予對象的人的關注貫穿始終，這是中國古代審美範疇中永恒的主題，也是滲透著人文關懷的中國傳統音樂理論的核心話題之一。

作爲審美客體，音樂被接受的重要前提就是它本身必須符合受衆的審美期待，也即要達到理想的和諧狀態。理想的狀態應該動靜結合、消漲相間，在聲調和音律上達到平衡。《樂記》：「著不息者天也，著不動者地也；一動一靜者，天地之間也。故聖人曰『禮樂云』。」〔註29〕這是從音樂表現的藝術形

〔註27〕楊伯峻編著：《春秋左傳注》，中華書局2009年版，第1485頁。

〔註28〕陳廣忠譯注：《淮南子・人間訓》，中華書局2012年版，第1095頁。

〔註29〕〔清〕朱彬撰，沈文倬、水渭松校點：《禮記訓纂》，浙江大學出版社2010年版，第561頁。

式上進行規定：陽主動，陰主靜，「萬物負陰而抱陽」，自然萬物都處於這種陰陽摩蕩的狀態，動與靜、有聲與無聲、緊湊與舒緩就能形成一種完美的互補關係，音樂正是通過動靜、舒緩等方式的交錯使用，折射出自然界中生生不息的生命活力與人們對音樂本身韵律魅力的期待。對此進行更明晰闡述的是《呂氏春秋·適音》，通過「音有適」對作爲接受客體的音樂本身所要具備的和諧之美作出了詳細規定：

> 夫音亦有適：太鉅則志蕩，以蕩聽鉅則耳不容，不容則横塞，横塞則振；太小則志嫌，以嫌聽小，則耳不充，不充則不詹，不詹則窕；太清則志危，以危聽清則耳谿極，谿極則不鑒，不鑒則竭；太濁則志下，以下聽濁則耳不收，不收則不搏，不摶則怒。故太鉅、太清、太小、太濁皆非適也。
>
> 何謂適？衷，音之適也。何謂衷？大不出鈞，重不過石，小大輕重之衷也。黃鐘之宮，音之本也，清濁之衷也。衷也者適也，以適聽適則和矣。〔註30〕

音樂所採取的聲音必須符合接受者的欣賞標準與審美期待，不能採取過於偏激、怪僻的聲調音律，否則無法被接受。音樂審美期待的關鍵在於客體的和諧狀態：從音量上，樂音不能太大，否則就會耳膜震動，也不可過小，否則就給人空虛不實的感覺；從音質上，樂音也不能過於清越或低濁，否則就會使人產生畏懼的心情或焦躁的情緒。這是依據樂音的物理性質而在表現方式上作出的規定，要求在音律與節奏上都必須達到規定的範圍，毫不逾矩。對審美客體的期待其實是審美主體對自身與世界關係的思考與探索，通過對與自身有關的客觀事物的理想化規約，表現自身的審美觀念與理想期待。在處理人與自然界審美客體的關係時，以音適人，強調符合人的審美理想的「音之適」，根本上就是從接受者出發，對審美對象作出理性判斷與要求，這正是中國古代音樂審美理論中對作爲受衆主體之人的關注，體現了對人與自然、人與客體之間和諧關係的訴求與理想。

從期待作爲審美客體之音律的和諧理想，上昇到對社會狀態之和諧理想的追求，人與人間的關係便得到了凸顯。作爲接受者，其實就是音樂和諧理想的審美主體，也必須呈現出審美過程中的和諧性，這就是《呂氏春秋·適

〔註30〕許維遹撰，梁運華整理：《呂氏春秋集釋》，中華書局2009年版，第115～116頁。

音》所說的須有「適之心」，也就是接受者必須對自身的感性認知做出調整：

> 人之情，欲壽而惡夭，欲安而惡危，欲榮而惡辱，欲逸而惡勞。四欲得，四惡除，則心適矣。四欲之得也在於勝理，勝理以治身則生全以，生全則壽長矣；勝理以治國則法立，法立則天下服矣。故適心之務在於勝理。〔註 31〕

接受者作爲個體的人，都是矛盾統一的個體，只有得到所欲，才能去除與之相對的「惡」，才能獲得和順之心。而如何在接受過程中保持有利於整體和諧的方面而去除對整個社會和諧的不利因素，至關重要的在於心理的理性制約。也即在接受過程中，並非因個體的所有願望都被滿足而產生了美感，而是用個體的理性將不和諧因子制服在發端之處，從而實現一種心理上的滿足感，凸現與之相反的另一部分因子。如果每一個體都能用這種理性去俘虜由「惡」而產生的不和諧情感因子，則整個國家就會呈現出有序的和諧狀態。作爲社會治化頂峰的帝王應尤爲如此，也就是必須做到孔子說的「正」，《大戴禮記》中記載魯哀公問孔子：「敢問人道誰爲大？」孔子回答說：「人道政爲大。」魯哀公又問：「敢問何謂爲政？」孔子說：「政者正也。君爲正，則百姓從政矣。」〔註 32〕能否使國家的治理出現和諧的狀態，君王的「正」至關重要，因爲這是一個國家和諧的最理想的表率，只有君正，百姓才能從之而正。《墨子・非樂》提出「民有三患：飢者不得食，寒者不得衣，勞者不得息。三者，民之巨患也。然即當爲之撞巨鐘、擊鳴鼓、彈琴瑟、吹竽笙，而揚干戚，民衣食之財將安可得乎？」〔註 33〕在音樂的欣賞方面，帝王不能對自己的感性享受毫無節制，而是應該從接受者的物質條件和接受能力出發。與之相應，墨子提倡非樂，並不是眞的要杜絕音樂、完全不要任何音樂出現，而是要求去除那些超出了接受者創造極限和欣賞極限條件的樂，這本身就是滲透了人本觀念的理性之樂。

正是這能征服一切感性認知的理性，形成了中國古代音樂接受觀念由外而內、以外制內的模式。以漢代爲例，爲適應大一統的統治，漢代在思想上「獨尊儒術」，禮樂也注重「應天順人」，提倡「德音和樂」，以此爲基礎，實際上是對個體提出一定要求，期望能够通過調整個體的心與行而達到調諧人與人之間關係的目的，進而實現人類社會的大美。

〔註 31〕許維遹撰，梁運華整理：《呂氏春秋集釋》，中華書局 2009 年版，第 115 頁。
〔註 32〕方回東撰：《大戴禮記彙校集解》，中華書局 2008 年版，第 73 頁。
〔註 33〕王煥鑣撰：《墨子集詁》，上海古籍出版社 2005 年版，第 816 頁。

無論是追求音樂審美客體的「音之適」，還是追求音樂接受者自我調整的「適之心」，都是中國傳統音樂理論對審美過程中人的充分關注與肯定，體現出對人與自然中客觀存在的和諧關係、人與人之間相處的和諧關係的思考。

當作爲客體的「音」與作爲接受者審美過程中自我調節的「心」相契合，從外在形式上，就實現了審美對象與接受者需求的契合，能產生相應的具有功利性的實際作用，《呂氏春秋・順說》載：

> 管子得於魯，魯束縛而檻之，使役人載而送之齊，其謳歌而引；管子恐魯之止而殺己也，欲速至齊，因謂役人曰：「我爲汝唱，汝爲我和。」其所唱適宜走，役人不倦，而取道甚速，管子可謂能因矣，役人得其所欲，己亦得其所欲。〔註34〕

音樂能打動人的情感，管子正是因爲充分重視了役人當時的心態與心理，能夠採取適應他們的格調與節奏，這種調子與作爲受衆的役人的心理期待和直觀感受相契合，不但產生了審美的因素——役人發現了一種適合自己心境的音律和節奏，而且產生了相當實用的功能——役人在這種氛圍中受到感染，走得更快。其結果具有一定的功力實效——管子通過提供一種適應之的氛圍而達到了以儘快的速度回到齊國的目的。

中國傳統的音樂審美理論對人的關注不只是對作爲接受者的人之關注，還體現在「音之適」（也即通過對作爲審美客體的音樂的調諧）以及「適之心」（也即接受者通過對自身的調整而實現人與人之間的調諧）來達到審美理想與和諧狀態。功利性因子與和諧構建理想的融入，使中國古代審美意識交織著現實與幻想，徘徊在感性體驗與理性規約之間，形成了具有理性內斂又有靈活應變特色的審美心態與審美方式。

二、以音「順」民的審美局限

中國古代樸素的審美觀念對接受者的關注，主要體現在對「適」的調諧，與當代接受美學所論及的接受者相比存有很大差異。中國傳統音樂理論關注受衆，主要目的在於達到同化，實現和諧理想，其考察主要對象的歸結點不在接受者本身，而更多地傾向於讓實施者所關注的觀念得到更好地實施與應用；其關注的對象也不在某一個體的接受者如何從審美視角提出具有個性色

〔註34〕許維遹撰，梁運華整理：《呂氏春秋集釋》，中華書局2009年版，第381頁。

彩的體驗，而更多地傾向於突出大一統的接受心理和接受過程；從關注方式上，也忽視了個體與個性的存在，以和、同爲主要目的。

當代西方接受美學注重考察欣賞者的審美感受，在這個過程中，作品通過欣賞者填補結構上的「空白」和「空缺」，並在不斷的閱讀與欣賞中進行不斷「否定」，同時填補文本中寫出而又未明確寫出的部分；在否定過程中，欣賞者又是在接受的前提下進行自我征服與自我突破。整個過程是一個欣賞者與所接受的客體之間連貫互動的過程，這個過程是欣賞者不斷依據所接受的事物改變自己，自動調整自己的過程，同時也是對欣賞客體進行再創造的過程。其歸結點在對於接受者的整個思維過程的研究，而不是僅僅靠一種遙遠而主觀的臆測來設想接受的過程。瑙曼認爲接受意味著讀者作爲主體佔有了作品並按照自己的需要改造了它，通過釋放作品蘊含的潛能，使這種潛能爲自身服務，通過實現作品的可能性擴大了自身的可能性。作品在被接受、被改造的同時，也在佔有並改造接受者，使其陶醉於自己的魅力，屈服於自己的影響。從前者看來，讀者是作用者而作品是被作用者，但從後者看來，作品又成了作用者而讀者成了被作用者。閱讀是使這兩種對立的規定性統一起來的過程。〔註35〕

儘管中國古代音樂理論也不乏對接受者的關注，但其主要目的並非因爲接受者的審美需求，而是以如何達到施動主體所認同的社會構建方式爲最終要旨，這就使對受衆的關注落入了先入爲主的「同化」思想，其直接結果就是自上而下的單向思想教化與治化。前文所引《春秋左傳・昭公二十五年》論民之性，主要目的在「制六志」「使不過節」，以受衆爲出發點的討論，目標却是爲了引導和抑制受衆向某一既定的方向靠攏。《墨子・非樂》所言「擊鳴鼓，彈琴瑟，吹竽笙，而揚干戚」，強調必須依據接受者的物質條件制樂，其最終旨趣也是爲求得「天下之利」，除「天下之害」，而不是任何一個個體的接受者自身的角度。更不必說《呂氏春秋・適音》所強調的心平和才能適樂，勝理才能適心，小大輕重中而和才能適音，最終認爲雅樂才是最爲適宜的樂之基準。這些理論從出發點或形式上看都是強調爲考慮受衆的需要而採用一定的方式——或因爲接受者而調整作爲審美客體的音樂，或因爲接受結果的需要而調整接受者的心理狀態，或因爲考慮接受者的接受條件而認爲樂是可缺失的——但從實際的內容和最終旨趣上，都是從施動主體角度出發的單向引導甚至規約，極少針對受衆的實際感受和反饋進行更進一步的調整，

〔註35〕見朱立元著：《接受美學》，上海人民出版社1989年版。

與之相反，却根據施動主體單方面的理想規約制定了一套嚴格的評價方式，規定哪些音樂符合標準、值得肯定與推廣，哪些音樂是靡靡之音、必須堅決否定，肯定與否定之間，不容許出現來自接受者的調整和主觀選擇。究其實，這是一種自上而下的制定規則並付諸實施的「施之」的手段。正如《莊子》所言，非魚者並不能知魚之樂，這些表面合理的「施之」手段又豈能知道接受者的體驗和感受？僅僅是單向的傳達，其目的不在於依據接受者而調整，也不是接受者進行主動調整，目的僅僅在創造一種規約，讓接受者心平氣和地接受。受衆無反饋，也沒有機會反饋。

可見，中國古代樸素審美視域下的音樂理論所強調的「適」與接受美學的互動雙向交流不同，是一種單一性的傳達式模式，並不重視考察接受者接受具體過程中的反饋，相反，更傾向於爲接受者有意地創造條件，使之能以「順」的狀態接受。

從接受者內涵言，中國傳統音樂理論中所關注的接受者往往不是個體的存在，而是隨著所傳授內容的變化而在範圍上有所調整的共同體。

傳統音樂理論中所關注的接受者往往直接被「民」這一具有集合性質的詞代替，所論及的接受也是希望向民布施的內容得到更好效果的一種推測或預想。如《淮南子・泰族訓》：

> 民有好色之性，故有大婚之禮；有飲食之性，故有大饗之誼；有喜樂之性，故有鐘鼓管絃之音；有悲哀之性，故有衰絰哭踴之節。故先王之制法也，因民之所好，而爲之節文者也。因其好色而制婚姻之禮，故男女有別；因其喜音而正《雅》、《頌》之聲，故風俗不流；因其寧家室、樂妻子，教之以順，故父子有親；因其喜朋友，而教之以悌，故長幼有序。〔註36〕

順應民所共有的喜樂天性而創造出鐘鼓管絃等的聲音，並將這些聲音歸入製法的重要方面，將各種相關音聲經過以「制」爲目的的加工，便是依據民之喜好而創造的雅頌之聲。可見，雅頌之聲考慮的是一個集體接受者，先假定一個集體的接受對象，然後根據這個既定對象的總體特徵去虛擬一個標準，每一接受個體具體的接受及其心理過程、喜好與性情並不是這個虛擬的標準所考慮的對象或範圍，如果有些音樂和這個虛擬的標準不統一，存在個體、倡導個性，便因不符合審美原則而往往被指斥爲「淫聲」或「鄭聲」、「怪聲」、

〔註36〕陳廣忠譯注：《淮南子・泰族訓》，中華書局2012年版，第1180頁。

「奇音」。由此，「父子有親」、「長幼有序」是表現在社會整體上的和諧狀態，並不是每一個欣賞個體的審美心理過程的和諧狀態。

即便有時候所關注的受衆會根據需要而特指某一部分人，却只是範圍上的變化，而不是從集體的內涵轉化爲個體的內涵，如《淮南子・泰族訓》：

> 三代之法不亡，而世不治者，無三代之智也；六律具存，而莫能聽者，無師曠之耳也。故法雖在，必待聖而後治；律雖具，必待耳而後聽。故國之所以存者，非以有法也，以有賢人也；其所以亡者，非以無法也，以無賢人也。〔註 37〕

這裏將符合音律要求的音樂的接受者確定爲三代聖王與師曠等人，並且認爲接受者的理解甚至勝過已有的制度，雖然沒有直接將全體的「民」作爲接受對象，但接受仍是一個群體，只不過是特指社會上數量較少的特殊群體，也就是諸如三代聖賢那樣的人與諸如師曠那樣的人而已，這只是範圍的縮小，並不是個體的出現。同樣，《淮南子・人間訓》：「夫歌《採菱》，發《陽阿》，鄙人聽之，不若此《延路》、《陽局》。非歌者拙也，聽者異也。」〔註 38〕此處「聽者」也是指一部分人，指那些不懂得聖賢之道的非君子之人，恰恰與上述以三代聖王和師曠爲代表的群體處於對立狀態的另一群體，而不是單個的個體受衆。

至於《莊子・漁父》「孔子坐於杏壇，絃歌鼓琴」而漁父聽曲論事等，表面上接受者漁父是個體，但他是代表著某一個群體而發感，所感受和所發出的言論，都表徵著明顯的傾向性，不是爲和合同構思想服務，就是試圖解構這種和合同構的權威性，這些從本質上，都並不是接受者個體直接的體驗與感受。

接受美學雖然也關注群體的接受，而且將群體接受作爲一種社會文化現象，認爲：一方面接受者所處的社會文化環境和文化精神的視界等共同性影響並制約著個體的文化眼光與水準，同樣，接受活動也會反作用於所處的文化環境和文化整體；另一方面，文化傳統也作爲一個歷史性的因素決定和制約著每一個時代的讀者群體，二者之間也有一個能動的相互作用，文化傳統爲接受者提供了一個經過歷史選擇和淘汰而遺存的期待視野，而這個期待視野也會推動新的文化傳統的出現。〔註 39〕姚斯認爲閱讀「涉及到從作品的時間和生成前提

〔註 37〕陳廣忠譯注：《淮南子・泰族訓》，中華書局 2012 年版，第 1180 頁。
〔註 38〕陳廣忠譯注：《淮南子・人間訓》，中華書局 2012 年版，第 1095 頁。
〔註 39〕見朱立元著：《接受美學》，上海人民出版社 1989 年版，第 165～175 頁。

上對一部作品的闡釋」。〔註 40〕接受美學更注重個體的接受過程，認爲只有接受者與欣賞客體之間進行不斷地問答和交流，才能達到融合狀態。

中國傳統音樂審美理論中接受者的體驗，不是具有個體差異的個人情感體驗，而是具有普適性的典範或理想，是共性的集成，因而蘊含在中國傳統音樂關注視野中的接受者其實是一個建立在集體概念上的「群我」。

不但考慮的歸結點與注重的對象不同，具體的關注過程方面，中國傳統音樂理論所關注的接受者與接受美學所關注的接受者也存在由異而同與由同而異之別。樂主要強調和合，這從禮和樂的區別就能明顯看出，《禮記‧樂記》中就詳細論述了二者的不同：

> 樂者爲同，禮者爲異。同則相親，異則相敬，樂勝則流，禮勝則離，合情飾貌者，禮樂之事也，禮義立，則貴賤等矣；樂文同，則上下和矣；好惡著，則賢不肖別矣，刑禁暴，爵舉賢，則政均矣；仁以愛之，義以正之，如此，則民治行矣。
>
> 樂由中出，禮自外作。樂由中出故靜，禮自外作故文。大樂必易，大禮必簡。樂至則無怨，禮至則不爭。揖讓而治天下者，禮樂之謂也。暴民不作，諸侯賓服，兵革不試，五刑不用，百姓無患，天子不怒，如此，則樂達矣。合父子之親，明長幼之序，以敬四海之內，天子如此則禮行矣。
>
> 禮者殊事，合敬者；樂者異文，合愛者也：禮樂之情同，故明王以相沿也，故事與時並，名與功偕。
>
> 樂者，天地之和也；禮者，天地之序也。和故百物皆化；序故群物皆別，樂由天作，禮以地制，過制則亂，過作則暴，明於天地，然後能興禮樂也。〔註 41〕

禮和樂的主要的區別在於：禮強調有序，用來表征人與人之間的貴賤、長幼、地位高低等的不同，以達到有序和敬畏爲目的；而樂則強調和諧，用來將原本不同的合爲一統，以達到同化爲目的。只有禮樂結合，才能達到最爲理想的治化。也因爲如此，強調同化的樂也有了等級的區別：天子之樂與諸侯之

〔註 40〕〔美〕H.R.姚斯，周寧、金元浦譯：《接受美學與接受理論》，遼寧人民出版社 1987 年版，第 183 頁。

〔註 41〕〔清〕朱彬撰，沈文倬、水渭松校點：《禮記訓纂》，浙江大學出版社 2010 年版，第 554～557 頁。

樂不同，諸侯之樂與大夫之樂不同，大夫之樂與士之樂又有不同，故孔子認爲季氏以八佾之舞舞於庭，「是可忍也，孰不可忍也」。〔註42〕

在諸家思想「百花齊放」的時代，也有對和合同構觀念的質疑。《莊子・天地》中對「適」提出了新的解釋，認爲任何刻意地追求都不益於人，那種將同與和放在不可替代位置的做法是値得質疑的，通過樂來教化的方式不只是要「節」，而應該從骨子裏剔除不要。

> 且夫失性有五：一曰五色亂目，使目不明；二曰五聲亂耳，使耳不聰；三曰五臭薰鼻，困惾中顙；四曰五味濁口，使口厲爽；五曰趣舍滑心，使性飛揚。此五者，皆生之害也。而楊、墨乃始離跂自以爲得，非吾所謂得也。夫得者困，可以爲得乎？則鳩鴞之在於籠也，亦可以爲得矣。且夫趣舍聲色以柴其内，皮弁、鷸冠、搢笏紳修以約其外。内支盈於柴柵，外重纆繳，晥晥然在纆繳之中，而自以爲得，則是罪人交臂、歷指，而虎豹在於囊檻，亦可以爲得矣。〔註43〕

雖然這是對和合同構思想的較早解構，以追求不適而達到適的觀念，但是究其實，却是構建了另一類一統，只是達到一統的此方式非彼方式，殊途同歸而已。

接受美學強調讀者對文本的無限解讀，「有一千個讀者就有一千個哈姆雷特」，即便是同一個讀者閱讀同一個文本，如果是在不同的時間，也會有不同的接受。中國音樂樸素審美理論對接受者在接受過程中的同化與此又有不同。

三、「適」與「順」：樸素的「施授」審美

中國古代音樂審美理論對接受者的關注，既有因接受主體而對審美客體與審美過程調諧的成分，又在關注的背後折射出因對和諧理想的追尋而進行的制約與施予，是一種樸素的音樂審美觀。

在這種樸素的審美體驗中，美是一種導善的工具，從而爲整體的社會和諧服務，提倡「順」民而實現一種整體的和諧理想。在追求美之理想、體味美所蘊含的過程中，却爲了追求一種整體上的和諧而忘却了個體的和諧，也就是關注了表面的母體和諧狀態而遺忘了存在於內部的子和諧狀態，這樣的

〔註42〕程樹德撰，程俊英、蔣見元點校：《論語集釋》卷五，中華書局1990年版，第136頁。

〔註43〕〔清〕王先謙撰：《莊子集解》，中華書局1987年版，第111頁。

和諧並不是眞正意義上的和諧，因爲內部達不到和諧本身就是一種僞和諧。外部的母體和諧已經形成強大的前結構制約著個體的審美體驗和個體審美感覺，個體因此而落入了兩難的境地：或追求個體精神的和諧而與母體和諧相悖，或追求大統一的母體和諧而使自己人格精神受到理性的制約。兩漢時代強調整體的外部和諧，到東漢末年出現了個體實際行爲與所倡導的外部和諧的極端不一致；魏晉時期，嵇康等人正是爲了求得內在與外在和諧的一致性，求統一的和諧，才表現出與世俗完全不同的怪誕行爲。樸素的審美，尙未自覺形成審美體驗與審美感覺的意識，屬於一種萌芽狀態的審美。

有研究者將亞里士多德的美學觀念稱爲「施授」美學，因爲他「著眼於受衆的接受心理，對其進行揣摩，投其所好又引其向自己希望的方向發展。歸根結底，是希望以創作主體的話語策略統領著受衆的思維走向，讓受衆跟在創作者後面，在他的指揮下亦步亦趨」,「一方面竭力爲受衆考慮，一方面又帶有精神導師的道德影響企圖」，所以自覺不自覺地就陷入了「施授美學的話語霸權的泥淖之中」。〔註 44〕中國古代音樂理論中透出的有關對接受者的關注與關心，蘊含著關心人、尊重人本身存在的人文價值，但是，却在追求理想化狀態的過程中，忽略了個體人格的存在，關心人，却不能關心個體的心路歷程，尊重人，却無法尊重人的人格精神，從某種程度上，也是落入了「施授」羈絆。「施授」的目的，最終是爲了使作爲接受者的民能「順」其所治，呈現出社會整體宏觀上的和諧。

第三節　音樂與文學內部的層級性

因承載著古代樸素的審美理想，寄託著人們關於人之價値與人之精神的啓蒙性思索，音樂與文學在其自身的生成過程中形成了一定的層級特徵，從而使其自身顯示出一定的不平衡性。

一、音樂內部的不平衡性

就音樂內部言，中國古代文藝中所說的樂、音、聲以及演奏所使用的樂器之間彼此關聯又存有差異。《樂記》對聲、音、樂產生關係的解釋：

〔註 44〕劉大先：《亞里士多德的施授美學思想》,《黔南民族師範學院學報》2003 年第 4 期，第 31～35 頁。

> 凡音之起，由人心生也。人心之動，物使之然也。感於物而動，故形於聲；聲相應，故生變；變成方，謂之音；比音而樂之，及干戚羽旄，謂之樂。
>
> 凡音者，生人心者也。情動於中，故形於聲；聲成文，謂之音。是故治世之音安以樂，其政和；亂世之音怨以怒，其政乖；亡國之音哀以思，其民困：聲音之道與政通矣。
>
> 凡音者，生於人心者也。樂者，通倫理者也。〔註 45〕

心、物、聲、音、樂構成層級關係，其中，聲是根基，其基本動因是由於心與外物的契合，心與物都不能獨立地發出聲響，所以只能構成基本要素與物質基礎，聲是構成音樂的最小單位，代表獨立出來的音樂個體，但就如同自然界中的颳風打雷一樣，只是物物相動而產生的音響，沒有節奏，沒有規律，其實也只是構成了獨立出來的音樂個體的最基本的單位，但絕不是意義單位。音是聲的更高單位，是聲經過加工和修飾而形成的，只有經過在節奏和韵律方面和諧處理的聲才能够成爲音。班固《白虎通義·禮樂》也有論及：「聲者何謂，聲者，鳴也，聞其聲即知其所生。音者，飲也，言其剛柔清濁和而相飲也。」〔註 46〕音是有聲調與旋律的樂音，樂又是音的有機組合，是比音更高一級的單位。樂在中國古代音樂理論中實現了音樂單位的質變，因爲一方面樂是中國古代音樂形式上的最高單位，另一方面樂在不斷發展中又與政相結合，是被賦予了道德倫理的特殊含義的單位，這就更進一步促成了它與音、聲都有本質的區別。

不僅僅從音樂本身產生的角度看聲、音、樂之間是這種層級關係，從欣賞者的接受角度言，也有較爲清晰的層次性。《樂記》：

> 是故知聲而不知音者，禽獸是也，知音而不知樂者，衆庶是也：唯君子爲能知樂。
>
> 是故審聲以知音，審音以知樂，審樂以知政，而治道備矣。是故不知聲者不可與言音，不知音者不可與言樂，知樂則幾於禮矣。禮樂皆得，謂之有德，德者，得也。〔註 47〕

〔註 45〕〔清〕朱彬撰，沈文倬、水渭松校點：《禮記訓纂》，浙江大學出版社 2010 年版，第 547、549、551 頁。

〔註 46〕〔漢〕班固《白虎通義》卷上，見〔清〕紀昀、永瑢等：《景印文淵閣四庫全書》冊 850，臺灣商務印書館 2008 年版，第 16 頁。

〔註 47〕〔清〕朱彬撰，沈文倬、水渭松校點：《禮記訓纂》，浙江大學出版社 2010 年版，第 551 頁。

與聲、音、樂的產生相契合，〔註48〕對它們的接受也是由「知聲」、「知音」、「知樂」層層遞進的，理解聲、接受聲只是在理解物物擊撞而產生的自然之聲，人的審美理想與審美觀念並沒有參與，所以對於人類和禽獸來說，聽取聲沒有區別，「知聲」只是人類得以知音的基礎；相較而言，「知音」是人類才具有的審美特權，使人區別於禽獸的重要標誌之一；再更進一步，人有知音的特性並不意味著人人都能够懂得樂，樂是被賦予了政治與道德倫理及價值的高級形式，一般人沒有能力知樂察政，只有那些具有執政能力的聖人君子，才能有「知樂」進而治政的權力，而這些人往往被置於社會等級的金字塔頂之上，與權力話語、禮教權威息息相關。

由客觀存在而到經過人的參與成爲欣賞客體的過程中，音樂被賦予了層級性，從形而下的物質感觀的具象形式上昇到了形而上的精神領域抽象，由源於自然界的聲發展成爲思想精神範疇的樂，同時也是對客體進行主觀意志對象化的過程。音樂內部的不平衡性，正來源於對人的意志體現的程度。

《周禮》:「凡建國，禁其淫聲、過聲、凶聲、慢聲。」鄭玄注曰:「淫聲，若鄭衛也。過聲，失哀樂之節。凶聲，亡國之聲，若桑間、濮上。慢聲，惰慢不恭。」〔註49〕聲可以是「淫聲、過聲、凶聲、慢聲」，音可以是「邪音」、「溺音」，只有聲正才能實現音正，一個新建立的諸侯國家應該從正其聲開始進而實現移風易俗，「淫聲、過聲、凶聲、慢聲」都必須禁止。《荀子》卷十四:「故先王貴禮樂而賤邪音。其在序官也，曰:『修憲命，審誅賞，禁淫聲，以時順修，使夷俗邪音不敢亂雅，太師之事也。』」〔註50〕陳暘《樂書》認爲:「由是觀之，禮慝而樂淫，雖有司失職，亦世亂所致，而已然，則君子賤之，其有意於復先王所貴者邪。」〔註51〕

聲、音、樂的這種層級關係，致使人們將音樂的聆聽與人的心理狀態、精神理想等緊密相關。衛靈公在濮水之上聽到的是靡靡之音，晉平公令師涓、

〔註48〕孔穎達正是從生成視角對後句做出注釋:「音由聲生，樂由音生，政由樂生……政善樂和，音聲皆善治，則治道具備矣。」

〔註49〕〔漢〕鄭玄注，〔唐〕賈公彥疏，彭林整理:《周禮注疏》卷二十五，上海古籍出版社2010年版，第845頁。

〔註50〕〔清〕王先謙撰，沈嘯寰、王星賢點校:《荀子集解》(卷十四)，中華書局1988年，第381頁。

〔註51〕〔宋〕陳暘撰:《樂書》卷十七，見〔清〕紀昀、永瑢等:《景印文淵閣四庫全書》冊211，臺灣商務印書館2008年版，第113頁。

師曠演奏清商、清徵、清角時，反覆言及：「寡人所好者音也」，而皆不稱樂。〔註52〕魏文侯認爲自己「聽古樂則唯恐臥，聽鄭衛之音則不知倦」，當問及古樂與新樂的區別時，子夏就認爲他「所問者樂也，所愛者音也」，將樂與音嚴格的置於兩個層次，區別開來。〔註53〕

由感觀的區分到理性地區別，中國古人認識音樂的過程總是與思想甄別相關。從音樂所使用的樂器上講，也能體現出由此而生成的不平衡，主要表現在兩個方面。

首先，在樂器的使用上有嚴格的等級差異。對同樣的樂器，不同等級的人使用的方式截然不同。《周禮·春官·小胥》中規定：

> 正樂懸之位，王宮懸，諸侯軒懸，卿大夫判懸，士特懸，辨其聲。〔註54〕

周朝樂隊主要以懸掛鐘、磬一類樂器爲主體，稱「樂懸」，樂隊宮懸、軒懸、判懸、特懸有四種類型。所謂宮懸，就是樂隊圍成四面，聽樂的人被圍在中間，這是專門供天子使用的樂隊形式，軒懸只有北、東、西三面，而判懸，往往只有東、西兩面，一般的士就只能聽由一面樂隊組成的特懸了。這是周代音樂欣賞時的禮儀，其實是區分人層級性的一個標誌，也是人的和諧理想在階級社會變異的產物。更爲重要的是不同的人由於地位、身份的不同，使用的樂器也不一樣：士所欣賞的樂器其實並不以上述的鐘、磬類樂器爲主，而是多爲琴瑟類，賈誼《新書·審微》有「禮：天子之樂宮縣，諸侯之樂軒縣，大夫直縣，士有琴瑟」的記載。〔註55〕《墨子·三辯》引程繁所問：

> 昔諸侯倦於聽治，息於鐘鼓之樂；士大夫倦於聽治，息於竽瑟之樂；農夫春耕夏耘，秋斂冬藏，息於聆缶之樂。〔註56〕

天子諸侯多使用鐘、鼓、磬一類樂器，而士大夫雖然也可以懸鐘，但是所使用的禮樂主要爲竽琴瑟等絲竹一類的樂器，至於一般的老百姓，因爲是所謂

〔註52〕《韓非子·十過》，見《韓非子》，吉林大學出版社2011年版，第43頁。

〔註53〕〔清〕朱彬撰，沈文倬、水渭松校點：《禮記訓纂》，浙江大學出版社2010年版，第575頁。

〔註54〕〔漢〕鄭玄注，〔唐〕賈公彥疏，彭林整理：《周禮注疏》卷二十六，上海古籍出版社2010年版，第874頁。

〔註55〕〔漢〕賈誼撰，〔明〕何孟春訂注，彭昊、趙勖校點：《賈誼集·賈太傅新書》，嶽麓書社2010年版，第24頁。

〔註56〕吳毓江撰，孫啓治點校：《墨子校注》卷一，中華書局1993年版，第60頁。

的鄙俗之小人，所以使用的樂器也就只能以盆瓴爲主。產生如此劃分的依據與個人所處的社會地位直接關聯，樂器的使用，成爲個體身份的象徵。

作爲個體社會身份的名片，樂器的使用規則不能輕易被打破，倘若有人逆而行之，就會招致非議，《左傳》成公二年載叔於奚爲衛國敗齊師，不接受封賞城邑，而是要求享受只有天子才能享受的禮樂形式「曲懸繁纓」的特權，孔子一再感歎：「惜也，不如多與之邑。」〔註 57〕土地與城邑在古代農耕文化中至關重要，而孔子認爲即便是多給土地和城邑，也不能逾矩打破禮的規定，原因是：「夫樂者，所以載國；國者，所以載君。彼樂亡而禮從之，禮亡而政從之，政亡而國從之，國亡而君從之。」〔註 58〕樂實際上就是國家政治權力的集中體現，足見這種層級性所受重視的程度。由此，使音樂在具體的使用和功能上也出現了不平衡。

其次，樂器變成了「工具的工具」。因爲樂作爲維護權力象徵的禮儀的手段和工具，而樂器則成了「禮儀之具」藉以表達的物質工具。《春秋左傳》昭公二十一年引伶官泠州鳩對樂的認識就言明了這種關係：「夫樂，天子之職也。夫音，樂之輿也；而鐘，音之器也。天子省風以作樂，器以鐘之，輿以行之，小者不窕，大者不槬，則和於物，物和則嘉成。」〔註 59〕要使一定的社會地位與權力得到實現，只有選擇承載的工具才能顯現出來，這裏的樂已經不是本體意義上的「樂」，而是加入了對社會秩序狀態的理想化因素與實際操作功能，從而使樂器成爲一種與社會地位與權力相關的象徵與承載工具。樂爲權力之器，音爲樂之器，鐘爲又爲音之器。器，作爲一種客觀存在的物質媒介，既要承載音樂所具有的共性，又要承載其在特殊時代背景中所具有的特性，在「工具的工具」與原本的表達意願之間，便產生了「形與影」的不平衡。

> 樂者，非謂黃鐘、大呂、絃歌、干揚也，樂之末節也，故童者舞之。鋪筵席，陳尊俎，列籩豆，以升降爲禮者，禮之末節也，故有司掌之。〔註 60〕

〔註 57〕楊伯峻編著：《春秋左傳注》，中華書局 2009 年版，第 788 頁。

〔註 58〕〔漢〕賈誼撰，〔明〕何孟春訂注，彭昊、趙勖校點：《賈誼集·賈太傅新書》，嶽麓書社 2010 年版，第 24 頁。

〔註 59〕楊伯峻編著：《春秋左傳注》，中華書局 2009 年版，第 1424 頁。

〔註 60〕《禮記·樂記》，見〔清〕朱彬撰，沈文倬、水渭松校點：《禮記訓纂》，浙江大學出版社 2010 年版，第 557 頁。

> 故古之爲金石管絃者，所以宣樂也；兵革斧鉞者，所以飾怒也；觴酌俎豆酬酢之禮，所以效善也；衰絰菅屨，辟踊哭泣，所以諭哀也。……及至亂主……故民至於焦脣沸肝，有今無儲，而乃始撞大鐘，擊鳴鼓，吹竽笙，彈琴瑟，是猶貫甲胄而入宗廟，被羅紈而從軍旅，失樂之所由生矣。〔註 61〕

樂器的作用與禮器、兵器、祀器都只是外在的表面，是看得見的影子，眞正目的是爲了規約人與人之間的秩序化狀態。所以，嚴格的禮樂之器早就不是本體意義上的器，而是教治與制約之器，這一形而上的器與作爲物質存在的器間自然不能等同。如果誤以爲物質工具的華麗就能够代替治國之器，國家將必然會出現政治上的危機。《易》所言「形而上謂之道，形而下謂之器」也正是爲了說明道才是本形，而器却只是影子。《易》中的這句話一直被奉爲最早的有關文藝道器論的雛形。這裏音樂與所使用樂器在表達方面的不平衡，與後世文學理論中出現的文道關係又息息相關。

探尋音樂內部各個部分與使用樂器之間不平衡的成因，不難發現音樂發展到階級社會中所介入的兩個極其重要的因素：禮與德。禮代表著社會的制約範疇，而德則是個人修養所要達到的境界。

《論語・八佾》載孔子對魯國樂官講解禮樂：「樂其可知也，始作，翕如也，從之，純如也，皦如也，繹如也，以成。」〔註 62〕這是從音樂創作角度解釋，認爲音樂的律呂並非一開始就是協調平和的，而是有一個過程，清濁高低各不同的音只有在經過協調後，如一、合和而不相爭奪，最後才能達到流暢而連貫，經過這樣不斷修飾與調諧的聲音才能稱得上爲「樂」。「繹」，《說文》：「抽絲也。」段注「緒」字：「抽絲者得緒而可引」，〔註 63〕說明繹含有從頭而起綿長不絕之意。孔子將「繹」作爲音樂的最高形式，雖然強調的是音樂永恒性的一個主要前提條件——平和，但其實背後蘊含的，則是音樂的有序性，不過這種有序性經過了多方位的修正與打磨，已經顯得渾然天成。對於個體，則是必須以德服從。《淮南子・泰族訓》所論更爲詳細：

> 今取怨思之聲，施之於絃管，聞其音者，不淫則悲；淫則亂男女之

〔註 61〕陳廣忠譯注：《淮南子・主術訓》，中華書局 2012 年版，第 481 頁。

〔註 62〕程樹德撰，程俊英、蔣見元點校：《論語集釋》卷五，中華書局 1990 年版，第 216 頁。

〔註 63〕〔漢〕許愼撰，〔清〕段玉裁注：《說文解字注》，上海古籍出版社 1998 年版，第 643 頁。

辨，悲則感怨思之氣，豈所謂樂哉？趙王遷流於房陵，思故鄉，作爲《山水》之謳，聞者莫不殞涕；荊軻西刺秦王，高漸離、宋意爲擊筑而歌於易水之上，聞者莫不瞋目裂眦，發植穿冠。因以此聲爲樂而入宗廟，豈古之所謂樂哉？……故事不本於道德者，不可以爲儀；言不合乎先王者，不可以爲道；音不調乎雅頌者，不可以爲樂。〔註 64〕

此處所言樂專指廟堂之樂，其本意在說明音聲法自然而不必苛求「大羹之和」與「朱弦漏越，一唱而三歎」的人爲製造，但也將本於個體情感的悲思感慨的激情排除在外。不是直抒胸臆的感慨，更不是如同禽獸般沒有任何是非標準的機械的自然之聲，而是以平和自然而有節製作爲創造音樂與欣賞音樂的標準，這樣，便將音樂囿於個體情緒節制的範圍內，而節制的最高表現形式便是一種帶有道德意象的「德音」。〔註 65〕德是禮的另一外飾，也是對中國古代知識分子提出的最高的精神境界的要求之一。

二、文學內部的不平衡性

在文學領域中，同樣出現了不平衡性。主要體現在各類文學體裁之間的不平衡與同一文學體裁內部的不平衡性兩個方面。

各類文學體裁之間的不平衡，在小說這一文學體裁中尤爲明顯。《莊子・外物》論述任公子釣大魚的故事，言：「飾小說以干縣令，其於大達亦遠矣。」〔註 66〕瑣碎的言論不能與玄妙的大道理相提並論，其效果，也就如同用釣到泥鰍之類與釣到碩大無比的魚相比了。微不足道，才給予「小說」之稱。班固《漢書・藝文志》所謂：「小說家者流，蓋出於稗官。街談巷語，道聽途說者之所造也……閭里小知者之所及，亦使綴而不忘。如或一言可採，此亦芻蕘狂夫之議也。」有關「稗官」，顏師古注稱：「稗官，小官。」又如淳曰：「《九章》『細米爲稗』。街談巷說，其細碎之言也。王者欲知閭巷風俗，故立稗官

〔註 64〕陳廣忠譯注：《淮南子・泰族訓》，中華書局 2012 年版，第 1227 頁。

〔註 65〕《禮記・樂記》：「然後聖人作爲父子君臣以爲紀綱，紀綱既正，天下大定。天下大定，然後正六律，和五聲，絃歌《詩》、《頌》，此之謂德音。德音之謂樂。」見〔清〕朱彬撰，沈文倬、水渭松校點：《禮記訓纂》，浙江大學出版社 2010 年版，第 575 頁。

〔註 66〕〔清〕王先謙、劉武撰：《莊子集解・莊子集解內篇補正》，中華書局 1987 年版，第 239 頁。

使稱說之。」〔註 67〕《說文》:「稗，禾別也。」也就是說，與能闡發深刻道理、言志的詩賦等文體相比，小說不値得有身份的人去思考甚至閱讀。

中國古代文學理論中有崇詩意識，揚雄《法言·吾子》:「詩人之賦麗以則，辭人之賦麗以淫。如孔氏之門人用賦也，則賈誼升堂，相如入室矣，如其不用何？」〔註 68〕認爲兩漢流行的主要文學形式——賦——可以有「詩人之賦」和「辭人之賦」，顯然揚雄本人對二者的態度十分明確。造成態度差異的主要原因還是在作品性質，「詩人之賦」得到肯定是因爲繼承了從《詩經》以來的傳統，有諷諫作用，也就是要對政治提出相應的規誡，敲響警鐘，從而使社會保持一種現有的有序狀態。這與司馬遷提出司馬相如之賦因「然其要歸，引之節儉」而受到肯定是一致的。也就是班固《漢書·藝文志》所言:「大儒孫卿及楚臣屈原離讒憂國，皆作賦以風，咸有惻隱古詩之義。其後宋玉、唐勒，漢興枚乘、司馬相如，下及揚子雲，競爲侈麗閎衍之詞，沒其風諭之義。」〔註 69〕摯虞《文章流別論》論賦:「古詩之賦，以情義爲主，以事類爲佐;今之賦，以事形爲本，以義正爲助。情義爲主則言省而文有列矣，事形爲本則言富而辭無常矣，文之煩省，辭之險易蓋由於此。」〔註 70〕以「古詩之賦」與「今之賦」區別，前者主要是指以尊經爲代表的賦作，而後者主要指漢代以來所流行的辭賦，也就是司馬遷所說的「多虛詞濫說」、揚雄所謂「辭人之賦」。文學作品的地位直接來源於對社會的調和作用，而不是其自身所具有的藝術特徵，文學作品的接受與解讀被置於對社會的理想狀態進行探討這一「前結構」中。

在以《詩經》爲源頭的詩歌這種具有諷諫社會作用的「聖文」文體內部，又以崇四言詩爲正宗。摯虞《文章流別論》:「古詩率以四言爲體」,「然則雅音之韵，四言爲正，其餘雖備曲折之體，而非音之正也。」〔註 71〕摯虞論詩，持「宗經」態度，以四言爲詩歌正體，其它各體詩歌雖然「備極曲折之體」,

〔註 67〕〔漢〕班固撰,〔唐〕顏師古注:《漢書·藝文志》卷三十，中華書局 1962 年版，第 1745 頁。

〔註 68〕〔漢〕班固撰,〔唐〕顏師古注:《漢書·藝文志》卷三十，中華書局 1962 年版，第 1756 頁。

〔註 69〕〔漢〕班固撰,〔唐〕顏師古注:《漢書·藝文志》卷三十，中華書局 1962 年版，第 1756 頁。

〔註 70〕《漢魏六朝百三家集》卷四十二，見《景印摛藻堂四庫全書薈要》冊 469，世界書局 1988 年版，第 452 頁。

〔註 71〕《漢魏六朝百三家集》卷四十二，見《景印摛藻堂四庫全書薈要》冊 469，世界書局 1988 年版，第 452 頁。

却不是音樂之正聲、歌詩之正體。劉勰《文心雕龍・章句》亦云：「詩賦大體，四言爲正。」〔註 72〕又《明詩》：「若夫四言正體，則雅潤爲本。」〔註 73〕四言被奉爲正體，意即雅體，而其餘則爲「曲折之體」。

在文學理論取得飛躍發展之後，知識分子往往在反思社會興亡、歷史使命的時尋找到這種道與器、形與影、工具與本質之間的關係，並將這種由音樂觀念爲雛形的道藝關係應用到文學理論中。隋代王通《中說・王道》中就發出過「言文而不及理，是天下無文也。王道從何而興乎」的質問，〔註 74〕唐初史臣也發出「文之爲用，其大矣哉」之歎，安史之亂之後，韓愈諸人不但提出文以明道的觀點，而且用自身的創作實踐著這一文學理論。由此從文學觀念上言，王通等人的觀點更接近禮樂傳統中的道器關係，而到韓、柳，如何協調道與器的關係，使文學不但爲文而且載道，這比原始的禮樂道器觀念又更進了一層，值得我們進一步專門研究並思考。

詩、樂、舞三位一體是上古藝術緣起時期的音樂與文學狀態，而禮、德、樂三位一體與道、德、文三位一體則是階級社會產生以來一直到近代中國文學藝術所歷經的「藝術之路」。而從其功用的層級性上，二者是相通的。

一方面，從其生成溯源的角度，人們想寄託藝術形式來達到國家的治理、內心的調和、樸素審美理想的調諧都是音樂與文學各自內部不平衡的因素，而二者都存有層級性。

另一方面，從二者功用共性的角度看，正是因爲人們理想的寄託於藝術本身承載的特殊「使命」，才使得音樂與文學具有了進一步的相通。二者的相通性源於人們希望它們承載的和諧理想和樸素審美，人爲地賦予它們的社會理想功用。以這種相通性爲基礎，二者在以後的發展中互相借鑒，構成一種相輔相成的共生關係也是符合文藝發展必然結果的。

音樂和文學的各自內部因層級需要而產生的不平衡性，恰恰與藝術從起源就存在的樸素審美有一定共性，表明音樂與文學具有相通性。雖然文學尚不能與音樂在社會功用方面給相提並論，但二者的相通却爲彼此的借鑒儲備了潛在條件。

〔註 72〕〔南朝〕劉勰著，周振甫注：《文心雕龍注釋》，人民文學出版社 1981 年版，第 376 頁。

〔註 73〕〔南朝〕劉勰著，周振甫注：《文心雕龍注釋》，人民文學出版社 1981 年版，第 50 頁。

〔註 74〕張沛撰：《中說譯注》，上海古籍出版社 2011 年版，第 12 頁。

第二章　魏晉南北朝文學與音樂接受觀念的變遷

第一節　文學與音樂接受觀念變遷的直觀原因

一、禮樂遺失的無奈

傳統的雅樂主要指用於宗廟祭祀的音樂。中國古代音樂的兩大流別——代表宮廷音樂的禮樂與代表民間音樂的俗樂——一直在進行不斷的主流地位之爭，雅樂中的典範之作，便是如黃帝、堯、舜、禹時期的《雲門》、《大卷》、《大咸》、《大夏》、《大濩》、《大武》等音樂，這些音樂相傳爲歷代帝王所作，在音律上追求平和而嚴謹的聽覺感受和嚴格的規範。

中國上古官方文化的傳播幾乎就是禮樂的傳播，《尚書・舜典》：「帝曰：『夔！命汝典樂，教冑子。直而溫，寬而栗，剛而無虐，簡而無傲，詩言志，歌永言，聲依永，律和聲。八音克諧，無相奪倫，神人以和。』夔曰：『於！予擊石拊石，百獸率舞。』」〔註1〕由此可見有關上古音樂傳播的形式與內容。其一，從接受者的角度言，古代所教授的對象爲冑子，雖然對於冑子究竟包括哪些人，後來的學者各持所見，沒有形成定論，〔註2〕但不容置疑的是，冑

〔註1〕王世舜，王翠葉譯注：《尚書》，中華書局2012年版，第28頁。

〔註2〕如：孔安國傳：「冑，長也。謂元子以下，至卿大夫子弟。以歌詩蹈之舞之，教長國子中和祗庸孝友。」孔穎達疏：「繼父世者惟長子耳，故以冑爲長也。謂元子已下至卿大夫子弟者。《王制》云：『樂正崇四術、立四教』、『王太子、王子、群后之太子、卿大夫元士之適子皆造焉』，是下至卿大夫也。不言元士，士卑。故略之。」林之奇《尚書全解》：「此則因伯夷之讓夔，而使之典樂教冑子也。冑子謂元子以下，公卿大夫之子孫。」

子是中國古代傳統文化宗法制度的產物，他們絕不是普通人家的普通人，而是有地位的貴族子弟。因爲這些人要從父兄那裏繼承祖業，所以被列爲特殊的教育對象，成爲官學教育的當然對象，也就成爲官方禮樂教育的主要接受群體。其二，從實施主體與創作主體關係角度言，不但禮樂的接受對象有嚴格的限制，實施者也有嚴格限制，樂教的實施由國家統一進行，具體的執行者是專門的樂官。樂官最早爲瞽，〔註 3〕瞽具有很高的地位，擔任這一職位也必須達到較高的條件，《周禮・大司樂》:「凡有道者、有德者，使教焉，死則以爲樂祖，祭於瞽宗。」鄭玄注:「道，多才藝者。德，能躬行者。若舜命夔典樂教胄子是也。死則以爲樂之祖，神而祭之。」〔註 4〕可見這些要擔任樂官，除了要有相關音樂的基本素養和理論知識，最爲至關重要的是必須有德行。其三，教育內容也是被限定了的，表面上看，典樂和教育是完全不同的兩個方面，在這裏却合二爲一，在《禮記・王制》中則是「春秋教以禮樂，冬夏教以詩書」。孔子也有「興於詩，立於禮，成於樂」之論，足見古代的教育禮樂占據了很大的成分。所以，將代表國家官方教育的重任歸於典樂之官，也是不無道理的。其四，樂教還有較爲明確的教育目的和方向，教育的內容是教「德」。「直而溫，寬而栗，剛而無虐，簡而無傲」其實都是對德行的要求，寬而不放縱，剛而不暴虐，都是從德之中和的角度出發。由此，樂的傳播與禮結合在一起，由專門的教育機構作爲重點教育內容，充分受到了官方的支持，構成了魏晉南北朝以前詩樂教育的主要方式。不但教育的對象是具有特殊地位的群體，而且實施教育的內容也有嚴格的限定，必須依照一定的「標準」來闡釋樂，創作者、實施者、接受者均不能根據個體的喜好與否而對其內容和目的有所懷疑和叛逆。這是較爲早期和合同構理想下的禮樂接受方式。

然而，上述作爲音樂審美的理想化身，却在秦漢以來禮樂的不斷重修中走向無法挽回的流失與亡佚。《唐音癸籤》卷十五引吳萊語：

> 古雅樂更秦亂而廢，漢世惟採荊楚燕代之謳，稍協律呂以合八音之調，不復古矣。晉宋六代以降南朝之樂，多用吳音，北國之樂，僅襲夷調。及隋平江左，魏三祖清商等樂存者什四，世謂爲華夏正聲，

〔註 3〕《國語・周語》:「王將鑄無射，問律於伶州鳩，對曰：『律所以立均出度也，死而爲樂祖，祭於瞽宗，謂之神瞽。』見：徐元誥撰：《國語集解》，中華書局 2002 年版，第 113 頁。

〔註 4〕〔漢〕鄭玄注，〔唐〕賈公彥疏，彭林整理：《周禮注疏》卷二十五，上海古籍出版社 2010 年版，第 832 頁。

> 蓋俗樂也……由是觀之，漢世徒以俗樂定雅樂，隋氏以來則復悉以胡樂定雅樂……至此宜乎正聲淪亡，古樂之不可復矣。〔註5〕

不但指出了自秦至隋以來雅樂的流逝，而且將各代雅樂流失以後取而代之的宮廷音樂特點也進行了梳理。

「增損漢樂以爲一代之禮」（《晉書・樂志》）也是曹魏政府的一件大事。曹操曾令漢雅樂郎杜夔總領善訓雅樂的鄧靜、尹齊，能歌宗廟郊祀之曲舞的師尹胡能，曉知先代諸舞的師馮肅、服養等人「遠考經籍，近採故事」，又下書召「漢靈帝西園鼓吹」李堅，希望他們能修復先代的古樂。「王者功成而作樂」，等政權稍稍穩定，修復官樂更成一項浩大工程：「魏初，乃使軍謀祭酒王粲改創其詞。粲問巴渝帥李管、種玉歌曲意，試使歌，聽之，以考校歌曲，而爲之改爲《矛渝新福歌曲》、《弩渝新福歌曲》、《安臺新福歌曲》、《行辭新福歌曲》，《行辭》以述魏德。」〔註6〕「文帝黃初二年，改漢《巴渝舞》曰《昭武舞》，改《宗廟安世樂》曰《正世樂》，《嘉至樂》曰《迎靈樂》，《武德樂》曰《武頌樂》，《昭容樂》曰《昭業樂》，《雲翹舞》曰《鳳翔舞》，《育命舞》曰《靈應舞》，《武德舞》曰《武頌舞》，《文始舞》曰《大韶舞》，《五行舞》曰《大武舞》。」〔註7〕明帝太和初，詔令掌管太廟歌舞的樂官由大予樂恢復爲太樂，又依奏改「太祖武皇帝樂宜曰《武始之樂》」、「高祖文皇帝樂宜曰《咸熙之舞》」，又依據繆襲、左延年、王肅等人所奏進行了一系列改革。〔註8〕此外，還使繆襲改漢短簫鐃歌十二曲。〔註9〕「至景初元年，尚書奏，考覽三代禮樂遺曲，據功

〔註5〕〔明〕胡震亨撰：《唐音癸籤》卷十五引吳萊語，見〔清〕紀昀、永瑢等：《景印文淵閣四庫全書》冊1482，臺灣商務印書館2008年版，第616頁。

〔註6〕〔唐〕房玄齡等撰：《晉書・樂志上》卷二十二，中華書局1974年版，第693頁。

〔註7〕此處言「文帝黃初二年，改漢《巴渝舞》曰《昭武舞》」，而《晉書・樂上》「黃初三年，又改《巴渝舞》曰《昭武舞》」，所載年份稍有不同。見〔唐〕房玄齡等撰：《晉書・樂志上》卷二十二，中華書局1974年版，第694頁。

〔註8〕見〔梁〕沈約撰：《宋書・樂志一》卷十九，中華書局，1974年版，第533頁。

〔註9〕《晉書・樂下》：「漢時有《短簫鐃歌》之樂，其曲有《朱鷺》、《思悲翁》、《艾如張》、《上之回》、《雍離》、《戰城南》、《巫山高》、《上陵》、《將進酒》、《君馬黃》、《芳樹》、《有所思》、《雉子班》、《聖人出》、《上邪》、《臨高臺》、《遠如期》、《石留》、《務成》、《玄雲》、《黃爵行》、《釣竿》等曲，列於鼓吹，多序戰陣之事。」又：「及魏受命，改其十二曲，使繆襲爲詞，述以功德代漢。改《朱鷺》爲《楚之平》，言魏。改《思悲翁》爲《戰滎陽》，言曹公也。改《艾如張》爲《獲呂布》，言曹公東圍臨淮，擒呂布也。改《上之回》爲《克

象德，奏作《武始》、《咸熙》、《章斌》三舞，皆執羽籥。」〔註10〕

然而，畢竟由於戰亂的流逝，整理古樂在當時是一項艱難的工程。

杜夔雖然被命爲軍謀祭酒，參太樂事，黃初中還爲太樂令協律都尉，但是他修復古樂的願望最終覆滅：他因愛好古樂、追求古樂的雅正而與柴玉爭論、不願「於賓客之中吹笙鼓琴」等得罪文帝曹丕，最終被「黜免以卒」；〔註11〕他所修的古樂基本上是根據當時所認爲的「古聲辭」而做，本來就只有《鹿鳴》、《騶虞》、《伐檀》、《文王》四首，「黃初中，柴玉、左延年之徒，復以新聲被寵，改其聲韵」，其實已經與古聲辭有了較大區別，四首中至少有三首又遭到進一步的新聲化改革：「及太和中，左延年改夔《騶虞》、《代檀》、《文王》三曲，更自作聲節，其名雖存，而聲實異」。〔註12〕這樣，杜夔修雅樂的事業，其實是被「雖妙於音，咸善鄭聲」的「新聲派」的創作代替了。這和後漢桓譚「性嗜倡樂」却「多見排詆」形成了極大的戲劇性反差。〔註13〕

而李堅修復古樂的經歷雖不同，結果却近似。《晉書・樂志下》載：

> 曹植《鞞舞詩》序云：「故漢靈帝西園鼓吹有李堅者，能鞞舞，遭世荒亂，堅播越關西，隨將軍段煨。先帝聞其舊伎，下書召堅。堅年踰七十，中間廢而不爲，又古曲甚多謬誤，異代之文，未必相襲，故依前曲作新歌五篇。」〔註14〕

官渡》，言曹公與袁紹戰，破之於官渡也。改《雍離》爲《舊邦》，言曹公勝袁紹於官渡，還譙收藏死亡士卒也。改《戰城南》爲《定武功》，言曹公初破鄴，武功之定始乎此也。改《巫山高》爲《屠柳城》，言曹公越北塞，歷白檀，破三郡烏桓於柳城也。改《上陵》爲《平南荊》，言曹公平荊州也。改《將進酒》爲《平關中》，言曹公征馬超定關中也。改《有所思》爲《應帝期》，言文帝以聖德受命，應運期也。改《芳樹》爲《邕熙》，言魏氏臨其國，君臣邕穆，庶績咸熙也。改《上邪》爲《太和》，言明帝繼體承統，太和改元，德澤流佈也。其餘幷同舊名。」見〔唐〕房玄齡等撰：《晉書・樂志下》卷二十三，中華書局1974年版，第701頁。

〔註10〕〔唐〕房玄齡等撰：《晉書・樂志上》卷二十二，中華書局1974年版，第694頁。

〔註11〕〔晉〕陳壽撰，〔宋〕裴松之注：《三國志・魏志・杜夔傳》卷二十九，中華書局2011年版，第671頁。

〔註12〕〔唐〕房玄齡等撰：《晉書・樂志上》卷二十二，中華書局1974年版，第684頁。

〔註13〕見〔南朝〕范曄撰，〔唐〕李賢等注：《後漢書・桓譚傳》卷二十八上，中華書局年版，第955頁。

〔註14〕〔唐〕房玄齡等撰：《晉書・樂志下》卷二十三，中華書局1974年版，第710頁。《古今樂錄》：「漢曲五篇：一曰《關東有賢女》，二曰《章和二年中》，三

如果說杜夔的失敗在於與追求新聲的時代不合，李堅的失敗就在於客觀條件限制而無法實現，他們結局的相似性就在不但沒有將時代的潮流引向古樂的復蘇，反而爲新聲所趨步，不同的原因，相似的結果，從兩個維度暗示了當時禮樂所面臨的主觀選擇與客觀流失的雙重困境。曹魏初建時期的音樂改革雖然經過了相當努力，但收效却形成極大反差，即便是梁代的沈約也認爲「唯魏國初建，使王粲改作《登哥》及《安世》、《巴渝》詩而已」（《宋書・樂一》），「而已」兩個字表露出對這一改變的主觀判斷，認爲其甚爲微小、稱不上顯著。而且，這些詩歌也沒有得到較爲妥善的保存，以至於到沈約時，王粲所造《安世詩》就已經亡佚。至於文帝黃初中改樂，其實也是在已有範圍內的稍稍調整，「其衆歌詩多即前代之舊」（《宋書・樂一》）。繆襲的改造，也是賦前曲以與時代相合的意義罷了，而且很多地方還是「並同舊名」的。這樣，曹魏時代的古樂修復，相對而言，其實是將古樂翻新。而古樂，原本就是按部就班、四平八穩，在很多人心目中缺乏新意，不能引起感觀刺激與新奇感，到了這個時候，也就到了近於衰亡殆盡的地步了。

西晉也進行了一系列的改革與努力，官方試圖引導一種禮樂思想的回歸，但在事實上仍然無法改變雅樂流佚的事實。晉初「郊祀天地、禮樂制度皆如魏舊」（《晉書・武帝紀》），因而音樂機構也和曹魏時期相類。《晉書・樂志上》載：「武皇帝採漢魏之遺範，覽景文之垂則，鼎鼐唯新，前音不改。」即便對前音有改變，也很小：「泰始二年，詔郊祀明堂禮樂權用魏儀，遵周室肇稱殷禮之義。但改樂章而已。」荀顗、荀勖對音律的改造並沒有完成，《晉書・荀顗傳》載荀顗修訂樂舞「事未終，以泰始十年薨」。《宋書・樂志一》載荀勖修正鐘磬「事未竟而勖薨」，雖然又召其子荀藩修定金石之音，但是「尋値喪亂，遺聲舊制，莫有記者」，更成了半途而廢的事業。而且「荀勖新尺，惟以調音律，至於人間，未甚流佈，故江左及劉曜儀表，並與魏尺略相依準」。這種散佚同樣存在於清商樂中，《晉書・樂志下》「魏武帝尤好之」的但歌四

曰《樂久長》，四曰《四方皇》，五曰《殿前生桂樹》，並章帝造。魏曲五篇：一《明明魏皇帝》，二《大和有聖帝》，三《魏曆長》，四《天生烝民》，五《爲君既不易》，並明帝造，以代漢曲。其辭並亡。陳思王又有五篇：一《聖皇篇》，以當《章和二年中》；二《靈芝篇》，以當《殿前生桂樹》；三《大魏篇》，以當漢吉昌，四《精微篇》，以當《關中有賢女》；五《孟冬篇》，以當狡兔。」見〔宋〕郭茂倩編：《樂府詩集・舞曲歌辭》冊 3，卷五十三，中華書局 1979 年版，第 772 頁。

曲就「自晉以來不復傳，遂絕」。不但宮廷的雅樂，即便前代的新聲也有流佚，李延年因胡曲造新聲二十八解，結果却是「魏晉以來二十八解，不復具存」。

東晉雅樂的流失就更爲嚴重。《晉書・樂志上》載「永嘉之亂，伶官既滅，曲臺宣榭咸變污萊，雖復象舞，歌工自胡歸晉，至於孤竹之管，雲和之瑟，空桑之琴，泗濱之磬，其能備者百不一焉。」《晉書・樂志下》的記載更爲詳細：

> 永嘉之亂，海內分崩，伶官樂器，皆沒於劉、石。江左初立宗廟，尚書下太常祭祀所用樂名。太常賀循答云：「魏氏增損漢樂，以爲一代之禮，未審大晉樂名所以爲異。遭離喪亂，舊典不存。然此諸樂皆和之以鍾律，文之以五聲，詠之於歌辭，陳之於舞列。宮懸在庭，琴瑟在堂，八音迭奏，雅樂並作，登歌下管，各有常詠，周人之舊也。自漢氏以來，依倣此禮，自造新詩而已。舊京荒廢，今既散亡，音韻曲折，又無識者，則於今難以意言。」于時以無雅樂器及伶人，省太樂並鼓吹令。是後頗得登歌，食舉之樂，猶有未備。太寧末，明帝又訪阮孚等增益之。咸和中，成帝乃復置太樂官，鳩集遺逸，而尚未有金石也。庾亮爲荊州，與謝尚修復雅樂，未具而亮薨。庾翼、桓溫專事軍旅，樂器在庫，遂至朽壞焉。及慕容儁平冉閔，兵戈之際，而鄴下樂人亦頗有來者。永和十一年，謝尚鎮壽陽，於是採拾樂人，以備太樂，並制石磬，雅樂始頗具。而王猛平鄴，慕容氏所得樂聲又入關右。太元中，破苻堅，又獲其樂工楊蜀等，閑習舊樂，於是四廂金石始備焉。乃使曹毗、王珣等增造宗廟歌詩，然郊祀遂不設樂。〔註 15〕

由這則史料，至少可以看出以下幾點。其一，樂官減少，樂器流佚，是當時雅樂流失的直接原因。相對於其它音樂形式，雅樂的組織和演奏往往刻板而少變化，所以樂官和樂器等外在的物化因素必須得保持古典模式，這一點對雅樂至關重要，而戰亂極易破壞這些物質形式。這一緣由也在《晉書・律曆志》中有記載：「……永嘉之亂，中朝典章，咸沒於石勒。及元帝南遷，皇度草昧，禮容樂器，掃地皆盡，雖稍加採掇，而多所淪胥，終於恭、安，竟不

〔註 15〕〔唐〕房玄齡等撰：《晉書・樂志下》卷二十三，中華書局 1974 年版，第 697 頁。

能備。」〔註16〕其二，音樂機構反反覆覆改革的努力並沒有取得直接結果。由於典章的流失官方不得不進行官職改革，「以無雅樂器及伶人，省大樂並鼓吹令」，後來又「復置太樂官」，其實這時距江左初立也已經有近十年，鼓吹與太樂合併所造成的影響已經形成了一定的發展趨勢，不能一時改變。由「尚未有金石也」也可以看出這次重新設置並沒有從根本上改變已有狀況，而且根據杜佑《通典·職官》所載，到了哀帝時期，又「省鼓吹而存太樂」了。〔註17〕其三，「舊樂」已經發生了性質上的改變。東晉雖然在短期內，情況有一定好轉，「鄴下樂人亦頗有來者」，但這些「鄴下樂人」也是經過「舊典不存」的境況後學習新聲之人，所以「頗具」之雅樂仍然是「自造新詩而已」。尤其東晉的「四廂金石始備」是建立在從北方所傳來「舊樂」的基礎上，其實此「舊樂」本身已經發生了很大變化。其四，從實際上，東晉雅樂整理的狀況沒有多少成績，反而爲新聲的發展提供了較爲廣闊的空間。《中國古代歌詩研究》一書依據《晉書·謝尚傳》所載謝尚「嘗與翼共射，翼曰：『卿若破的，當以鼓吹相賞。』尚應聲中之，翼即以其副鼓吹給之」一事，《宋書·樂志一》所提及認爲江左初臨川太守謝擿戰死後，「追贈長水校尉，葬給鼓吹」一事，以及「魏晉世給鼓吹甚輕，牙門督將五校，悉有鼓吹」、「今（指沈約生活的齊梁時期）則甚重矣」等，綜合認爲「這爲我們透露了成帝重建太樂以後，及哀帝『省鼓吹而存太樂』之前，鼓吹樂發展的一點消息」。〔註18〕而且，「曹魏以後的鼓吹曲已經改變了漢代採用民間歌謠的做法，而多爲文人創作。因此，它與太樂所掌的雅樂已經沒有多少區別。西晉樂府機構的這一變化，發展到後來便是太樂、鼓吹合二爲一。」〔註19〕

南朝有「好文史，解音律」的王僧虔強調「士有等差，無故不可去樂；禮有攸序，長幼不可共聞。故喧醜之制，日盛於廛里，風味之響，獨盡於衣冠。宜命有司，務勲功課，緝理遺逸，迭相開曉，所經漏忘，悉加補綴。曲

〔註16〕〔唐〕房玄齡等撰：《晉書·律曆志上》卷十六，中華書局1974年版，第474頁。

〔註17〕〔唐〕杜佑撰：《通典·職官》卷二十五，浙江古籍出版社2007年版，第148頁。

〔註18〕趙敏俐等：《中國古代歌詩研究——從〈詩經〉到元曲的藝術生產史》，北京大學出版社2005年版，第268頁，注釋①。

〔註19〕趙敏俐等：《中國古代歌詩研究——從〈詩經〉到元曲的藝術生產史》，北京大學出版社2005年版，第265頁。

全者祿厚，藝妙者位優，利以動之，則人思刻厲。反本還源，庶可跂踵。」〔註20〕關於此項建議，史書稱「事見納」，却不載具體採取的措施，說明此諫也很可能僅僅成爲紙上談兵。同時，王僧虔還主張學習北朝所存古樂以補充南朝雅樂，也沒有被採納：

> 僧虔留意雅樂，昇明中所奏，雖微有釐改，尚多遺失。是時上始欲通使，僧虔與兄子儉書曰：「古語云：『中國失禮，問之四夷。』計樂亦如。苻堅敗後，東晉始備金石樂，故知不可全誣也。北國或有遺樂，誠未可便以補中夏之闕，且得知其存亡，亦一理也。但《鼓吹》舊有二十一曲，今所能者十一而已，意謂北使會有散役，得今樂署一人粗別同異者，充此使限。雖復延州難追，其得知所知，亦當不同。若謂有此理者，可得申吾意上聞否？試爲思之。」事竟不行。〔註21〕

《隋書·音樂志上》載南朝各代恢復古樂的情況：「大臣馳騁漢、魏，旁羅宋、齊，功成奮豫，代有製作。莫不各揚廟舞，自造郊歌，宣暢功德，輝光當世，而移風易俗，浸以陵夷。」又：「梁武帝本自諸生，博通前載，未及下車，意先風雅，爰詔凡百，各陳所聞。帝又自糾擿前違，裁成一代。」〔註22〕雖然建國伊始也「郊祀天地，禮樂制度，皆用齊典」，〔註23〕梁代從實際行動上對雅樂的整理比宋、齊兩代更爲重視。梁武帝曾在天監二年下詔讓群臣「陳其所見」，修訂雅樂，但這種來自帝王單方面的理想化注重與實際的成績之間形成了較爲鮮明的對比：「是時對樂者七十八家，咸多引疏略浩蕩，其詞皆言樂之宜改，不言改樂之法」，只有沈約提出了撰樂書的建議，結果只能是皇帝親自上陣：「帝既素善鍾律，詳悉舊事，遂自制定禮樂」〔註24〕。梁武帝本人「博通前載」，從機構設置和制度上也確實做了一些改變，並沒有從根本上改變社

〔註20〕〔梁〕蕭子顯撰：《南齊書·王僧虔傳》卷三十三，中華書局1972年版，第595頁。
〔註21〕〔梁〕蕭子顯撰：《南齊書·王僧虔傳》卷三十三，中華書局1972年版，第596頁。
〔註22〕〔唐〕魏徵等撰：《隋書·音樂志上》卷十三，中華書局1973年版，第286、287頁。
〔註23〕〔唐〕姚思廉撰：《梁書·武帝紀中》卷二，中華書局1973年版，第34頁。
〔註24〕〔唐〕魏徵等撰：《隋書·音樂志上》卷十三，中華書局1973年版，第288頁。

會的風氣，群臣「皆言樂之宜改，不言改樂之法」。〔註 25〕皇權也不能挽救雅樂走向消亡的命運！關於這一點，史書又有記載：

> 是時禮樂制度粲然有序，其後臺城淪沒，簡文帝受制於侯景，景以簡文女溧陽公主爲妃，請帝及主母范淑妃宴於西州，奏梁所常用樂。景儀同索超世亦在宴筵，帝潸然屑涕，景興曰：「陛下何不樂也？」帝強笑曰：「丞相言索超世聞此以爲何聲？」景曰：「臣且不知，何獨超世？」自此樂府不修，風雅咸盡矣。及王僧辯破侯景，諸樂並送荊州。經亂，工器頗闕，元帝詔有司補綴纔，備荊州陷沒，周人不知，採用工人有知音者併入關中，隨例沒爲奴婢。（《隋書・音樂志上》）

北魏太和年間，作爲漢人的文明太后與受到她影響而「垂心雅古，務正音聲」的孝文帝對雅樂提出了改革的要求。〔註 26〕《魏書・樂志》載太和十一年春文成文明太后令：「先王作樂，所以和風改俗，非雅曲正聲不宜庭奏，可集新舊樂章，參探音律，除去新聲不典之曲，禪增鐘縣鏗鏘之韻。」太和十五、十六年孝文帝兩次下詔：「今方釐革時弊，稽古復禮，庶令樂正雅頌，各得其宜，今置樂官，實須任職，不得仍令濫吹也。」並任命中書監高閭「與太樂詳採古今，以備茲典」，共同修定雅樂，改革「不典之繁曲」，而且「其內外有堪此用者，任其參議」。〔註 27〕然而太和初的改革不但沒有取得「正音聲」的結果，反而擴大了胡樂的影響：「雖經衆議，於時卒無洞曉聲律者，樂部不能立，其事彌缺，然方樂之制及四夷歌舞，稍增列於太樂，金石羽旄之飾爲，壯麗於往時矣。」高閭的改革也沒有取得實際成績：「閭歷年考度，粗以成立，遇遷洛，不及精盡，未得施行。尋屬高祖崩，未幾，閭卒。」其後公孫崇、李崇、劉芳、高肇、王懌、崔光、郭祚、游肇、孫惠蔚、王延明

〔註 25〕趙敏俐等先生考證，劉宋以來直至陳代，國家音樂機構「保留了東晉一太樂爲主要機構，幷由太樂監管清商樂的特點」，梁代的變化在於「一是鼓吹由隸屬太樂改爲與太樂幷列，二是在太樂下另設清商署，幷置清商丞」。見趙敏俐等：《中國古代歌詩研究——從〈詩經〉到元曲的藝術生產史》，北京大學出版社 2005 年版，第 268、269 頁。

〔註 26〕《魏書・皇后列傳・文成文明皇后馮氏》：「文成文明皇后馮氏，長樂信都人也。父朗，秦、雍二州刺史、西城郡公，母樂浪王氏。後生於長安，有神光之异。」又：「及高祖生，太后躬親撫養。」見〔北齊〕魏收撰：《魏書・皇后列傳・文成文明皇后馮氏》卷一百九，中華書局 1974 年版，第 2827 頁。

〔註 27〕〔北齊〕魏收撰：《魏書・樂志》卷十三，中華書局 1974 年版，第 328 頁。

等也對音樂的改制進行過討論，而且採用了一些民間的藝人加入修定〔註28〕，激烈的論爭產生音樂著作《樂說》，但關於音樂的改革却落入了「各樹朋黨，爭競紛綸，竟無底定」的結局，加之「永安之季，胡賊入京，燔燒樂庫。所有之鐘，悉畢賊手，其餘磬石，咸爲灰燼」(《魏書・樂志》永熙二年春長孫稚、祖瑩上表)，而長孫稚、祖瑩、崔九龍所修音樂，其結果也是「或雅或鄭」(《魏書・樂志》)、「戎華兼採」(《隋書・音樂志中》)。這樣，元魏以宮廷音樂漢化爲主要目的的改革，其實際作用却是進一步促成了中原舊曲與胡樂的進一步融合。

「五胡亂華」時期北朝的音樂發展要比南朝的音樂發展在客觀條件上更爲有利，《魏書・樂志》載永嘉以後雅樂的傳承情況：「永嘉已下，海內分崩，伶官樂器，皆爲劉聰、石勒所獲，慕容儁平冉閔，遂克之。王猛平鄴，入於關右。苻堅既敗，長安紛擾，慕容永之東也，禮樂器用多歸長子，及垂平永，併入中山。自始祖內和魏晉，二代更致音伎；穆帝爲代王，愍帝又進以樂物；金石之器雖有未周，而絃管具矣。逮太祖定中山，獲其樂縣，既初撥亂，未遑創改，因時所行而用之。世歷分崩，頗有遺失。」〔註29〕從劉聰、石勒到北魏道武帝定中山，雅樂基本上有一個流承的主線，這與東晉雅樂的嚴重流失形成了對比，也即上文所引《晉書・樂志下》所載：「永嘉之亂，海內分崩，伶官樂器皆沒於劉、石……慕容儁平冉閔，兵戈之際，而鄴下樂人亦頗有來者……而王猛平鄴，慕容氏所得樂聲又入關右。太元中破苻堅，又獲其樂工楊蜀等，閑習舊樂，於是四廂金石始備焉。」〔註30〕慕容儁平冉閔，雖然「鄴下樂人亦頗有來者」，但相對而言，還是有更多的樂人仍然留在北方，自然「中朝舊音」也有相當一部分留在了北方，修海林先生稱這是「中原音樂與胡戎之樂在這一時期進一步相融互滲的表現，可視爲清商樂發展的更新

〔註28〕《魏書・樂志》：「時揚州民張陽子、義陽民兒鳳鳴、陳孝孫、戴當千、吳殿、陳文顯、陳成等七人頗解雅樂正聲，《八佾》、文武二舞、鐘聲、管絃、登歌聲調，（劉）芳皆請令教習，參取是非。」見〔北齊〕魏收撰：《魏書・樂志》卷一百九，中華書局 1974 年版，第 2832 頁。

〔註29〕〔北齊〕魏收撰：《魏書・樂志》卷一百九，中華書局 1974 年版，第 2826 頁。

〔註30〕〔唐〕房玄齡等撰：《晉書・樂志下》卷二十三，中華書局 1974 年版，第 697 頁。

階段」。〔註 31〕而東晉的雅樂建設是在獲得部分樂工的基礎上建立的，相對而言，北方「金石之器雖有未周，而絃管具矣」時的狀況要比南方「四廂金石始備焉」時在雅樂的建設方面更爲成熟。然而，「獲其樂縣」也未能改變「頗有遺失」的結局。祖珽在上書中也指出這一問題：「魏氏來自雲、朔，肇有諸華，樂操土風，未移其俗。至道武帝皇始元年，破慕容寶於中山，獲晉樂器，不知採用，皆委棄之。」〔註 32〕這樣，即便有雅樂傳承的有利條件，但在具體的傳承過程中卻沒有較好地採用並保存，導致了中原雅樂的進一步流失。所以在北魏初期，其宮廷所用音樂相對處於比較淩亂的狀態，不但在總體數量上遠不及前代，而且所使用的音樂本身也具有各民族音樂交融性的特點。《魏書・樂志》載：

> （道武帝）正月上日，饗群臣，宣布政教，備列宮懸正樂，兼奏燕、趙、秦、吳之音，五方殊俗之曲，四時饗會亦用焉。凡樂者樂其所自生，禮不忘其本，掖庭中歌《眞人代歌》上敘祖宗開基所由，下及君臣廢興之迹，凡一百五十章，昏晨歌之，時與絲竹合奏。郊廟宴饗亦用之。〔註 33〕

不但在「備列宮懸」、「四時饗會」時採用，而且在「郊廟宴饗」都會用到「五方殊俗之曲」，故而史家作出「魏樂府始有北歌，即《魏史》所謂《眞人代歌》是也」的論斷。〔註 34〕

由以上對魏晉南北朝各個時期雅樂作爲官方文化在傳播過程中重修的努力與不斷流失的事實，不難發現，雖然從魏晉到南北朝，各個朝代官方都將雅樂整理作爲朝政穩定後的首要的努力方向，但「以俗樂定雅樂」已經成爲不可挽救的趨勢。

〔註 31〕修海林著：《古樂的沉浮——中國古代音樂文化的歷史考察》，山東文藝出版社 1989 年版，第 61 頁。此前的階段爲「曹魏及至西晉時期，是清商樂創建、繁榮的時期，即其初始階段。」此後的階段爲「至北魏時期，清商樂經過多種途徑、多種層次的融合，進入七自身歷史發展的匯總階段，成爲流行南北的重要樂種。」（62 頁）

〔註 32〕〔唐〕魏徵等撰：《隋書・音樂志中》卷十四，中華書局 1973 年版，第 313 頁。

〔註 33〕〔北齊〕魏收撰：《魏書・樂志》卷一百九，中華書局 1974 年版，第 2828 頁。

〔註 34〕〔後晉〕劉昫等撰：《舊唐書・音樂志二》卷二十九，中華書局 1974 年版，第 1071 頁。

二、審美取向的選擇

漢魏時期，對藝術的接受已經出現了逆轉，雅樂的審美原則也隨之失掉了根基，與雅樂相對立的新聲受到了極大的關注，其中除了如前所述的客觀原因，人們的主觀選擇也是非常重要的因素。

值得注意的是，在積極修復雅樂的同時，柴玉、左延年等人卻「以新聲被寵」，且不論史官所持有的褒貶態度，至少從這裏我們可以看出：一方面，在朝野，已經形成了一股追「新」潮流，人們趨於新聲的欣賞和審美期待；另一方面，作爲帝王和朝臣，也已經廣泛地接受了其影響，對新聲的創作、表演等有相應才能的人對朝廷的流行趨勢具有一定的磁力，這種磁力不是如雅樂修復那樣，必須經過努力的嘗試、復原等，而是一種自覺被吸引的力量。

荀勖造新律尺時所擔任官職爲中書，這一職位在兩晉時期具有較大的權力，以至於荀勖自己都不願意升任在很多人看起來更高、更好的職位。〔註35〕馬端臨《文獻通考・職官考》據東漢末年「尚書令、中書監則二荀、華歆、劉放、孫資之徒也」，魏末「尚書令、中書監則賈充、荀勖、鍾會之徒也」，認爲：「蓋是時，凡任中書者，皆運籌帷幄、佐命移祚之人。」〔註36〕如此重要的人物做了造新律尺這樣重要的事情，從某種角度應該是能引發較大的轟動才是，但是當新律尺問世以後，雖然有很多人吹捧，最爲典型的便是裴頠（《晉書・裴頠傳》），然而從實際影響上，並沒有受到較爲廣泛的關注，正如楊蔭瀏先生所說，實際上這種新尺並不便利。〔註37〕從接受的角度，不便利只是造成其沒有受到廣泛關注的一個因素，另一方面，也不能否認，當時音樂本身的審美原則已經與模擬「古尺」而成的「新尺」標準之間產生了背離，人們審美視野所欣賞和希望出現的，並不是因循古法而產生的音律，而是在當下社會中所流行的新聲。從骨子裏，這種經過加工改造的新尺並不能得到人們欣賞心理的認同，其傳播範圍微乎其微也自然是不言而喻的了。

梁武帝下詔讓群臣「陳其所見」時的情況就更值得分析，朝臣「皆言樂

〔註35〕「勖自中書省監除尚書令，人賀之。勖曰：『奪我鳳凰池，諸君何賀耶？』」見〔宋〕李昉等撰：《太平御覽・羽族部》冊9卷九百十五，上海古籍出版社2008年版，第177頁。

〔註36〕〔宋〕馬端臨著，上海師範大學古籍研究所、華東師範大學古籍研究所點校：《文獻通考・職官考》卷四十九，中華書局2011年版，第1408頁。

〔註37〕楊蔭瀏著：《中國古代音樂史稿》（上冊），人民音樂出版社1980年版，第168頁。

之宜改，不言改樂之法」，不是朝臣不想在帝王面前表現自己的音樂才能，而是他們的的確確已經沒有了這樣的能力，人們對廟堂音樂其實不精通，也沒有人願意下功夫去眞正地想精通，音樂欣賞的範圍主要是一些俗樂，而不是所謂的雅樂，興趣根本就不在此，因此他們的實際行動只能落入「咸多引疏略浩蕩」的表面現象。顯然，在朝臣看來，禮樂是高高在上的程序化的東西，嚴肅刻板，終究不美。只是畏於皇權的壓力，衆人都不得不說宜改，所以都跟著表明態度，旁徵博引地說上一通，鮮有自己的眞正見解。設想倘若是一個沒有政治權力的人——甚至提出者不是集最高權力於己身的梁武帝——提出這樣的觀點，估計就會馬上遭到很多人的反對了。

一方面，禮樂的遺失給宮廷雅樂的整理造成了很大的難度，人們不得不以雜有當時社會「流行音」的新聲來補充和完善，從而造成雅樂與其理想形式和功能的進一步脫離。更爲重要的另一個方面在於：禮樂本身距離人們的欣賞觀念和審美視角越來越遙遠，那種靠過多的理性來壓抑感性與直覺的方法正在爲人們所排斥，禮樂在社會的發展中已經成爲與時代相隔離的客體，除了官方政權偶然還會想起它的寓意，在人們的生活與交往中，它正在悄然喪失一些曾經屬於自己的「市場」。

第二節　文學與音樂接受觀念的變遷與轉向

魯迅將魏晉時期稱爲中國文學的自覺時期，雖然近年來也有人將文學的自覺定義到其它的時代，不容置疑的是，魏晉的確是中國文學與思想的燦爛時代，中國古代樸素的審美觀念就是在這一時代中實現了由「施之」向「適之」的轉型，這在對音樂與文學的接受觀念中表現得尤爲突出。文學藝術的多元化觀念爲這一轉型提供了保障與前提。在接受觀念的轉向中最爲重要的是政治價值取向受到了前所未有的質疑，取而代之的是個體由被邊緣化甚至被遺忘走向了社會意識形態的重要組成部分，由此，引發了人們對藝術形式的接受過程中強烈的生命意識與對人與自然關係的重新思考，追求和諧理想的審美觀念也隨之具有了新的內涵。

一、音樂與文學審美觀的多元轉向

魏晉南北朝時期接受觀念以文化的多元發展爲前提。中國傳統審美觀念追求和諧，而和諧的標準就是先代帝王所創作的雅樂，凡是與此在音調和風格上不一致的，都將受到排斥，「鄭衛之音」便被等同於「亂世之音」，張載《張子全書．禮樂》從地域和環境的角度對此做出的闡釋是：

> 鄭衛之音自古以爲邪淫之樂，何也？蓋鄭衛之地濱大河，沙地，土不厚，其間人自然氣輕浮，其地土苦，不費耕耨，物亦能生，故其人偷脱怠墮、弛慢頹靡。其人情如此，其聲音同之。故聞其樂，使人如此懈慢。其地平下，其間人自然意氣柔弱怠墮，其土足以生，古所謂息土之民不才者，此也。若四夷則皆踞高山溪谷，故其氣剛勁，此四夷常勝中國者，此也。〔註38〕

這與丹納《藝術哲學》中所論及的地理環境對藝術的作用觀點頗爲相似，〔註39〕認爲地理環境因素決定一切。僅就其對正統觀念的凸現而言，否定任何具有異質因素的藝術形式，認爲在地域上的異質因素必然會導致其所產生和醞釀出的藝術形式和藝術表達方式也是不合理的。這顯然是一種排他觀念，力圖維護一統化的音樂欣賞標準和創作標準。魏晉以前，尤其在漢代，正統觀念具有絕對的權威性，任何與之相異的觀念都必將受到抵制和排斥。由此看，《禮記．樂記》所說的「唯樂不可以爲僞」，從其對雅頌之聲和「桑間濮上之音」截然相反的態度不難發現，以善馭眞，以美顯眞才是「不僞」的音樂所具有的特徵，樂中有善，樂中有美才是其追求的最終目的。而恰恰是這排除所有自認爲不眞因素的做法，導致了很多眞而不符合善與美的評價標準的音樂也變得「僞」了——況且此處的善與美本身的普適性就是值得質疑的。眞其實是一個具有絕對權威的評價標準體系，不是靠感性的知覺，而是靠理智的判斷和人爲的同化來進行。毫無疑問，此處「不僞」是爲了追求統一，恰恰遺忘了音樂作爲藝術形式所具有的感染力。

魏晉以來，一元權威受到前所未有的解構與質疑，對異域文化的接受以及對異端思想的汲納，使中國文化的轉型具備了順利進行的前提條件。中原傳統文化對印度佛教以及少數民族文化表現出了寬厚的接納襟懷，徐孝克「旦講佛經，晚講《禮》、《傳》」，〔註40〕「桓玄作詩，思不來輒作鼓吹」，〔註41〕

〔註38〕〔宋〕張載撰：《張子全書》，見〔清〕紀昀、永瑢等：《景印文淵閣四庫全書》冊697，臺灣商務印書館2008年版，第158頁。

〔註39〕見〔法〕丹納著，傅雷譯：《藝術哲學》，人民文學出版社1963年版。

〔註40〕〔唐〕姚思廉撰：《陳書．徐孝克傳》卷二十六，中華書局1973年版，第337頁。

〔註41〕〔宋〕李昉等撰：《太平御覽．樂部》冊6、卷五百六十七，上海古籍出版社2008年版，第292頁。

鼓吹本是北方少數民族的音樂，這裡卻成爲文人創作的靈感源泉。各種文化在不斷的交流中適應、改造、同化，形成了一種多元並生的文化狀態。這樣，也出現對同一個事物的多元化認可態度，接受者出於個體娛樂與欣賞的精神需求，在接受中也能夠從主觀認知的角度出發。具體到音樂，從曹氏父子開始，就對音樂有了不同的理解與解釋。《三國志・魏志・鮑勛傳》載：

> （丕行獵）中道頓息，問侍臣曰：「獵之爲樂，何如八音也？」侍中劉曄對曰：「獵勝於樂。」勛抗辭曰：「夫樂上通神明，下和人理，隆治致化，萬邦咸乂。故移風易俗，莫善於樂。況獵，暴華蓋於原野，傷生育之至理，櫛風沐雨，不以時隙哉？昔魯隱觀漁於棠，《春秋》譏之。雖陛下以爲務，愚臣所不願也。」因奏：「劉曄佞諛不忠，阿順陛下過戲之言。昔梁丘據取媚於遄臺，曄之謂也。請有司議罪以清皇朝。」帝怒作色，罷還，即出勛爲右中郎將。〔註 42〕

蕭滌非先生認爲，由這件事，可以知道「文帝之視樂府，實與田獵遊戲之事無異」，〔註 43〕不只是樂府，曹丕對「八音」都是如此認知的，可見對於曹丕，音樂就是精神的愉悅與娛樂，沒有必要背上教化、仁義、德行諸種額外的負擔，沒有必要一定合乎他人所規範的音律，也沒有必要一定承擔規定的標準，只要是符合個體欣賞需求的，就是合理的。值得注意的是，作爲帝王，曹丕的音樂觀念必然會影響他周圍的人，進而助長整個社會對「德音」的解構風氣。

隨著禮樂構建模式的逐步解體，繼諸子百家之後的另一多元共存、多元互生的時代到來了，文學的欣賞、創作觀念也發生了多元轉化，學者常論及的曹丕《典論・論文》所倡「文氣說」就是音樂啓發下的多元文學觀念：「文以氣爲主，氣之清濁有體，不可力強而致。譬諸音樂，曲度雖均，節奏同檢，至於引氣不齊，巧拙有素，雖在父兄，不能以移弟子。」曹丕發現了作家創作有共性，這便是文章都有文氣滲透，但更爲重要的是有個性的存在，每一個作家所具有的秉性和氣質類型不同，其所創作的文章也是有差異的，而且，這一差異客觀存在且不以人的意識爲轉移。也正因爲這些創作個體之間氣質類型的差異，諸如「應瑒和而不壯，劉楨壯而不密」、「孔融體氣高妙……（然）

〔註 42〕〔晉〕陳壽撰，〔宋〕裴松之注：《三國志・魏志・鮑勛傳》卷十二，中華書局 2011 年版，第 321 頁。

〔註 43〕蕭滌非著：《漢魏六朝樂府文學史》，人民文學出版社 1998 年版，第 123 頁。

理不勝辭，以至於雜以嘲戲」，〔註44〕「公幹有逸氣，但未遒而」、「仲宣獨自善於辭賦，惜其體弱，不足起其文」，〔註45〕才構成了當時文壇上的繁榮景象。

二、文學與音樂中的接受個體受到關注

隨著審美觀念的多元化，被大一統的和諧理想邊緣化甚至遺忘的欣賞個體也開始受到了關注。這一點也是春秋戰國時期文化多元與魏晉南北朝時期文化多元最爲主要的區別，春秋時期諸子爭鳴，各家積極探討最爲理想的社會構建形式，並試圖尋找最佳途徑，從而引發了思想界的一次飛躍。但是春秋時期的爭鳴都是建立在如何找到社會整體的構建和存在方式的前提下，而對個體的關注與重視則到魏晉南北朝時期才普遍出現。延續著對和合同構思想的解構，較早的有關音樂個體接受的論述爲伯牙與子期之間的知音典故。《呂氏春秋・孝行覽・本味》：

> 伯牙鼓琴，鍾子期聽之。方鼓琴而志在太山，鍾子期曰：「善哉乎鼓琴，巍巍乎若太山。「少選之間，而志在流水，鍾子期又曰：「善哉乎鼓琴，湯湯乎若流水。」鍾子期死，伯牙破琴絕弦，終身不復鼓琴，以爲世無足復爲鼓琴者。〔註46〕

鍾子期並不是作爲被動的接受者而聽琴聲，他所聽也並非伯牙所鼓琴聲的鏗鏘節奏，而是由琴聲的節奏音律所表達的個體的志向和人格精神，所以言志在太山、志在流水，是「創造旋律來表達高山流水喚起的情操和深刻的思想」，這與「六馬仰秣」所感覺到的音聲具有本質上的不同，「六馬仰秣」是受到節奏聲調的吸引，而知其所志却是一種經過接受者解讀之後領悟到的審美感受，使接受者的「情感移易，受到改造，受到淨化、深化和提高的作用」。〔註47〕主體將自己的審美情感和個性特徵融合在音樂的旋律中，而和接受者的期待視野有了契合成份，於是也變成了接受者表達自身審美情感和個性特徵的一個表徵。這一典故在漢代並沒有產生廣泛影響，漢人論及伯牙之鼓琴，恰恰多從「瓠巴鼓瑟而流魚出聽，伯牙鼓琴而六馬仰秣」中注意到了其中的順

〔註44〕〔三國〕曹丕：《典論・論文》，見〔梁〕蕭統編，〔唐〕李善注：《文選》卷五十二，上海古籍出版社，第2271頁。

〔註45〕〔三國〕曹丕：《與吳質書》，見〔梁〕蕭統編，〔唐〕李善注：《文選》卷四十二，上海古籍出版社，第1897頁。

〔註46〕許維遹撰，梁運華整理：《呂氏春秋集釋》，中華書局2009年版，第312頁。

〔註47〕宗白華著：《美學散步》，上海人民出版社1981年版，第206頁。

其性而教化以及這種順應所產生的理想化功能——「流魚出聽」，「六馬仰秣」。到了魏晉時期，嵇康《聲無哀樂論》將該典故作爲論證的主要論據之一，並由此而認爲欣賞主體的個體情感是造成音樂不同表現的根本所在。《世說新語・任誕》中記載了一則與子期聽琴類似的故事：

> 賀司空入洛赴命，爲太孫舍人。經吳閶門，在船中彈琴。張季鷹本不相識，先在金閶亭，聞弦甚清，下船就賀，因共語。便大相知說。問賀：「卿欲何之？」賀曰：「入洛赴命，正爾進路。」張曰：「吾亦有事北京。」因路寄載，便與賀同發。初不告家，家追問乃知。〔註 48〕

魏晉南北朝時期，不但接受過程中融入了審美的成份和個體特徵，接受者與被接受客體也發生了轉向。被接受客體本身的變化主要表現在：其主要內容不再以教化爲目的，而變成了具有個性特徵的意象；其接受目的也以表達個人的愛好與情感爲主旨，表現在文學中，正如饒宗頤先生所言：「特別趨向抒情文方面發展，不再視文章爲載道工具。」〔註 49〕當接受者是集體的受衆時，個體的感情和個性只能被同化，一旦個體的接受出現，並從作爲單個接受主體的視角去審美，就可以在接受中融入自己的個體判斷和個性特徵。「如果說兩漢文論在觀念上以儒學爲鵠的，在方法論上注重共性而忽略個性，影響到文體論上總是強調詩文處於五經，看不到分體文學的個性存在，那麼漢魏以來隨著人的自覺，人們對文學創作個性開始重視，並影響到對個體文學樣式的重視，這是順理成章之事。曹丕既然強調『文以氣爲主』，認爲文章從總的方面來說，是緣於作家的個性氣質，此爲共性，但具體到每個人却因禀氣不同而千差萬別，不能一概而論。同理，『文本同而末異』，文章在本體上相同，而在具體的文體樣式上，却可以分成四科八體乃至於各種各樣，不可強求一律。」〔註 50〕對禮樂的解構引發的個體觀念滲透在文學中，便是對個體特色的微觀關注，個體的生命意識與對和諧觀念的認知與思考也進入了一個更新階段。

「我」作爲一個實在而獨立的個體，成爲魏晉時期人們常用來表達自己

〔註 48〕〔南朝〕劉義慶著，〔南朝〕劉孝標注，余嘉錫箋疏：《世說新語箋疏》，上海古籍出版社 1993 年版，第 739 頁。

〔註 49〕饒宗頤著：《澄心論萃》，上海文藝出版社 1996 年版，169 頁。

〔註 50〕袁濟喜著：《古代文論的人文追求・中國古代文論文體論的人文蘊含》，中華書局 2002 年版，第 24 頁。

觀念的一個詞，也成為當時士人及其重視的一個詞，當時有人將殷浩與桓溫相比較，所以當桓溫問殷浩「卿何如我？」殷浩却說：「我與我周旋，寧作我。」當有人問殷浩「卿何如裴逸民？」他毫不猶豫地回答「固當勝耳」，不但毫不謙虛，而且強調了我的唯一性，充滿了自信和自豪。與此相類似的還有《世說新語・方正》中的「我自用我法」等，這些都在向人們暗示一個有關審美的思考：美還有標準嗎？是自己的標準還是他者制定的標準呢？魏晉時期的人們在反思與實踐中打破了他者的標準而遵照了自己的標準，寧可放棄實際上達不到的在天塹盡頭的美的理想、改而求索與自身所處環境相適宜的審美意願，此處的「我」與作為社會群體的「我」相比，生命個體不是委屈自己所恪守的生命信條來適合別人所制定的規矩，而是以自己的思想作為行動的準則。

人們對自我的尊重，必然引發對生命的尊重。與之相適應的是，中國古代傳統的樸素審美也開始以個體欣賞作為審美準則，美已經不是一種拋開自我內心感受的理性判斷，而成為一種直覺和瞬間的把握，個體重視自身的存在，重視自身對自我的價值，重視自己生命的意義。從而完成了中國古代審美主體由群體向個體、審美方式由絕對理性向理性配合感性的轉變，抽象的形而上的美開始轉化為具體的實際行為和精神之美。人們用藝術的眼光來欣賞生命，將生命的存在和獨立思考置於功業和顯名之上。

魏晉南北朝時期是個人的生命受到極度摧殘和折殺的時期，人們渴望生命的延續和精神的繼承，面對著「白骨露於野，千里無鷄鳴」的悲慘現實，曹操也曾發出「對酒當歌，人生幾何」、「死者長已矣，生者長戚戚」的慨歎。這種因人生無常之感而萌生及時行樂的思想，在《古詩十九首》中已經露出端倪，如：「浩浩陰陽移，年命如朝露。人生忽如寄，壽無金石固。萬歲更相疊，聖賢莫能度。服食求神仙，多為藥所誤。不如飲美酒，被服紈與素」，「生年不滿百，常懷千歲憂。晝短苦夜長，何不秉燭遊。為樂當及時，何能待來茲」等。其後嵇康臨刑而託孤，阮籍緘口以保全，陸機有亡國之嗟，庾信有居北之歎，生命意識在這一歷史時期如此深刻而直觀地體現出來。生命意識的覺醒推動著中國文化的審美心態由儒家道德所主宰的樸素審美向注重感性特徵的個性化審美轉型。

符號化了的禮樂標準被解構了，人們用自己的欣賞視野替代了他者的欣賞視野，對社會的認知方式也隨之發生了轉變，審美領域中的和諧觀念也發生了轉變。從上古時期就形成的社會整體和諧的觀念正在被個體和諧與社會整體和諧的共生狀態所取代，隨著個體的生存狀態和生命意識的加強，僅僅靠社會表面的和諧狀態已經不能滿足人們的精神需求。魏晉南北朝時期出現了對人物的穿著、容貌、雅量、姿態以及生活中的種種細節的注重，這正是個體在局部達到和諧的主要方面，魏晉名士各種荒誕怪異的行爲，若是從正統儒家的立場出發無論如何也是難以接受的，却能表達名士本人的思想感情和心緒——其實，我們在這裏用上「荒誕怪異」這個詞本身就意味著是從帶了一定前結構的角度去看待這些名士的心態了——他們追求自己內心的寧靜與外形的表象的和諧統一，藉此來表達對和諧表面下的不和諧因子的解決方式與截然態度。這與儒家所強調的「慎獨」截然相反，一個是靠絕對的理性來維護整體的和諧，個體只要借助修養就能壓抑個體感性中的自由成份，一個是靠將眞率的感覺與行動的實際結合起來，尋找如何通過自身首先實現和諧進而再與整體達成和諧。和諧觀念的出發點不同，注重的方式也不同，其行爲結果和要求自然也是不同的。從不同起點出發的接受，必然會融合自身的預見性認知，作爲審美情感和審美意向的出發點，參與並制約著對接受對象的理解，構成了理解和欣賞發生的前提與預定指向，海德格爾稱之爲「前理解」，認爲這種前結構會將人指向某一個理解的方向，姚斯將其發展爲「審美經驗的期待視野」。

魏晉時期以個體爲出發點的和諧並非沒有理性的思考，更不是從自我出發的個人主義，而是將理性的探索融入感性的體悟，試圖實現自身與對象的契合。在魏晉南北朝音樂的個體接受中，這種在前理解支配下，融合人格特徵與個性特色的方式隨處可見：

《世說新語・雅量》：

> 戴公從東出，謝太傅往看之。謝本輕戴，見但與論琴書。戴既無吝色，而談琴書愈妙。謝悠然知其量。

《世說新語・傷逝》：

> 顧彥先平生好琴，及喪，家人常以琴置靈床上。張季鷹往哭之，不勝其慟，遂徑上床，鼓琴，作數曲竟，撫琴曰：「顧彥先頗復賞此不？」因又大慟，遂不執孝子手而出。

《世說新語・傷逝》：

> 王子猷、子敬俱病篤，而子敬先亡。子猷問左右：「何以都不聞消息？

此已喪矣！」語時了不悲。便索輿來奔喪，都不哭。子敬素好琴，便徑入坐靈床上，取子敬琴彈，弦既不調，擲地云：「子敬！子敬！人琴俱亡。」因慟絕良久，月餘亦卒。〔註51〕

在古代禮制，「士無故不去琴瑟」（《禮記・曲禮下》），如前文所述，古代諸侯用鐘鼓之樂，士用琴瑟之樂，而一般的鄙夫庶人，只能叩盆拊瓴以爲樂，琴瑟是一個階級身份的表徵；琴也是古人德音思想的喻器之一，代表道德層面的高度和個人修養，所以「琴音調而天下治」，「積天地之和者，莫如樂，暢樂之趣者，莫如琴。八音以絲爲君，絲以琴爲君，衆器之中，琴德最優」。〔註52〕琴更是士人情操的寓所之一，蔡邕、揚雄、嵇康、傅玄都有《琴賦》，蔡邕有焦尾、陶淵明有無弦琴。琴在中國士人那裏，是融合了理想、人格、個性特徵的複合體，這就構成了時人對琴接受的潛在期待，一旦這種前結構與自身的個體特徵找到了契合點，就能够產生共鳴。正因如此，謝公因論琴而知戴逵，張翰因見琴而如見顧榮，王徽之哭琴以憶王獻之，都是與自身的期待視野相合的行爲和心理過程。就期待的視野而言，也並不是順應了期待就能够達到最佳，而是要在接受與欣賞的過程中打破這種原先有的預見或理解，從而構成姚斯所說的「效果的歷史」，形成一種新的理解或結構，這樣的欣賞才能達到與自身目的契合，實現自身與外界的和諧。謝安本對戴逵沒有好感，在論琴書的過程中却有了新的認識，由「輕戴」而至「知其量」。從張翰潛在的期待中，顧榮應能賞此琴曲，因爲以前的經歷所構成的經驗性認知可以作證，但是畢竟這一次顧榮不能。同樣，弦既不調，人琴俱亡，也是王徽之的前結構中原本沒有的，而是在接受中出現的「效果」。這樣，接受過程既在融合中爲接受者找到了契合點，又改變著接受者原有的期待視野，從而形成新的結構與理解。從自身出發的和諧理想與和諧觀念並不是對整體的否定，更不是對自身以外的一切形式的否定，而是在對自身與外界關係的不斷探索中採取一種優化方式——儘管這種方式在我們今天看來仍有局限性。

從集體接受對象到個體接受對象，從單向的交流到雙向的交流，中國古代審美接受至魏晉南北朝時期，走向了更新的歷程。在這一接受的轉型中，

〔註51〕〔南朝〕劉義慶著，〔南朝〕劉孝標注，余嘉錫箋疏：《世說新語箋疏》，上海古籍出版社1993年版，第373、639、644頁。

〔註52〕《全晉文》卷四七嵇康《琴賦》，見〔清〕嚴可均輯：《全上古三代秦漢三國六朝文》冊3，上海古籍出版社2009年版，第599頁。

儘管魏晉南北朝的音樂和文學的創作不再被視爲宮女伶優所爲，帝王以及貴族子弟與社會名流都加入了進來，但是人們却從追求事功演變到追求風流自適，從重視人的能力、政績演變到注重人的儀表風神之美，從崇尚功業到關注大自然、自覺地以大自然爲審美對象，欣賞自然山水的神韵之美。正是由思想解放、人性覺醒而產生了審美意識的轉向。覺醒了的人們，在對人生與自然的渴念中，萌發了對藝術形式美的追求，由此而產生了這一時代文學的覺醒與飛躍發展。

三、文學與音樂之間地位的微觀轉化

魏晉時期理應是一個音樂理論繁榮發展的時期。一方面，文學創作者對音樂精熟。在漢魏乃至兩晉南北朝時期，很多人集音樂天賦與文學天賦於一身，二者相得益彰。精通律呂，具有多方面的文藝才能幾乎成爲文人生活中必不可少的時尚之一，如整天「彈琴長嘯」的阮籍（《魏氏春秋》），「能鼓琴，工書畫」的戴逵（《晉書・戴逵傳》），「妙解音律，善彈琵琶」的阮咸（《晉書・阮咸傳》）等人。另一方面，有大量的音樂理論作爲先導。此前，《墨子》有《非樂》，《周禮》有《大司樂》，《荀子》有《樂論》，《呂氏春秋》有《大樂》、《奢樂》、《適音》、《古樂》、《音初》，又有專門論及音樂的或爲戰國或爲西漢時期的《樂記》等等。

然而，無論時人對音樂實踐的洞悉還是前人大量音樂理論研討的鋪墊，都沒有讓魏晉時期的音樂理論探討呈現出繁榮景象，留存至今的這一時期的音樂專論少之又少，除阮籍《樂論》與嵇康《聲無哀樂論》，幾乎找不到其它。相反，以音樂爲主要內容的文學作品數量急劇增多，人們通過文學形式表現對音樂的精熟、通過將文學才思寄託於樂器樂曲表達自己的理想，針砭事實。僅僅《琴賦》，就有嵇康、傅玄等人，風格各異。同時，由於魏晉時期各種文學體裁進一步完善，爲文學專論的產生儲備了必要條件，有記載或流傳的，繼曹丕《典論・論文》後，陸機有《文賦》，李充有《翰林論》，摯虞有《文章流別論》。這一時期是中國古代文藝史上第一個文學探討的繁榮程度勝過了音樂理論探討的時期。

有關音樂的文學創作與文學理論研討的繁榮，標誌著魏晉時期文學開始逐步獨立，也標誌著是中國古代文藝不再囿於「樂」，進一步走向了多元。文學獨立出來，從「經國之大美」到「詞採華茂」，其藝術美與審美價值也取得了自覺。

第三節　文學與音樂游離表象下的黏著關係

從藝術的起源開始，音樂與文學就有了不解之緣，以此爲基礎而形成的音樂與文學的關係也隨著時代觀念的不同而經歷了錯綜複雜的變遷。

一、從多位一體到文學「樂本位」

遠古生民所創造的藝術形式並不是按照某一類別進行的，面對強大的自然界的威脅與渺茫的生存機遇，個體的力量在遠古生民那裏幾乎沒有意義，要通過集體的合力求得與自然的和諧相處、顯示社會整體的力量從而求得生命的延續與發展，即必須與自身所賴以生存的自然界和諧相處，這是古代生民審美的開始，更是遠古生民的審美理想。這時所出現的藝術形式也多位一體，各種藝術形式都處於萌芽階段。

隨著人類生產能力的提高，自然不再成爲生命延續最主要的障礙時，人類自身的不和諧狀態便暴露出來，於是以宗法制爲基礎的禮樂制度便應然而生，樂便具有了協調人與人之間和諧相處的功能。《國語・周語》引樂官州鳩所言：

> 夫政象樂，樂從和，和從平，聲以和樂，律以平聲，金石以動之，絲竹以行之，詩以道之，歌以咏之，匏以宣之，瓦以贊之，革木以節之。〔註 53〕

樂之平和具有象徵社會狀態和諧與否的功用，要達到理想的和諧境界，就必須通過一系列的工具和手段，而詩歌就是其中的一種。又《國語・晉語》載：

> 平公說新聲，師曠曰：「公室其將卑乎，君之明兆於衰矣。夫樂以開山川之風，以耀德於廣遠也，風德以廣之，風山川以遠之，風物以聽之，修詩以咏之，循禮以節之。夫德廣遠而有時節，是以遠服而邇不遷。」〔註 54〕

這裏主要講音樂在影響社會的風化方面的重要性，從另一個側面也展示了樂和詩之間的關係，詩的主要作用在於咏「樂」的成果，是樂實現治化與薰染的主要途徑之一，是樂功能實現過程中的一個部分。

遠古氏族社會正是通過這種原始禮儀活動，將其群體組織起來，按

〔註 53〕徐元誥撰：《國語集解》，中華書局 2002 年版，第 111 頁。
〔註 54〕徐元誥撰：《國語集解》，中華書局 2002 年版，第 426 頁。

> 著一定的社會秩序和規範來進行生產與生活……禮是用來區別不同等級之人的，但正如著名學者杜國庠先生所指出的，過於森嚴的等級反而易於使社會內部的人產生離心力，於是樂就承擔了調和不同等級與身份的人與人之間感情的任務……〔註55〕

調和的目的就是為了使各個階層的人們都遵循一定的道德標準。周代接受禮樂教化的主體是貴族子弟，他們對禮樂的接受與治化直接相關。

春秋戰國時期，「禮崩樂壞」，諸侯戰亂、人倫喪失、生靈塗炭，人的生命再次遭到威脅，於是儒家再次從集體合力的視角去尋求解決的辦法，通過強調個體道德的養成與理性的行為，從而達到社會整體和諧，彰顯社會整體的力量。在尋找集體力量、使整個社會處於一種和諧共生的過程中，樂便因其所具有的對不和諧因素的調和作用，成為中國古代審美理想外化形態中最為主要的追求。其在社會功用方面，要遠比文學的主要形式詩歌重要。孔子曾表述詩、禮、樂三者的關係：「興於詩，立於禮，成於樂。」〔註56〕從孔子的認識角度言，學習詩還是最為基礎的方面，只是一個人人格塑造和歷練的開始。宋張栻《癸巳論語解》卷四解釋此句，認為：

> 此學之序也，學詩，則有以興起其性情之正，學之所先也；禮者，所據之實地，學禮而後有所立也，此致知力行，學者所當兼用其力者也。至於樂，則和順積中，而不可以已焉，學之所由成也。此非力之可及，惟久且熟，而自至焉耳。〔註57〕

張氏認為這是在強調學習詩、禮、樂的先後順序。學習詩歌是為了匡正人的性情，使人有所感；學習禮，是為了匡正人的實際行為，使人有所作為；而樂則是一種無法通過有形的匡正所能達到的，而是修養達到一定程度後的自至之境，更是學習的至高境界。學習詩只是一種個人修養，學習樂則是整個社會的修養。樂代表著中國古代審美理想的最高境界，它的位置遠居於詩文之上、甚至在禮之上。

最早在專門的官方教育機構承擔專門教育職務的，都是樂師。《周禮・春官》：「樂師，掌國學之政，以教國子小舞……教樂儀，行以《肆夏》，趨

〔註55〕袁濟喜著：《古代文論的人文追尋》，中華書局2002年版，第34頁。

〔註56〕程樹德撰，程俊英、蔣見元點校：《論語集釋》卷五，中華書局1990年，第529頁。

〔註57〕〔宋〕張栻撰：《癸巳論語解》，見〔清〕紀昀、永瑢等：《景印文淵閣四庫全書》冊199，臺灣商務印書館2008年版，第238頁。

以《採薺》，車亦如之。」鄭玄注：「教樂儀，教王以樂出入於大寢朝廷之儀。」〔註 58〕

由於對社會和諧有序狀態的審美理想的加入與政教觀念的介入，詩、樂、舞三位一體的上古藝術的「原生態」形式已經被「樂本位」——對於個體來說其實是如何調整自身，以促使社會呈現和諧表象的道德本位與責任本位——的變異形態所解構。樂既然在社會合力的形成與個體道德的養成中具有如此重要的作用，其位置自然是其它藝術形式所無法比擬的，反映在文學與音樂的關係上，便形成了樂遠遠高於詩的地位。即便是在文學內部，也因爲樂的有無而有一定的層次區別。

《孟子·盡心上》：「仁言，不如仁聲之入人深也。」有關此處何謂「仁言」，何謂「仁聲」，趙岐注曰：「仁言，政教法度之言也；仁聲，樂聲《雅》、《頌》也。仁言之政雖明，不如《雅》、《頌》感人心之深也。」〔註 59〕可見，仁言，主要是指《訓》、《誥》、《誓》、《命》等以脫離音樂的散文方式對先代帝王的仁厚言語進行記載的典籍；而仁聲，主要指對先王進行稱頌與美刺的與音樂相關的絃歌方式進行記載的典籍。文學的不同體裁形式，因爲音樂內容的有無而在功用上處於兩個完全不同的層次。基於以上兩個層次的理解，陳暘《樂書·禮記訓義》：「夔教冑子，大司樂教國子，皆先樂者，仁言不如仁聲之入人深故也。」〔註 60〕荀子《樂論》：「樂者，先王之所以飾喜也；軍旅鈇鉞者，先王之所以飾怒也。先王喜怒皆得其齊焉。是故喜而天下和之，怒而暴亂畏之。」〔註 61〕樂因爲能表達王之喜，歸根結底能表現天下治理的盛世狀態，所以在各種藝術形式中，具有不可比擬的位置，而任何一種藝術形式，也必須以樂作爲基準而進行。

這裏透露出中國古代文藝觀念中爲追求一種整體和諧之美的理想而對個體提出的理性道德修養導向，這一導向引發的關於個體與群體、主體與客體之間關係的爭論，至今猶存。

〔註 58〕〔漢〕鄭玄注，〔唐〕賈公彥疏，彭林整理：《周禮注疏》卷二十六，上海古籍出版社 2010 年版，第 863 頁。

〔註 59〕〔清〕焦循撰，沈文倬點校：《孟子正義》，中華書局 1987 年版，第 897 頁。

〔註 60〕〔宋〕陳暘撰：《樂書》卷六，見〔清〕紀昀、永瑢等：《景印文淵閣四庫全書》冊 211，臺灣商務印書館 2008 年版，第 51 頁。

〔註 61〕〔清〕王先謙撰，沈嘯寰、王星賢點校：《荀子集解》卷十四，中華書局 1988 年，第 380 頁。

二、文學價值「道德本位」觀

漢代在文學的發展中具有劃時代的意義，以辭賦的創作爲中心，文學的價值開始受到重視，漢代以泱泱大國的姿態自居，在文藝導向上更強調表現內容的統一和表現形式的規範，官方政治對音樂和文學的一統方式使這兩類藝術形式從一定程度上落入一套人爲標準。總體上，音樂的典範就是禮樂，人爲的標準使藝術表現形式距離藝術審美與欣賞越來越遠，以宣揚宮廷場面和政治功利的禮樂爲代表，規範的廟堂祭祀與政治頌歌成爲範式。文學的表現也以是否能反映社會政治爲的，失掉了作爲藝術表現形式應有的靈動之氣與感性頓悟，成了政治教化的一種工具。以此作爲文學評價的標準，文學欣賞的視野也更傾向於以功用而進行的判斷。揚雄選擇「孔氏之門人用賦」作爲評價當下流行的文體形式，表明漢代對待文學評價的當然標準。漢代文人，司馬相如《子虛賦》「乃諸侯之事，未足觀也」，《遊獵賦》目的在：「子虛虛言也爲楚稱，烏有先生者，烏有此事也爲齊難，無是公者無是人也，明天子之義，故空藉此三人爲辭。以推天子諸侯之苑囿，其卒章歸之於節儉，因以風諫。」司馬遷仍認爲其辭「多虛辭濫說」，好在「然其要歸，引之節儉，此與詩之風諫何異」，所以能够「入室」，相對其他文人顯出更大的優勢。作出這樣評價的原因，司馬遷同意揚雄的觀點：「揚雄以爲靡麗之賦，勸百風一，猶馳騁鄭衛之聲，曲終而奏雅，不已虧乎？」〔註 62〕這就不僅僅是漢代人們對待文學的基本態度，而且暗示了人們在文學與音樂兩種藝術形式間進行選擇的心理前提：藝術形式，無論以文學還是音樂的形式出現，最爲至關重要的在於其對社會政治和社會秩序所能產生的作用。至於「登堂」的賈誼，其目的性也十分明顯，班固通過劉向給賈誼所作出的評價表明了自己的態度：「劉向稱：『賈誼言三代與秦治亂之意，其論甚美，通達國體，雖古之伊、管未能遠過也。』」〔註 63〕至於其他文士，如東方朔等人，雖然文學創作頗豐，但都不被列入以文學顯的行列。司馬遷對漢代政策文藝方面的代表人物有一個較爲系統劃分：「漢之得人，於茲爲盛，儒雅則公孫弘、董仲舒、兒寬，篤行則石建、石慶，質直則汲

〔註 62〕〔漢〕司馬遷撰，〔宋〕裴駰集解，〔唐〕司馬貞索隱，〔唐〕張守節正義：《史記・司馬相如列傳》卷一百一十七，中華書局 1959 年版，第 3073 頁。

〔註 63〕〔漢〕班固撰，〔唐〕顏師古注：《漢書・賈誼傳》卷四十八，中華書局 1962 年版，第 2265 頁。

黯、卜式，推賢則韓安國、鄭當時，定令則趙禹、張湯，文章則司馬遷、相如，滑稽則東方朔、枚皋，應對則嚴助、朱買臣，歷數則唐都、落下閎，協律則李延年，運籌則桑弘羊，奉使則張騫、蘇武，將帥則衛青、霍去病，受遺則霍光、金日磾。其餘不可勝紀。」〔註 64〕《史記》專列《滑稽列傳》，其中有淳于髡、優孟、優旃，同時有東方朔、東郭先生、王先生、西門豹（卷一百二十五），將東方朔歸入滑稽一類。在帝王心目中，東方朔等人實際地位也接近於「俳優」之人，在國家政策的應對方面並未能得到充分的重視，史載：

> （東方）朔、（枚）皋不根持論，上頗俳優畜之。〔註 65〕

> （東方朔）與枚皋、郭舍人俱在左右，詼啁而已。久之，朔上書陳農戰強國之計，因自頌獨不得大官，欲求試用。其言專商鞅、韓非之語也，指意放蕩，頗復詼諧，辭數萬言，終不見用。朔因著論，設客難己，用位卑以自慰諭。〔註 66〕

> 皋不通經術，詼笑類俳倡，爲賦頌，好嫚戲，以故得媟黷貴幸。比東方朔、郭舍人等，而不得比嚴助等得尊官。〔註 67〕

無論是音樂還是文學，都以是否符合政治治化爲目的，不但作爲社會最高統治者的帝王和當時的史家有這樣的看法，就是作爲創作文學作品的文人自身，也會對自身所進行的創作有這樣的評價標準：

> 皋賦辭中自言爲賦不如相如，又言爲賦乃俳，見視如倡，自悔類倡也。故其賦有詆娸東方朔，又自詆娸。其文骫骳，曲隨其事，皆得其意，頗詼笑，不甚閑靡。凡可讀者百二十篇，其尤嫚戲不可讀者尚數十篇。〔註 68〕

〔註 64〕〔漢〕司馬遷撰，〔宋〕裴駰集解，〔唐〕司馬貞索隱，〔唐〕張守節正義：《史記・平津侯主父列傳》卷一百一十二，中華書局 1959 年版，第 2964 頁。

〔註 65〕〔漢〕班固撰，〔唐〕顏師古注：《漢書・嚴助傳》卷六十四上，中華書局 1962 年版，第 2775 頁。

〔註 66〕〔漢〕班固撰，〔唐〕顏師古注：《漢書・東方朔傳》卷六十五，中華書局 1962 年版，第 2863 頁。

〔註 67〕〔漢〕班固撰，〔唐〕顏師古注：《漢書・枚皋傳》卷五十一，中華書局 1962 年版，第 2366 頁。

〔註 68〕〔漢〕班固撰，〔唐〕顏師古注：《漢書・枚皋傳》卷五十一，中華書局 1962 年版，第 2367 頁。

傳統的「三不朽」觀念中，立言居後，在政治功名無從獲得情況下，才會想到立言，立言是對漢代文士政治事業失落的一種有效補足，司馬遷就可以算是一個較爲典型的例子。以此爲的，到了東漢末年，辭賦以鋪張雕飾爲主，不但在修辭上落入了「文如錦綉，深如河漢」的虛飾與渲染，而且以引導民「知是非」，有益於「彌爲崇實之化」爲文學創作目的（王充《論衡・定賢》）。歸根到底是與音樂中的「禮樂」發展相類似的境地。與之相似的是西晉時期，由於禮樂的回歸與人爲的藝術標準，文學的創作落入了模擬的羈絆，失去了文學創作應有的活力與應變。

三、游離中的黏著

漢魏之際，從宮廷的音樂導向開始，以悲爲美成了時代音樂的主旋律，創作者的精神世界和接受者的期待視野都發生了藝術美轉變。而到了東晉南北朝時期，音樂奏響了俗化的樂章，文學也出現了相應的轉向，從政教外套走向了審美本身（或者說審美視角的感性化），從理性居絕對地位的審美走向了感性審美（審美視角的娛樂化），相應，文學也從「經國之大美」到「詞采華茂」，其藝術美與審美價值也取得了自覺。

這一時期，文學從表現手段與從接受理念方面都相對獨立了，創作主體不再依賴於音樂的演奏或舞蹈的形象進行文學的創作，人們也逐步從崇詩走向了崇文。但是，表面上的游離與獨立，並不意味著完全的分離。文學與音樂在游離的表象下，仍然有著較多的黏著之處。

由於某種慣性，樂在社會認知中仍是爲世人熟知的藝術形式，這種歸位於審美的藝術形式往往被用來談論文學。學者常引用的曹丕《典論・論文》中就借用音樂來說文氣：「譬諸音樂，曲度雖均，節奏同檢，至於引氣不齊，巧拙有素，雖在父兄，不能以移子弟。」〔註 69〕陸機《文賦》中論及文章之病，「應」「和」「悲」「雅」「艷」五項作文原則的提出，也以音樂爲基礎。

劉勰《文心雕龍・聲律》在論述了人聲和樂器的關係之後，也談到了詩歌中的言語與音樂音調之間的關係：

> 故言語者，文章關鍵，神明樞機，吐納律呂，唇吻而已。古之教歌，先揆以法，使疾呼中宮，徐呼中徵。夫徵羽響高，宮商聲下；

〔註 69〕〔三國〕曹丕：《典論・論文》，見〔梁〕蕭統編，〔唐〕李善注：《文選》卷五十二，上海古籍出版社 1986 年，第 2271 頁。

抗喉矯舌之差，攢唇激齒之異，廉肉相準，皎然可分。今操琴不調，必知改張，摛文乖張，而不識所調。響在彼弦，乃得克諧，聲萌我心，更失和律，其故何哉？良由外聽易爲察，而內聽難爲聰也。故外聽之易，弦以手定；內聽之難，聲與心紛：可以數求，難以辭逐。〔註70〕

在劉勰看來，音樂的聲調與文章的言語有相通性，爲文與制樂都是對聲音的表現，只不過對「肇自血氣」的宮商之調，音樂表達方式給接收者的是明了的「外聽」，而文學言語的聲律接收者却只能通過「內聽」來感覺。黑格爾稱音樂是「最情感的藝術」，因爲在音樂中，「作品與欣賞者的分離也消失了」，李澤厚據此認爲文學是一種借助語言的「思想的藝術」，「使人們能够由感受體驗迅速直接地趨向於認知、思考」。〔註71〕從接受者角度言，音樂對人的影響是直覺的、感性的，也就是劉勰所說的可以通過「外聽」感染人，而文學則是在感性認識的基礎上，加入了對內容的理性思考，故而劉勰認爲是一種「內聽」，二者之間內在聯繫，通過「數求」才能够達到。劉勰所處的時代，聲律論已經廣爲人知，文學與音樂的直接關係也受到關注，音樂和詩歌尤爲特殊，在《文心雕龍・樂府》中多次論及詩歌和音樂：

故知詩爲樂心，聲爲樂體，樂體在聲，瞽師務調其器。樂心在詩，君子宜正其文。

凡樂辭曰詩，詩聲曰歌，聲來被辭，辭繁難節。〔註72〕

不僅僅是詩賦，各種文體的發源與歌樂都有緊密的聯繫。如《文章流別論》認爲頌與歌的關係主要表現在：「頌，詩之美者也。古者聖帝明王功成治定而頌聲興，於是史錄其篇，工歌其章，以奏於宗廟，告於神明。」〔註73〕《文心雕龍・頌贊》認爲頌、贊都與音樂關係密切，頌爲「宗廟之正歌，非饗燕之恒咏」，贊爲「昔虞舜之祀，樂正重贊，蓋唱發之辭也。及益贊於禹，伊陟

〔註70〕〔南朝〕劉勰著，周振甫注：《文心雕龍注釋》，人民文學出版社1981年版，第364頁。

〔註71〕李澤厚著：《美學舊作集・略論藝術種類》，天津社會科學院出版社2002年版，第381頁。

〔註72〕〔南朝〕劉勰著，周振甫注：《文心雕龍注釋》，人民文學出版社1998年版，第65頁。

〔註73〕〔宋〕李昉等撰：《太平御覽・文部・敘文》冊6、卷五百八十五，上海古籍出版社2008年版，第415頁。

贊於巫咸，並揚言以明事，嗟歎以助辭也。故漢置鴻臚，以唱言爲贊，即古之遺語也。」〔註74〕

魏晉南北朝時期對文學接受音樂影響的論述，不僅表現在專門的文學理論中，在時人的言論中也不乏其例。《晉書・孫綽傳》：

> （綽）絕重張衡、左思之賦，每云：「《三都》、《二京》，五經之鼓吹也。」嘗作《天台山賦》，辭致甚工，初成以示友人范榮期，云：「卿試擲地，當作金石聲也。」榮期曰：「恐此金石非中宮商。」然每至佳句，輒云：「應是我輩語。」〔註75〕

這裏有兩處以音樂言文學處值得注意。其一是將《三都賦》、《二京賦》比作「五經之鼓吹」。《世說新語・文學》也載此條，劉孝標注：「言此五賦是經典之羽翼。」鼓吹本是當時流行的一種音樂，胡僧祐就曾「以所加鼓吹恒置宅中，對之自娛」（《南史・胡僧祐傳》），《南史・蔡徵傳》載蔡徵「啓後主借鼓吹，後主謂所司曰：『鼓吹軍樂，有功乃授，蔡徵不自量揆，紊我朝章。然其父景歷既有締構之功，宜且如啓。拜訖即追還。』」〔註76〕魏晉時期還常用鼓吹作爲獎勵。其二是「金石」之聲來形容文章的好。古人所言的「八音」，就是指金、石、絲、竹、匏、土、革、木。金，指鐘一類，石，是指磬一類，金石之聲爲傳統的雅樂正聲。此處用音樂聲音來形象地比喻文章的質量，好文章就有金石之音，而更好的文章不但有聲音，而且在音調、音準方面有更高的要求，爲中宮商的金石之音。這種說法在歷代文論中不少，如陸游《上辛給事書》：「君子之有文也，如日月之明，金石之聲，江海之濤瀾，虎豹之炳蔚，必有是實，乃有是文。」明司空潘季馴撰《舉學職疏》（《舉學職以勵士風事》）：「陳其箴，青年妙質，雅志奇才；試其文，則鏗然有金石之聲。」元辛文房《唐才子傳》：「（孟遲）有詩名，尤工絕句，風流嫵媚，皆宮商金石之聲。」

《晉書・左思傳》載「（左）思少學鍾胡書及鼓琴，並不成」。其實，在魏晉南北朝時期，如左思般不擅長音律的文學家並不多，相反，很多人都是集音樂天賦與文學天賦爲一身，二者相得益彰。精通律呂，具有多方面的文藝才能

〔註74〕〔南朝〕劉勰著，周振甫注：《文心雕龍注釋》，人民文學出版社1981年版，第96頁。

〔註75〕〔唐〕房玄齡等撰：《晉書・孫綽傳》卷五十六，中華書局1974年版，第1544頁。

〔註76〕〔唐〕李延壽撰：《南史・蔡徵傳》卷六十八，中華書局1975年版，第1663頁。

幾乎成爲文人士大夫生活中必不可少的時尚之一，構成了一種普遍現象，如：

> 漢世，安平崔瑗、瑗子實、弘農張芝芝弟昶並善草書，而太祖亞之。桓譚、蔡邕善音，馮翊山子道、王九眞、郭凱等善圍棋，太祖皆與埒能。〔註 77〕
>
> 阮籍幼有奇才異質，八歲能屬文。性恬靜兀，然彈琴長嘯，以此終日。〔註 78〕
>
> 戴逵，字安道，譙國人也。少博學，好談論，善屬文，能鼓琴，工書畫，其餘巧藝靡不畢綜。〔註 79〕
>
> （張）永涉獵書史，能爲文章，善隸書，曉音律，騎射雜藝，觸類兼善，又有巧思，益爲太祖所知。〔註 80〕
>
> （范曄）少好學，博涉經史，善爲文章，能隸書，曉音律。〔註 81〕
>
> （柳）惔字文通，好學工制文，尤曉音律……〔註 82〕

到魏晉南北朝時期，文學與音樂逐步脫離政教的約束，藝術欣賞功能和娛樂功能也逐步得到了重視，華夏正聲與四夷之樂的交融，給創作方式、審美情趣都帶來了極大變革。章太炎在《國故論衡・文學總略》中指出：「『不歌而誦，故謂之賦；叶於簫管，故謂之詩。』文學語言並不完全等同於日常生活化的口頭語言，是一種被音樂化了的語言。」朱謙之將中國文學史的特徵總結爲「音樂文學」，〔註 83〕李澤厚將中國傳統文化概括爲「樂感文化」，並認爲與西方的「罪感文化」不同，「這種智慧表現在思維模式和智力結構上，更重視整體性的模糊的直觀把握、領悟和體驗，而不重分析型的知識邏輯的清

〔註 77〕《三國志・魏志・武帝紀》裴注引張華《博物志》，見〔晉〕陳壽撰，〔宋〕裴松之注：《三國志・魏志・杜夔傳》卷一，中華書局 2011 年版，第 43 頁。

〔註 78〕《魏氏春秋》，見〔宋〕李昉等撰：《太平御覽・文部・幼屬文》冊 6、卷六百二，上海古籍出版社 2008 年版，第 537 頁。

〔註 79〕《晉書・戴逵傳》，見〔唐〕房玄齡等撰：《晉書・戴逵傳》卷九十四，中華書局 1974 年版，第 2457 頁。

〔註 80〕《宋書・張永傳》，見〔梁〕沈約撰：《宋書・張永傳》卷五十三，中華書局 1974 年版，第 1151 頁。

〔註 81〕《宋書・范曄傳》，見〔梁〕沈約撰：《宋書・范曄傳》卷六十九，中華書局 1974 年版，第 1819 頁。

〔註 82〕《南史・柳惔傳》，見〔唐〕李延壽撰：《南史・柳惔傳》卷三十八，中華書局 1975 年版，第 986 頁。

〔註 83〕見朱謙之著：《中國音樂文學史》，北京大學出版社 1989 年版。

晰。總起來說，這種智慧是審美型的。」〔註 84〕這些對中國傳統文化的認知和總結，正是在音樂和文學關係的基礎上，突出中國古代文化審美實質。而從魏晉南北朝開始，隨著個體對藝術本身的體悟與感受的重視，文學與音樂也開始脫離個體對社會責任的牽制，逐步走向了審美本位。

以音樂爲中心的社會和諧表象和個體道德制約瓦解，文學從附庸於音樂的「樂本位」和個體「道德本位」中游離出來，但由於其獨立尙處於起步與探索階段，從而爲文學接受音樂進一步儲備了必要條件，二者處於表面游離下的黏著狀態。

〔註 84〕李澤厚著：《中國古代思想史論》，人民出版社 1986 年版，第 311 頁。

第三章　音樂審美期待中的魏晉南北朝文學

第一節　女樂接受引發的美色審美

自兩漢以來蓄養女樂就是社會中的普遍現象，漢元帝、成帝時期「貴戚五侯定陵、富平外戚之家，淫奢過度，至與人主爭女樂。」〔註1〕在社會大風氣的感染與觀念籠罩下，文士自然也難免薰染。馬融就「善鼓琴，好吹笛，達生任性，不拘儒者之節……常坐高堂，施絳紗帳，前授生徒，後列女樂，弟子以次相傳，鮮有入其室者」。〔註2〕至魏晉南北朝，此風彌盛，蓄養女樂以娛樂已經成爲士人相傚仿的一種風尚，與個體道德水準和品格特性的評價之間的關係也變得微乎其微。《三國志・魏志・張即傳》裴注引《魏略》:「(游)楚不學問，而性好游遨音樂。乃畜歌者，琵琶、箏、簫，每行來將以自隨，所在樗蒲、投壺歡欣。」事實上，游楚並非是一個無所事事的聲色之人，他曾做過明帝太和年間的隴西太守，曾經擊退過諸葛亮的進攻，而且《魏略》中還稱他「所在以恩德爲治，不好刑殺」。〔註3〕如此一個在政治上勵精圖治之人却也沉溺於女樂的享受，魏晉南北朝時期人們所尚便可窺一斑。由此因

〔註1〕〔漢〕班固撰，〔唐〕顏師古注:《漢書・禮樂志二》卷二十二，中華書局1962年版，第1072頁。

〔註2〕〔南朝〕范曄撰，〔唐〕李賢等注:《後漢書・馬融傳》卷六十上，中華書局1974年版，第1972頁。

〔註3〕〔晉〕陳壽撰，〔宋〕裴松之注:《三國志・魏志・張既傳》卷十五，中華書局2011年版，第395頁。

女樂而引發的文人接受說開去，魏晉時期的文士們接受女樂，欣賞女樂表演，將女樂作爲創作的原形，其實並非簡單的好聲色所能闡發，寄託在文學作品中的女樂形象以及由其變化而來的美女形象，直接暗示著一個時代的審美視野與審美趣味，文學便是這些視野與趣味的最爲直接的表白。

一、女樂形象及其知音化

有關女性之美，一直就是文學不懈的中心話題之一。中國古人對待女性美的態度不盡相同。從現實生活中女性與清音的結合而引發對追求與理想的抒發，便成爲文學作品中的女樂形象，這些形象集中反映了魏晉南北朝時期文人的審美期待與審美理想。文士審美視野中的女樂形象，又具有超脫了娛人功用的特殊性，其實是文學創作主體自身知音的一個象徵。對於魏晉南北朝的文學創作而言，這些融入了現實生活與審美理想的女樂形象是文人對自身命運反思的結果。

人們審視女性美的標準隨著現實生活的改變而變遷。上古時期由於女性在社會生活中集生產勞動與生育於一身的特殊地位，樸素的審美也充滿了功利的因子。由於都是從生產勞動和繁衍不息延伸而來，男性美和女性美具有相對的平衡性，《詩經》中所描寫的男女性都具有以偉岸魁梧爲主要形體美的特徵。《衛風・碩人》所描寫的「巧笑倩兮，美目盼兮」的神情成爲千百年來人們追慕的美女的理想化身，然而，此處的美人莊姜，從體貌特徵上依然是「碩人」形象。具體而言，就是詩歌一開始就交代的「碩人其頎」，傳：「頎，長貌。」也即其主人公爲一個身材高大、身體強壯豐滿的女人。主人公還可以算作一個偶然現象，其所隨從之人也是：「庶姜孽孽，庶士有朅」——人人稱讚、令人羨慕不已的壯觀而盛大場面，由一幫身材強壯高大的男女僕從構成。足見當時的審美趣味對人身材的關注重點所在。在《詩經》中這樣的審美觀念在描述人的美貌時比比皆是，如「有美一人，碩大且卷」（《陳風・澤陂》），「彼其之子，碩大無朋。」（《唐風・椒聊》）。不僅對女性之美持這樣的觀念，即便對男性也是如此，寫魯莊公之美就用「頎而長兮」，身材高大與健壯有關，言女子心中具有典型代表的美男子則曰「伯兮朅兮」（《衛風・伯兮》）。古代樸素審美觀念中，美與人的生存能力與生命再造能力息息相關，洋溢著有關整個人類社會功利的因子，在何謂美的觀念上，男女具有均等的要求和欣賞眼光，所得出何謂美的結論對於男女的要求也頗具相似性。然而，隨著男性和女性在社會中承擔角色的分化，女性的美越來越成爲男性視野的專利，恩格斯評價這種專利的產生：「母權制的被推翻，乃是女性的具有歷史意義的失敗。丈夫在家中也掌握了權柄，而妻子則被貶低、被奴役，變成丈夫淫欲的奴隸，變成生孩子的簡單工具了。」〔註4〕女性的審美囿於男性審美視野之下，對女性的審美具有了爲滿足男性趣味和視野而選擇標準的特徵，女性之美由超感性的理智走向了非功利性的直觀感覺。於是，雖然對於社會整體，審美標準只是一個大致的輪廓，具體的微觀的女性之美，便依據不同的男性權力主體而不斷發生著遷移。

女樂作爲女性群體中男性視野範圍內的特殊審美客體，自然也要具有姣美的身姿和體態，除此之外，更爲重要的是還要有婉轉的歌喉和歌舞技能，只有這樣，才能得到男性的認可。《晉書・樂志》：「但歌，四曲，出自漢世……魏武帝尤好之。時有宋容華者，清徹好聲，善唱此曲，當時之特妙。」〔註5〕在中國古代的音樂表現形式中，只是清唱，就稱爲徒歌。清唱再加上有幫腔，就成爲但歌，表演方式不用管絃絲竹的伴奏而是僅僅以人唱爲主，相對而言，這對演唱者的聲樂素質提出了更高的要求。《梁書・羊侃傳》：「（侃）姬妾侍列，窮極奢靡。有彈箏人陸太喜，著鹿角爪長七寸；儛人張淨琬，腰圍一尺六寸，時人咸推能掌中儛；又有孫荊玉，能反腰帖地，銜得席上玉簪。敕賚歌人王娥兒，東宮亦賚歌者屈偶之，並妙盡奇曲，一時無對。」〔註6〕這些女樂藝人或以具有音樂表演的特殊能力，或者具有姣好的身姿，或者具有上乘的歌喉，這些都是女樂之美的特殊性所要求的前提。與上古樸素的審美對女性的要求不同，清音與容貌的結合成爲女樂審美的關鍵所在。

作爲文學創作主體，對女樂之美的要求又與僅僅用來以女樂作爲炫耀或個體享受的貴族不同。文士所欣賞的女樂，往往不僅具有麗質的天分與音樂的天賦，最爲重要的還要與文學創作主體具有心靈上的交流與通感，甚至有時候，他們之間的關係並不完全就是娛樂享受與提供享受且娛人的關係。魏明帝曹叡曾在自己的女樂才人中「選女子知書可付信者六人，以爲女尚書，

〔註4〕〔德〕恩格斯：《家庭、私有制和國家的起源》，人民出版社1972年版，第54頁。

〔註5〕〔唐〕房玄齡等撰：《晉書・樂志下》卷二十三，中華書局1974年版，第716頁。

〔註6〕〔唐〕姚思廉撰：《梁書・羊侃傳》卷三十九，中華書局1973年版，第561頁。

使典省外奏事」，這些女尚書出自宮中女樂，因特殊才藝而被給與特殊的地位。西晉石崇，是西晉蓄養女樂的「大戶」之一，他和所蓄女樂也通過文學才能而進行交流：

石崇以《明君曲》教其妾綠珠曰：「我本漢家子，將適單于庭，昔爲匣中玉，今爲糞上英。」綠珠亦自作《懊惱歌》曰：「絲布澀難縫，元伊侍孝武。」〔註7〕

主持過金谷詩會的石崇不僅自己創制歌詩教所蓄女樂，而且，其所寵愛的女樂自身也有一定的創作能力。王嘉《拾遺記》有相類似的記載：

（石崇）侍人美艷者數千人，翔風最以文辭擅愛。〔註8〕

正是基於這種審美觀念與情感交流，女樂形象在作品中的出現便具有了一定的情感基礎。加之在現實創作中的所見所聞影響著文士創作的內容和心緒，而有女樂出現的宴集又是文人相聚、相互切磋的主要場所。美麗的容顏與清音相結合，情感的溝通與作品的藝術構思相結合，女樂便成爲文士筆下經常出現的形象。嵇康《閨情》詩便描寫這樣一個形象：「有美一人，被服纖羅。妖姿艷麗，蓊若春華。紅顏韡曄，雲髻嵯峨。彈琴撫節，爲我絃歌。清濁齊均，既亮且和。取樂今日，遑恤其它。」對美人之美除了通過著裝、身材、面容、髮飾等方面表現，還通過其彈琴、絃歌的效果來表現。

由於中國古代傳統文化薰陶，魏晉時期的文士也不可避免地在骨子裏繼承了儒家傳統的審美精神，其所創作的文學作品中的女樂形象，一方面是他們生活的享受現實和實際創作方式的反映，女樂以其特殊的與文學創作方式的密切聯繫，成爲文士筆下的當然客體；另一方面，也是自己理想的寄託與載體，這些女樂形象又不僅僅是文士筆下的美女對象，她們身上往往寄託著文士的美好理想與追求。通過結合著音樂與美貌的理想形象，文士表達了自身追求却又在無可奈何中缺失了的美好人生的幻影。這是魏晉文士的精神家園，也是具有較高音樂造詣與修養的魏晉文士沒有任文風滑向萎靡不振的一個因素。這與南朝民歌影響下已經趨向世俗化的文學觀念中對女性審美傾向於色的視角有根本不同，女樂形象是創作主體苦苦追尋的知音化審美客體。

〔註7〕〔宋〕王灼撰：《碧鷄漫志》，見〔清〕紀昀、永瑢等：《景印文淵閣四庫全書》冊1494，臺灣商務印書館2008年版，第508頁。

〔註8〕〔北朝〕王嘉：《拾遺記》卷九，見〔清〕紀昀、永瑢等：《景印文淵閣四庫全書》冊1042，臺灣商務印書館2008年版，第357頁。

從文學中所塑造的女性形象來看，不難發現文士寄託在文學中女性形象之上的蘊藏在內心深處的至美理想。這從美人的形象塑造手法就能體現出來。

首先，文士筆下的這些女性形象的外在之美的關鍵不在身材的高大或纖弱，更不在表露在身體特徵上的生育能力與生命徵兆，而是符合中和之美。這種審美標準先秦時期就已存在，宋玉《登徒子好色賦》寫美人，突出其「增之一分則太長，減之一分則太短。著粉則太白，施朱則太赤」的絕妙身材與恰到好處的容顏，正是符合傳統儒家審美之度的儒家中和美。到了曹植《洛神賦》寫具有驚艷之美的女神，也是「穠纖得衷，修短合度」。這些對美的要求，正是中國傳統儒家文化留下的深深烙印。

其次，除了外化出來的美的外表，更爲重要的是美人形象的內秀。曹植《靜思賦》除了寫主人公「卓特出而無匹，呈才好其莫當」的外表之美，更著重寫出了蘊涵在其言行舉止中的內在之美：「性通暢以聰惠，行嬚密而妍詳」，性格特徵的聰慧而不張揚，一舉一動的適意合度，都是個體內在的中和之美的標誌。張華《永懷賦》中的美人則是外有「揚綽約之麗姿」，內「懷婉娩之柔情」。阮瑀《止欲賦》中的美人「執妙年之方盛，性聰惠以和良」，不是僅僅以外相悅人，而是以其內在的氣質與聰慧的稟性打動人。

第三，更爲關鍵的是，這些女性具有高於現實生活的理性。張華《永懷賦》寫美人在義結絕離之後還記得「執纏綿之篤趣，守德音以終始」。阮瑀《止欲賦》中的美人更加看重道德層面的維護，「稟純潔之明節，復申禮以自防。重行義以輕身，志高尚乎貞姜」。不難發現，這些外秀內聰、德貌兼備的完美之人也只有在超越了現實的審美理想中才會出現。從一而終的執著是女性形象的又一理性光環。婦女閨情執著一直是文士著墨點較多之處，諸如曹植詩中的西北織婦縱然歎息悲嘯，但也對從軍的「良人」保持堅定的等待，「自期三年歸，今已歷九春。孤鳥繞樹翔，嗷嗷鳴索群。願爲南流景，馳光見我君」。徐幹《室思詩》中的主人公「嘯歌久踟躕」但也毫無悖逆之心，而是「思君如流水，何有窮已時」。從文士塑造這些女性形象的深層心理言，由於朝代的頻繁更換，使得文士存有很大的心理壓力，他們沒有權力選擇效忠於某一個既定的王朝，也沒有能力保護一個坐在危如累卵的御座上的帝王，他們只能通過傳統觀念裏對女性從一而終的要求尋找理想中的自己。這些女性其實就是作者深層心理的自我化身。

第四，從一些失意的、年老色衰的女性那裏著筆。王粲《閒邪賦》：「恨年歲之方暮，哀獨立而無依。情紛拿以交橫，意慘凄而增悲。何性命之奇薄，愛兩絕而俱違。排空房而就衽，將取夢以通靈，目炯炯而不寐，心忉怛而惕驚。」這與文士們生活的那個充滿了歌舞享受的世界完全異樣，這些被冷落、被遺忘甚至被拋棄的女性與那些具有姣美的容顏和嘹亮歌喉的女樂相比，本不應是審美的重點，但是文士的審美視角卻停留在了這裏，寄予一種哀而不傷的悲壯感應。爲她們鳴不平，其實也是在爲文士自己孤寂的人生旅程鳴不平。這些失掉了賴以被青睞的資本的女性，沒有知音，惟有自己作自己的知音。這簡直就是文士自己，得志時須時時自我告誡，失意時須自我時時安慰。

從文士融入到作品中的自我形象看，往往對美有主動而不懈的追求。陳琳《止欲賦》就有「道攸長而路阻，河廣瀁而無梁，雖企予而欲往，非一葦之可航」的描繪。其實，就創作者的條件而言，這一時期的文士大多都並非一貧如洗，即便在短時間內窮困潦倒，但從其家族的角度言，都具有一定的經濟基礎，中國古代的婚姻制度和女性的實際地位決定了他們不可能對某一個女性有刻骨而反覆的追求。從某種意義上，《詩經》、《楚辭》的傳統母體中所蘊含的「求女」現象中追求無「道」的心理鬱悶，在古代文人解讀與闡釋中被附以比興之說，除了要符合「樂而不淫」的經典闡釋標準以外，恐怕與這種內心深處對待「求女」的反覆態度的不解也不無關係。如果說《詩經》、《楚辭》中對女性追求的比興是闡釋時候生成的結果，在魏晉時期的文士這裏，則是對這種附有一定意義的闡釋的進一步有意模擬與追尋，進而更明確地表露自己的心理軌迹，暗示著創作主體骨子裏的不懈精神希冀。在作品中，不但這些脫胎於女樂的美女形象閃耀著理性的光芒，其中也流露出文士自身所持有的正統而理智的審美心態。最爲典型的就是對「求得」的夢境化安排：

> 展余轡以言歸，含慘瘁而就床。忽假瞑其若寐，夢所歡之來征。魂翩翩以遙懷，若交好而通靈。（陳琳《止欲賦》）
>
> 還伏枕以求寐，庶通夢而交神。神惚怳而難遇，思交錯以繽紛。遂終夜而靡見，東方旭以既晨。知所思之不得，乃抑情以自信。（阮瑀《止欲賦》）
>
> 還幽室以假寐，固展轉而不安。神眇眇以潛翔，恒存游乎所觀。仰崇夏而長息，動哀響而餘歎。（應瑒《正情賦》）〔註 9〕

〔註 9〕分別見《漢魏六朝百三家集》卷二十八、卷三十、卷三十二，《景印摛藻堂四庫全書薈要》冊 469，世界書局 1988 年版，第 179、211、223 頁。

現實中是無盡的嚮往與渴求，而得到却只能出現在夢境中。夢的虛幻性和非現實性拉近現實與理想之間的距離，從另一個角度更進一步強化了清醒時期的理性。夢與酒往往是人們寄託超出理智範疇的喜悅與苦悶的庇護所，這是受到儒家文化薰染的文士在表現自己的眞實情感以及精神享受與所受到的根深蒂固的樂而不淫思想之間矛盾時找到的中和之策。由只能在虛擬幻境的追求不得而產生一種可怕的幻滅感、毀滅感以及悲劇感，暗示著一個充滿了痛苦與憂患的時代。正是對痛苦的體驗與個體憂患意識的存在，沒有讓追求藝術的思潮失掉心靈的導向。在藝術之下是魏晉文人對理想的執著與信念的永恒，這也構成了魏晉時期與東晉南朝的主要區別。這些幻滅感正是文學風格不至於走向萎靡不振的原因，沒有因爲悲觀而失望，沒有因爲痛苦而放棄求索，更沒有因爲個體的遭遇而忘記對國家社稷的殷殷期待。由此更進一步顯示了這些形象的眞實目的：她們就是一個虛擬出來的目標，這些目標其實就是作者對自己追求的一個再現。

由此看，這些女性形象的美，與其說是女性之美，不如說是文士心中對自己潔身自好、執於追求的美好理想美的呈現，女性身上美麗的理性光環也暗示著文士自己在亂離中用來安慰自己、約束自己的深層心理。究其實，那些出現在文學作品中的集美色、清音、理智於一體的形象，從深層意義上，已經不是現實生活中和文士有絲絲情感溝通的女樂，而已經成爲文士苦苦尋覓的知音或者是文士自身的象徵了。在現實中，這些女性是文士逃避現實的心靈盾牌，在理想中，她們又是文士追尋夙願的理想化身。

將現實中的女樂原型在文學作品中描寫爲知音典範，其中又有魏晉時期文士心中難以言語的心迹所在。李澤厚在《美學四講》中認爲美感包含雙重性，「一方面是感性的、直觀的、非功利的；另一方面又是超感性的、理性的、具有功利性的」。〔註 10〕現實的苦難難以在現實中得到平撫，心中的塊壘難以在現實中得到消解，於是文士便通過尋找異性的知音來化解，從而緩解心靈的苦難。其實是借對女性知音的追求與尋找，不僅蘊含對男性「同志者」的渴求，而且蘊寄自我價值實現的理想與痛覺，安慰掩飾在喧囂外表之下的空寂的靈魂。中國古代的文士通過以意立象的方式，將知音之「意」寄託於女性之「象」，將理性與功利性的審美觀念蘊含在感性的非功利性的審美體驗與視野中。

〔註 10〕李澤厚著：《美的歷程》，安徽文藝出版社 1994 年版，第 545 頁。

魏晉時期的文士普遍選擇女樂作爲知音的原形，既決定於女樂在當時的特殊地位，也決定於文士自身的緣由。分而論之，主要的理由可以歸結如下：

其一，這與中國古代自古就有的音樂感化人最深、最快之說相暗合。《樂論》所說的「樂者……其感人深」、「夫聲樂之入人也深，其化人也速」，《呂氏春秋・本味》所記載的子期知伯牙之音的典故所形成的美好意境成爲文學創作主體內心深深嚮往的至高境界。在聆聽音樂的過程中受到感染，被觸動了情感最深處，從而產生文學創作的動力。

其二，由於實際生活的條件，將女性作爲知音可以避免很多政治上的麻煩和糾紛，男女的情感是文學中亘古不變的永恒話題，借對女性知音的描摹和追尋來表現對政治和思想觀念上的志同道合者的探尋和自身的心路之迹的表達，再安全不過。魏晉時期文士在一個連自己的生命都朝夕不保的混亂社會中，必須時時注意自己的言行，在交往與言論中明哲保身，這樣無疑會造成文士將自己的心靈封閉在一個孤獨的圈子中，更多地將心靈的寂寞和內心的無依無靠的失落感寄託在與政治毫不干涉的形象中，而女樂形象正是滿足了文士的這種需求。「悟已往之不可諫，知來者之可追。」（陶淵明《歸去來兮辭》）既然不能在自己生活的這個當下的時代中找到自己的知音，將此意寄託在一個具有普遍性的符號上，期冀能通過超越時空的方式找到志向相同的人。也唯有這樣，才能稍稍減輕壓在文士心頭的重擔，使他們因爲尋覓與譴責而疲憊不堪的心靈得到稍稍的平息與穩定。這並不是妥協，而是不肯、不願、不能妥協之際，探尋心理超越與審美理智超越的捷徑，通過找到的隱性的解決辦法，同時，也是對「來者」中能知此「音」者的深深嚮往。

其三，從創作的審美期待而言，將女性作爲知音形象，本身就是容易打動接受者，將濃鬱的情感體驗置於浪漫的愛情氛圍中，更能感染人、打動人。其實是在距離美感的前提下，將中國文學推向一個更高更深更長久的境界。

二、美色審美及其世俗化

美與色在源起上具有共性。馬敘倫《說文解字六書疏證》卷七從形聲字的角度探尋美的緣起，認爲美「從大猶從女也」，「大」「美」「媄」「羊」的古代讀音都是「孅」，所以從音韵的角度考證，美應該是「媄」的異體字，而「媄」的本意是「色好」。從這一解釋出發，陳良運先生作出判斷：「『美』字初構之義，生發於男女交感之美。」「『羊』、『大』爲美，實爲具象與抽象、陰與陽、剛與柔的結合，由具象向觀念昇華，這就是『美』字構成的秘妙，中國人原初美意識就產生於陰陽相交的觀念之中，也可說是最基本、最普及的男女性意識之中。」〔註 11〕有關色，馬敘倫《說文解字六書疏證》中將色的本意解釋爲「男女交媾」，認爲該字的字形其實是表示人在人之上的甲骨文字體的異體。依此，色的本意其實就是人類特有的生殖行爲，就是在最初人類生命的延續過程中人們對異性所產生的感覺。

到了後來，美與色在字義上又有了區別。儒家賦予美以「善」的意義，使其與道德相關聯，從而成爲考察一個人的品質與社會和諧內因的基本判斷標準。許慎《說文解字》中詮釋：「美，甘也。從羊從大。羊在六畜主給膳也。美與善同意。」徐鉉等注曰：「羊大則美，故從大。」足見漢代美的觀念已經發生了轉化，與其本意有了一定距離。通過一種人爲的行爲使原本強調感官享受的美獲得了理性，從而成爲社會審美中不可或缺的一個方面。然而色始終沒有在儒家的視野中取得正統地位。

魏晉時期與南北朝時期在審美風尚上，並不完全相同，人們對待女性的審美角度也未必完全一致。魏晉文士寄託在女性形象中的自我認知意識和同情意識在南北朝社會中消失了，在男性自身的欲望下看待女性的美色，成爲時代世俗觀念的當然產物。南朝有關女性形象的描寫歷來倍受評論關注，其轉化主要表現在如下。

其一，貌與態的描寫多了，神與意的寄託少了。

相對於魏晉的女性意象的寄託而言，南朝文學作品中的多數女性形象是不能稱之爲意象的，因爲意象多指有所寄託的形象，而南朝詩文中的女性形象則僅僅重視了容貌與形態本身的描繪與雕飾，寄予的成分基本上沒有了。試比較曹植、傅玄、蕭綱、蕭子顯以及北朝魏收的《美女篇》。

> 美女妖且閑，採桑歧路間。柔條紛冉冉，落葉何翩翩。攘袖見素手，皓腕約金環。頭上金爵釵，腰佩翠琅玕。明珠交玉體，珊瑚間木難。羅衣何飄颻，輕裾隨風還。顧盼遺光採，長嘯氣若蘭。行徒用息駕，休者以忘餐。借問女安居，乃在城南端。青樓臨大路，高門結重關。容華耀朝日，誰不希令顏。媒氏何所營，玉帛不時安。佳人慕高義，求賢良獨難。衆人徒嗷嗷，安知彼所觀。盛年處房室，中夜起長歎。（曹植《美女篇》）

〔註 11〕陳良運：《「美」的觀念發生與拓展》，見文藝學網 http：//www.wenyixue.com/html/jiaoshouwenji/A-F/chenliangyun/2006/0924/232.html。

> 美人一何麗，顏若芙蓉花。一顧亂人國，再顧亂人家。未亂猶可奈何。（傅玄《美女篇》）
>
> 佳麗盡關情。風流最有名。約黃能效月。裁金巧作星。粉光勝玉靚。衫薄擬蟬輕。密態隨流臉。嬌歌逐軟聲。朱顏半已醉。微笑隱香屏。（蕭綱《美女篇》）
>
> 章丹暫輟舞，巴姬請罷弦。佳人淇洧出，艷趙復傾燕。繁穠既爲李，照水亦成蓮。朝酤成都酒，瞑數河間錢。餘光幸未惜，蘭膏空自煎。（蕭子顯《美女篇》）
>
> 楚襄遊夢去，陳思朝洛歸。參差結旌旆，掩靄對騑騑。變化看臺曲，駭散屬川沂。仍令我神女，俄聞要虙妃。照梁何足艷，升霞反奮飛。可言不可見，言是復言非。□□□□□，我帝更朝衣。擅寵無論賤，入愛不嫌微。智瓊非俗物，羅敷本自稀。居然陋西子，定可比南威。新吳何爲誤，舊鄭果難依。甘言誠易污，得失定因機。無憎藥英妬，心賞易侵違。（魏收《美女篇二首》）

雖然也有關於女性體貌的細節描寫，出現「素手」、「皓腕」、「玉體」這樣的細節性描繪，配以「攘袖」、「金環」、「金爵」、「釵翠」、「琅玕」、「羅衣」、「輕裾」等華麗的修飾，加之「行徒用息駕，休者以忘餐」這樣的襯托性描繪，將一個「妖且閒」的美女風姿盡顯筆端。然而，這個美女不是靠艷麗的容貌和華美的修飾來獲得欣賞的，關鍵的是，內在美和外在美的統一，「佳人慕高義，求賢良獨難」一語點破眞正值得欣賞的之處究竟在何處，《玉臺新詠》吳注案語曰「舊注：此以美女喻君子，看『佳人』二語是用意處。」〔註 12〕「衆人徒嗷嗷，安知彼所觀。盛年處房室，中夜起長歎」所展現的，又是一個充滿了孤獨感的悲涼形象，艷麗全無，唯有慷慨歎息。有關於此處的美女形象，《樂府詩集》卷六十三《雜曲歌辭》曰：「美女者，以喻君子。言君子有美行，願得明君而事之。若不遇時，雖見徵求，終不屈也。」〔註 13〕陸時雍編《古詩鏡》卷五曰：「詩道精微，不徒形似，《美女篇》之所美者，皆在形骸之外。」

〔註 12〕〔南朝〕陳陵選編，〔清〕吳兆宜注，程琰刪補：《玉臺新詠箋注》，吉林人民出版社 1999 年版，第 58 頁。

〔註 13〕〔宋〕郭茂倩編：《樂府詩集・雜曲歌辭》冊 3 卷六十三，中華書局 1979 年版，第 912 頁。

〔註 14〕「在形骸之外」評點極爲精到，其意象中所寄不言自明。相較而言，傅玄的《美女篇》却頗顯模擬痕迹，用語也頗顯質樸之風，一個「君子儒」〔註 15〕的形象透過呆板的美女意象借助「亂」與「未亂」展開。但到了二蕭筆下的美女形象，則全然不同了，其著筆最多處，在於容貌與形態，通過頭臉衣裝、嬌歌軟聲以及似醉而又非醉的迷離眼神，表現了女性給人的動態挑逗神情，體現出麗色的主題，所以美女或「粉光勝玉靚」「密態隨流臉」，或「艷趙復傾燕」，其審美意義本身就在於女性之「麗」，在爲「艷麗」而「艷麗」，沒有，也不需要作者寄託特殊個體的思想。所以《古詩鏡》卷十八評蕭綱《美女篇》「『微笑隱香屛』一語，最有情色。」〔註 16〕此情此色都是僅僅作爲雕飾客體的美女本身，陳祚明《採菽堂古詩選》卷二一認爲這種描寫雖然細緻，但其弊端易見：「陳、梁之詩，非病其辭病其無意。在篇咸琢，靡句不雕。起結罕獨會之情，中間鮮貫串之旨……梁陳之弊，在捨意問辭，因辭覓態。」「梁陳以來，艷薄斯極。」〔註 17〕在這些詩歌中，能體現創作者心態的，唯有其所持有的觀看視角和審美態度——究其實，這也不是一種嚴格的審美態度，而是審「色」的態度。

其二，離音樂愈近，距創作主體愈遠。

由於民間音樂的流行及其與女樂的關係，南朝詩歌中還出現了大量以聽妓或咏妓爲題材的詩歌。如孝武帝劉駿《夜聽妓詩》、鮑照《夜聽妓詩二首》、丘巨源《聽鄰妓詩》、謝朓《聽妓詩二首》、何遜《咏舞妓》、劉孝綽《夜聽妓賦得烏夜啼》、蕭繹《夕出通波閣下觀妓詩》、劉孝綽《同武陵王看妓詩》、蕭統《林下作妓詩》（《玉臺新詠》七作梁簡文帝《林下妓》）、蕭綱《夜聽妓詩》等。與前代詩文中的美女意象相比，這裏的女性主人公的形象都與音樂結合得更緊密：

深心屬悲弦，遠情逐流吹。（劉駿《夜聽妓詩》）

〔註 14〕〔明〕陸時雍編：《古詩鏡》卷五評注，見〔清〕紀昀、永瑢等：《景印文淵閣四庫全書》冊 1411，臺灣商務印書館 2008 年版，第 52 頁。

〔註 15〕徐公持先生將晉代儒者分爲「正統儒者」與「儒者之變種」，前者爲「君子儒」，後者爲「小人儒」，而傅玄及其子咸屬於「君子儒」。見徐公持：《魏晉文學史》，人民文學出版社 1999 年版，第 247 頁。

〔註 16〕〔明〕陸時雍編：《古詩鏡》卷十八評注，見〔清〕紀昀、永瑢等：《景印文淵閣四庫全書》冊 1411，臺灣商務印書館 2008 年版，第 158 頁。

〔註 17〕〔清〕陳祚明評選，李金松點校：《採菽堂古詩選》卷二十二，上海古籍出版社 2009 年版，第 695 頁。

> 東鄰歌吹臺，雲間嬌響徹。（丘巨源《聽鄰妓詩》）
>
> 要取洛陽人，共命江南管。情多舞態遲，意傾歌弄緩。（謝朓《聽妓詩二首》）
>
> 胡舞開春閣，鈴盤出步廊。起龍調節奏，却鳳點笙簧。（蕭繹《夕出通波閣下觀妓詩》）
>
> 燕姬奏妙舞，鄭女發清歌。（劉孝綽《同武陵王看妓詩》）
>
> 篪聲如鳥弄，舞袂寫風枝。（蕭統《和林下妓應令詩》）
>
> 何如明月夜，流風拂舞腰。朱唇隨吹盡，玉釧逐弦搖。（蕭綱《夜聽妓詩》）

在這些女性形象的音樂才能之外，除了鮑照「特爲盛年惜容華」還存有人生的一點點創作者的感歎以外，剩下的却只有女性自己：

> 曖曖高樓暮，華燭帳前明。羅幃雀釵影，寶瑟鳳雛聲。夜花枝上發，新月霧中生。誰念當窗牖，相望獨盈盈。（何遜《娼婦詩》）
>
> 管清羅薦合，絃歌雪袖遲。逐唱回纖手，聽曲動蛾眉。凝情眄墮珥，微睇托含辭。日暮留嘉客，相看愛此時。（何遜《詠舞妓》）
>
> 鵾弦且輟弄，鶴操暫停徽。別有啼烏曲，東西相背飛。倡人怨獨守，蕩子游未歸。若逢生離唱，長夜泣羅衣。（劉孝綽《夜聽妓賦得烏夜啼》）
>
> 上客光四座，佳麗直千金。掛釵報纓絕，墮珥答琴心。蛾眉已共笑，清香復入襟。歡樂夜方靜，翠帳垂沉沉。（謝朓《聽妓詩》）
>
> 合歡蠲忿葉，萱草忘憂條。何如明月夜，流風拂舞腰。朱唇隨吹盡，玉釧逐弦搖。留賓惜殘弄，負態動餘嬌。（蕭綱《夜聽妓詩》）

創作者作爲一個遠遠地站立著的觀賞者，除了帶有時代所特有的觀賞情趣去觀看以外，沒有自己任何影子的融入，就如同他們所觀賞的音樂一樣，女性的形象也僅是一個提供一時歡樂的客體。這與上文所分析的建安時期的女性意象不同，因爲建安時代的女性意象中往往包含著作者自身的欣賞態度，而不是一個簡單的客體。南朝文士筆下的女樂形象的純客體化與正始時代創作主體本身與女性意象的合一也迥然不同。南朝文士筆下的女性形象離作爲感觀享受的音樂越來越近了，她們僅僅成了娛樂的替身，距離詩人個體的創作情感却越來越遠，作者忘記了用創作來表達自己，而只僅僅記得對一個客體給與自己的感官刺激的描摹。最值得注意的就是魏晉時期文人所寫的女性形象，或爲理想中的神人，或爲現實生活中的寡婦、棄婦，借其形象而抒發自己的情懷，而南朝文人筆下則成爲具有美艷嬌媚的現實生活中的麗人形象，從中反映出的人們的審美情趣也完全不同。

南朝文士用一種世俗化了審美視角去觀察女性，用世俗化了欣賞眼光去品味女性，用把玩的態度去對待女性，當女性的心靈距離他們越來越遙遠的時候，他們的筆端所剩餘的，也就僅僅只有那些女性的一顰一笑、一舉一動、頭飾衣妝、嬌美艷態了。他們的寫作與欣賞過程也難以稱爲「審美」過程，而是純粹的「審色」行爲了。

第二節　以悲爲美從音樂審美走向文學審美期待

饒宗頤先生指出：「建安以後，文章浸失雅正之道，至晉宋而彌甚，轉向『悲』與『艷』方面發展，變本加厲。」「悲」與「艷」是貫穿整個魏晉南北朝文學的兩大主題：

> 士衡所舉「應」「和」「悲」「雅」「艷」五項及其相關性，缺一不可。若失其一，便成文病。其中「雅」一義，仍是儒家傳統觀念。推原其本，所以使「悲」而不過於哀傷，「艷」而不至於淫濫。故漢人之見。實以「雅」爲中正之道。若士衡，則以「悲」爲主，而以「雅」救「悲」之失於淫佚，以「艷」救「雅」之失於樸質，其所重蓋在悲而艷。悲則承建安以來之側重言情，艷則造成晉宋以後之趨於縟麗。〔註 18〕

以建安時期悲美心態與晉宋後以艷爲文章特色的審美視角爲代表，魏晉南北朝文學在接受音樂風格的同時，形成了獨特的審美風尚。

一、音樂塑造的期待基礎

清商樂與魏晉時期文學創作中「悲」的格調有密切關係。《史記・殷本紀》中的「北里之舞，靡靡之樂」，《韓非子・十過》中師曠將北里之舞稱爲「清商」，並且將其定位爲「亡國之音」。賈誼《惜誓》有「二子擁瑟而調均兮，

〔註 18〕饒宗頤著：《澄心論萃》，上海文藝出版社 1996 年版，第 169 頁。

余因稱乎清商」，張衡《西京賦》有「嚼清商而却轉，增嬋蛹以此豸。」薛綜注：「清商，鄭音。」蔡邕《釋誨》：「寧子有清商之歌。」

隨著清商署的建立，清商樂由在民間發展的形式走進了宮廷，在朝廷音樂中的地位也基本穩定了下來。《樂書・樂圖論胡部・清樂》：「清樂部其來尚矣，器及章詞，多漢魏所作。」清商樂起於「世紀亂離，風衰俗怨」的東漢民間，其基本特徵就是以悲怨見長，這種悲怨是緣於對國家社稷零落飄蕩、個體生命難以保全的深深憂慮之上，音樂最能表達人的內心的眞實情感和體悟，自然也成爲表達人們內心擔憂的首選。漢魏樂府出現的兩種變化趨勢之一便是「清商樂的興起」。〔註19〕這種變化對文學創作的影響最爲明顯，首先就是帶來了樂府詩歌的巨大變革與發展，有關這一點，古今學者多有論及，本文將重點放在論述另一個重要的影響，那就是清商樂帶來的魏晉時期的審美風尚的變化，尤其是文學創作中對音樂表現形式中的悲的接受。

建安十五年，銅雀臺的建成標誌著以清商爲主的樂歌形式開始正式在宮廷音樂中占有不可忽視的位置。銅雀臺是曹操所建的三大臺之一，高十丈，其間有屋一百零一間，十分壯觀。《水經注》：「鄴城西北有三臺，皆因城爲基，巍然崇舉，其高若山。建安十五年魏武所起，平坦略盡……中曰銅雀臺……南則金虎臺……北曰冰井臺……左思《魏都賦》：三臺列峙而崢嶸者也。」〔註20〕銅雀臺下引水環繞，〔註21〕成爲當時歌舞集會的中心之一。曹植《登臺賦》描寫銅雀臺建成後的盛況：

> 見太府之廣開兮，觀聖德之所營。建高門之嵯峨兮，浮雙闕乎太清。
> 立中天之華觀兮，連飛閣乎西城。臨漳水之長流兮，望園果之滋榮。
> 仰春風之和穆兮，聽百鳥之悲鳴。〔註22〕

曹丕也有《登臺賦》，描寫銅雀臺上的勝景：

〔註19〕葛曉音著：《八代詩史》，陝西人民出版社1982年版。

〔註20〕〔北魏〕酈道元著，葉當前、曹旭注評：《水經注》，鳳凰出版社2011年版，第113頁。

〔註21〕《太平環宇記》卷五十五：「《水經》云：魏武引漳水入銅雀臺下，伏流入城，謂之長明溝。」見〔清〕紀昀、永瑢等：《景印文淵閣四庫全書》冊469，臺灣商務印書館2008年版，第462頁。

〔註22〕《全三國文》卷十四，見〔清〕嚴可均輯：《全上古三代秦漢三國六朝文》冊2，上海古籍出版社2009年版，第414頁。

登高臺以騁望，好靈雀之麗嫻，飛閣崛其特起，層樓儼以承天，步逍遙以容與，聊游目於西山，溪谷紆以交錯，草木鬱其相連。風飄飄而吹衣，鳥飛鳴而過前，申躊躇以周覽，臨城隅之通川。〔註23〕

曹操臨終還下遺令，希望自己的歌舞伎受到善待，表達了渴望自己能繼續在歌舞新聲中生活的願望：「吾死之後葬於鄴之西岡上，與西門豹祠相近，無藏金玉珠寶餘香，可分諸夫人，不命祭，吾妾與伎人皆著銅雀臺，臺上施六尺床，下繐帳朝晡上酒脯粻糒之屬，每月朝十五，輒向帳前作伎，汝等時登臺望吾西陵墓。」可見，後來人多作《銅雀伎》，替這些銅雀臺中的歌女舞伎鳴不平：

謝朓：「鬱鬱西陵樹，詎聞歌吹聲。」

鄭愔：「舞餘依帳泣，歌罷向陵看。」

張正見：「雲慘當歌日，松吟欲舞風。」

王勃：「妾本深宮妓，曾城閉九重。君王歡愛盡，歌舞為誰容。」

沈佺期：「昔年分鼎地，今日望陵臺，一旦雄圖盡，千秋遺令哀。」

羅隱：「強歌強舞竟難勝，花落花開遍滿繒。」

袁宏道：「銅雀臺中歌舞妓，那能揮泪到如今。」

當然，銅雀臺的建成並不只是提供了一個歌舞女樂的高級場所，與銅雀臺關係密切的還有清商署的設立，王僧虔上表：

今之《清商》，實猶銅雀。魏氏三祖，風流可懷。京洛相高，江左彌重，諒以金縣干戚，事絕於斯。而情變聽改，稍復零落。十數年間，亡者將半。自頃家競新哇，人尚謠俗，務在噍危，不顧律紀，流宕無涯，未知所極，排斥典正，崇長煩淫。〔註24〕

不但將清商的興起與銅雀臺的建成聯繫起來，而且對清商傳播進行了相應的評價。

清商署的設立是曹魏音樂機構改革的一個重要方面。魏在樂官方面的兩個重要改革，一是恢復大予樂為太樂，依據《宋書・樂志一》，魏明帝太和初下詔：「樂官自如，故為太樂，太樂，漢舊名，後漢依讖改大予樂官，至是改復

〔註23〕《全三國文》卷四，見〔清〕嚴可均輯：《全上古三代秦漢三國六朝文》冊2，上海古籍出版社2009年版，第364頁。

〔註24〕〔梁〕沈約撰：《宋書・樂志一》卷十九，中華書局1974年版，第553頁。

舊。」將自後漢永平三年以來的大予樂官又改爲太樂官〔註 25〕，其依據是西漢原有的制度，依照漢代的官職設立，太樂令、丞屬太常管轄。而從官職的實際設立上，杜夔在文帝曹丕黄初年中就爲太樂令，在擔任太樂令以前，雖然杜夔統領修正雅樂的實際任務，這些都是太樂的職官範圍，但他其實的職位却是「軍謀祭酒，參太樂事」。另一個較大的音樂機構的改革，就是在設立太樂和黃門鼓吹兩署的同時，將清商樂從鼓吹署的管轄中獨立出來，專門設立清商署。修海林先生《古樂的沉浮》認爲是曹丕時期「以左延年等音樂家設立了專門的音樂機構『清商署』，從事整理、創編清商樂的工作，從組織上保證了清商樂的發展。」〔註 26〕然而其具體的設立方式史書的記載並不詳細，《三國志・魏志・齊王芳紀》有清商丞龐熙諫帝一事，《三國志・魏志・齊王芳紀》裴注引《魏書》又有清商令令狐景因勸帝而遭刑一事，可見，魏也設有清商令、清商丞，至於清商令丞和太樂令丞的關係，所見史料極少。《資治通鑒・宋紀》胡注：「魏太祖起銅爵臺於鄴，自作樂府，被於管絃，後遂置清商令以掌之，屬光祿勛。」這不僅再一次強調了銅雀臺與清商樂的關係，而且從這裏清商令的所屬也能够看出，清商署可能是和太樂、鼓吹並列的機構，其下設有清商令、清商丞。另外，梁代的音樂多依據漢魏，其設立清商署，與太樂、鼓吹二署並列，由此，曹魏清商署設立的狀況也可窺一斑。清商署的設立，使清商樂被置於和太樂與軍樂同等重要的位置，標誌著曹魏時期音樂欣賞與音樂風格發生了巨大的變化。不僅反映在音樂中，到了明帝時期，就連宮殿也有以「清商」命名的，〔註 27〕可見，崇尚清商影響了整個時代的欣賞視角。

而且至齊王芳時，「每見九親婦女有美色，或留以付清商。」〔註 28〕足見

〔註 25〕《後漢書・明帝紀》：「（永平三年）秋八月，改太樂爲太予樂。」注曰：「《尚書・璇璣鈐》曰：『有帝漢出，德洽作樂名予。』故據《璇璣鈐》改之。《漢官儀》曰：『大予樂令一人，秩六百石。』」見〔南朝宋〕范曄撰，〔唐〕李賢等注：《後漢書・明帝紀》卷二，中華書局 1974 年版，第 106 頁。又《宋書・百官志》：「太樂令，一人。丞一人。掌凡諸樂事。周時爲大司樂，漢西京曰太樂令。漢東京曰大予樂令，魏復爲太樂令。見〔梁〕沈約撰《宋書・百官志上》卷三十九，中華書局 1974 年版，第 1229 頁。

〔註 26〕修海林：《古樂的沉浮——中國古代音樂文學的歷史考察》，山東文藝出版社 1989 年版，第 60 頁。

〔註 27〕《晉書・五行上》：「魏明帝太和五年五月，清商殿災。」見〔唐〕房玄齡等撰：《晉書・五行志》卷二十七，中華書局 1974 年版，第 803 頁。

〔註 28〕《三國志魏徵・齊王芳紀》裴注引《魏書》，見〔晉〕陳壽撰，〔宋〕裴松之注：《三國志・魏志・齊王芳紀》卷四，中華書局 2011 年版，第 110 頁。

清商署實際是「女樂專署」。〔註29〕女樂在當時不是爲了自己的娛樂而投入音樂，而是爲了娛樂他人，這就決定了其格調有女性的婉約、清雅，又有當時整個社會經過戰亂而沉澱下來的悲愴與哀怨。這就構成了曹魏時期的音樂風格與特點。

悲本來是一個傳統的音樂概念，在兩漢時期就已經得到認同，王充《論衡・自紀篇》:「悲音不共聲，皆快於耳。」然而，「琴曲雖以『悲』爲美，然自漢以來，囿於儒家思想，貴乎雅正。」〔註30〕直到曹魏時期才得到社會的普遍認可。

二、文學視野中的音樂之悲美

武帝曹操本人就是悲壯音樂風格的欣賞者。宋陳暘《樂書・樂圖論・胡部・八音》:

> 胡角，本應胡笳之聲，通長鳴、中鳴，凡有三部，魏武帝北征烏桓，越沙漠，軍士聞之，靡不動鄉關之思，於是武帝半減之爲中鳴，其聲尤更悲切。〔註31〕

本來是高亢的音聲，經過修改，使之變成高亢中蘊含著悲切的音聲，「作爲強大的表情藝術，音樂不但善於將人們情感的全部細緻性、豐富性充分表現出

〔註29〕趙敏俐等:《中國古代歌詩研究——從〈詩經〉到元曲的藝術生產史》，北京大學出版社2005年版，第264頁。

〔註30〕饒宗頤著:《澄心論萃》，上海文藝出版社1996年版，第167頁。

〔註31〕〔宋〕陳暘撰:《樂書》卷一百三十，見〔清〕紀昀、永瑢等:《景印文淵閣四庫全書》冊211，臺灣商務印書館2008年版，第578頁。《晉書・樂志下》解釋鼓角橫吹曲:「鼓，按《周禮》『以鼖鼓鼓軍事』。角，説者云:蚩尤氏帥魑魅與黃帝戰於涿鹿，帝乃始命吹角爲龍鳴以禦之。其後魏武北征烏丸，越沙漠而軍士思歸，於是減爲中鳴，而尤更悲矣。」（見〔唐〕房玄齡等撰:《晉書・樂志下》卷二十三，中華書局1974年版，第715頁。）這裏減爲中鳴的目的和《樂書》中的材料恰恰相反:這裏是爲了使軍士的思歸之情得到緩解而使調更悲，而《樂書》中却言爲了讓軍士們在忘乎所以的情景中能有更多的思鄉之情才使樂調更悲。吉聯抗先生在《魏晉南北朝音樂史料》中引用了《晉書》中的一段話，對此提出了一個較爲牽強的解釋:「爲什麼『吹角爲龍鳴』就可以抵禦蚩尤？爲什麼『軍士思歸』就要降低角的音高？都不好理解。但是前者是神話傳説，本是想像出來的;後者似乎比較具體，可能是一次抒發悲哀的感情罷？兩者對比，則所謂『龍鳴』當屬高亢的聲音。」（見吉聯抗編:《違禁南北朝音樂史料》，上海文藝出版社1982年版，第107頁）相比，《樂書》中的説法可能更爲合理。

來，而且還具有最能激奮人心、鼓舞士氣的藝術特長。」〔註32〕這樣，就不僅僅具有彪悍英勇，更能激起軍士的鄉關之思，激起他們對祖國和家鄉的感情，也更有助於激起軍士作戰的勇氣與信心。《宋書・樂志一》所載「孫權觀魏武軍作鼓吹而還」，可能就與這種由低調的鄉思而激起的作戰勇力有關。曹操不但自己喜歡這種風格，而且也充分調動了時人對這種風格的接受心態。又《晉書・樂志下》：「《但歌》，四曲，自漢世，無弦節。作伎最先唱，一人唱，三人和，魏武帝尤好之。時有宋容華者，清徹好聲，善唱此曲，當時之特妙。」〔註33〕但歌就是不被於管絃絲竹而僅僅以人聲唱和爲主的表演方式，此樂一直被錄入清商樂中，既然是清唱，而且是一唱三合的咏歎式唱法，其音調節奏也不屬於雅正或萎靡，而是具有清婉的特色。同樣，魏明帝曹叡對相和歌的愛好與修改也表現出對清商節奏的情有獨鍾：「相和，漢舊歌也。絲竹更相和，執節者歌。本一部，魏明帝分爲二，更遞夜宿。」〔註34〕從繁欽向魏文帝推薦樂歌人才的信箋以及曹丕的回信中，我們不但能知道曹丕本人所喜歡的樂歌基調，而且還能窺測當時整個社會中流行的樂歌聲調與風格。繁欽《與魏文帝箋》：

> 都尉薛訪車子，年始十四，能轉喉引聲，與笳同音。乃知天壤之所生，誠有自然之妙物。潛氣内轉，哀音外激，大不抗越，細不幽散。聲悲奮笳，曲美常均。及與黃門鼓吹溫胡疊唱，疊和喉所發音無不響應，遺聲抑揚，不可勝窮。暨其清激悲吟，雜以怨慕，咏北狄之遐征，奏胡馬之長思，是時涼風拂衽，背山臨溪，莫不泫泣隕涕，悲懷慷慨。

文帝《答繁欽書》：

> 披書歡笑，不能自勝，奇才妙技，何其善也。頃守土孫世有女曰瑣，年始九歲，夢與神通，寐而悲吟，哀聲激切，涉歷六載，於今十五，近者督將具以狀聞，是日戊午，祖於北園，博延衆賢，遂奏名倡，曲極數彈，歡情未逞……乃令從官引内世女，須臾而至，厥狀甚美，素顏玄髮，皓齒丹唇，詳而問之，云：善歌舞。於是提袂徐進，揚蛾微眺，芳聲清激，逸足橫集，衆倡騰遊，群賓失席。然後脩容飾

〔註32〕李澤厚：《美學舊作集・略論藝術種類》，天津社會科學院出版社2002年版，第374頁。

〔註33〕〔唐〕房玄齡等撰：《晉書・樂志下》卷二十三，中華書局1974年版，第716頁。

〔註34〕〔梁〕沈約撰：《宋書・樂志三》卷二十一，中華書局1974年版，第603頁。

妝，改曲變度，（激清角，揚白雪，接孤聲，赴危節……）斯可謂聲協鍾石，氣應風律，（綱羅韶濩，囊括鄭衛者也。）今之妙舞，莫巧於絳樹，清歌莫善，於宋臈，豈能上亂靈祇，下變庶特。漂悠風雲，橫厲無方。若斯也哉，固非車子喉囀長吟所能逮也。吾煉色知聲，雅應此選，謹卜良日，納之閒房。〔註35〕

繁欽向魏文帝曹丕推薦薛訪車子，除了其聲樂素質外，還有所擅長演唱歌曲基調有「哀音外激」、「聲悲奮笳」的特色，尤爲重要的是在「清激悲吟，雜以怨慕」時的狀態最得繁欽欣賞，甚至能感染人至悲哭流涕。《文選》選此篇，呂延濟注：「北狄征、胡馬思，皆古歌曲，皆能喉囀爲之，凄傷也，頑鈍艷美者，皆感之而。」曹丕所欣賞的音聲就更是悲吟和哀聲了，他將瑣「納之閒房」，充分表明他的喜愛程度。不僅僅是對於女樂的欣賞態度，即便是在平時與文人雅士的遊宴中，也是以這種基調爲主，在《與朝歌令吳質書》中，曹丕頗爲懷念昔日的南皮之遊，却也是：「高談娛心，哀箏順耳……清風夜起，悲笳微吟，樂往哀來，愴然傷懷。」〔註36〕最爲「娛心」的不是酒，而是讓人聽起來比較舒服的具有哀怨特徵的音樂，加上周圍氣氛的感染，然後沉醉到人生的感慨與回味中去。而這種愴然傷懷的狀態，正是文學創作者思想達到最高的境界，創作主動性達到最佳化的時刻。這種哀音悲意的環境中所進行的文學創作，從作家的深層心理上，也更渴望淋漓盡致地宣泄或表露積聚在胸中的人生哀痛和感悟。

可見，一般的聚會和個體的音樂欣賞中體現出的以悲爲美的審美風格已經滲入人們日常司空見慣的生活中，其實在魏晉時期，在宮廷聲勢最大的嚴肅聚會——正會中，也不乏對這種風格的接受。曹植《正會詩》描寫的正是這樣的聚會，悲雅的基調也是其主旋律：「笙磬既設，琴瑟俱張。悲歌厲響，咀嚼清商。俯視文軒，仰瞻華梁。願保茲善，千載爲嘗。歡笑盡娛，樂哉未央。」在歌舞音樂欣賞的過程「悲歌厲響」，但達到的結果却是「歡笑盡娛，樂哉未央」。悲並不是讓人消極，而是讓人從悲所產生的壯美中得到心靈的解脫與安慰。這個時代並不是一個因爲悲哀而廢頹的時代，

〔註35〕《全三國文》卷七，見〔清〕嚴可均輯：《全上古三代秦漢三國六朝文》冊2，上海古籍出版社2009年版，第377頁。括號內文字《太平御覽》、《藝文類聚》等本所收無。

〔註36〕〔梁〕蕭統編，〔唐〕李善注：《文選》卷四十二，上海古籍出版社1986年版，第1895頁。

而是一個能從悲哀中找到振作力量源泉的時代。從音樂欣賞的角度而言，這一時期的悲雅特色與建安時代「家家思亂，人人自危」的社會戰亂有關（曹丕《典論・自序》），但是到曹丕後，整個社會狀況其實是一段少有的安寧。經過曹操在建安元年模仿秦漢時期的制度，「始興屯田」以來，社會經濟得到了穩步的發展，「建安初關中百姓流入荊州者十餘萬家，及聞本土安寧，皆企望思歸……流人果還關中豐實。」曹魏建國以後，又「通運渠三百餘里」，文帝黃初年間「四方郡守墾田又加，以故國用不匱」，老百姓不但生活較爲安定，而且能「歲有數千斛，以充兵戎之用」，軍糧的問題也得到了解決。連曹丕自己也認爲「海內清定，萬里一統，三垂無邊塵之警，中夏無狗吠之虞」（《又與孟達書》），明帝時期，仍採取興農政策，從而使「國以充實焉」（《晉書・食貨志》）。這樣，從建安後期到明帝時期，整個社會其實是處於相對穩步發展、國富民安的狀態。如果說建安初期由於戰亂、民不聊生造成了社會對音樂欣賞「悲」的基調在文藝創作中的普遍接受狀態，那麽自鄴下生活的逐步穩定到曹魏建國以來相當一段時期內所形成的音樂欣賞態度就是一種建立在日常審美基礎上的接受。往往，一個時代經過極度的紛亂進入稍稍安寧以後，就會將興盛制度和文藝的教化宣傳作爲主要方面，但是曹魏時期的音樂接受，却有稍稍不同，講究節制情感而反對奔放思緒的古樂樂教功能沒有占據時代音樂的主流，以王族爲代表的創作集團和欣賞集團却將審美和情感的因素放在主要地位，這不但改變了流行音樂的風格，而且從根本上改變了這個時代的文學風格與欣賞的角度。這一時期的音樂欣賞者往往又在文學方面有著極其深厚的積纍，構成了這一時代文人化的音樂欣賞方式與音樂化的文學創作方式。

當時的文學作品所提及的音樂格調，大都是響遏行雲、難以抒懷的悲音。延續著《古詩十九首》的「上有絃歌聲，音響一何悲……清商隨風發，中曲正徘徊。一唱再三歎，慷慨有餘哀」、「音響一何悲，弦急知柱促」的音樂模式，出現在文學作品中的音樂風尚幾乎都是如出一轍。曹丕《燕歌行》：

援琴鳴弦發清商，短歌微吟不能長。

王粲《公讌詩》：

管絃發徵音，曲度清且悲。

這種悲美的風尚，到了後來，由文士的愛好發展爲人們日常生活中不可缺的一個部分，《世說新語・任誕》載：

張湛好於齋前種松柏。時袁山松出遊，每好令左右作輓歌。時人謂：「張屋下陳尸，袁道上行殯。」

劉孝標注引《續晉陽秋》：

袁山松善音樂。北人舊歌有《行路難曲》，辭頗疏質。山松好之，乃爲文其章句，婉其節制。每因酒酣，從而歌之，聽者莫不流涕。初，羊曇善唱樂，桓尹能輓歌，及山松以《行路難》繼之，時人謂之三絕。〔註 37〕

悲的審美觀念已經深深滲透到人們的日常生活中，成爲人們表現自己的生活態度、審美態度和風格的主要方面。在文學與音樂的交融中，形成了悲雅慷慨爲主題的一代文風。

三、音樂期待中的文學之悲美

清商樂歌對文學創作影響的直接見證就是清商樂歌辭的創作。據沈約《宋書・樂志》載，曹魏三祖創作清商樂之辭頗爲可觀，武帝曹操創作的清商三調歌詩與大曲有：平調《短歌行・周西》、平調《短歌行・對酒》、清調《秋胡行・晨上》、清調《苦寒行・北上》、清調《秋胡行・願登》、清調《塘上行・蒲生》、瑟調《善哉行・古公》、瑟調《善哉行・自惜》、大曲《步出夏門行・碣石》。文帝曹丕創作的清商三調歌詩與大曲有：平調《短歌行・秋風》、平調《短歌行・仰瞻》、平調《燕歌行・別日》、瑟調《善哉行・朝日》、瑟調《善哉行・上山》、瑟調《善哉行・朝游》、大曲《折楊柳行・西山》、大曲《煌煌京洛行・園桃》。明帝曹叡創作的清商三調歌詩與大曲有：清調《苦寒行・悠悠》、瑟調《善哉行・我徂》、瑟調《善哉行・赫赫》、大曲《步出夏門行・夏門》、大曲《棹歌行・王者布大化》。又逯欽立所輯《先秦漢魏晉南北朝詩》載僅曹植創作的清商三調歌詩與清商大曲就有二十多首。衆多的清商樂辭不但是當時流行音樂形式的反映，同時也是文學創作接受音樂基本審美格調的有力證據。

後代學者評價這些文學作品，雖然所持有的態度不盡相同，但都注意到了音樂審美期待的以悲爲美對文學創作的影響。鍾嶸《詩品》：

曹公古直，甚有悲涼之句。〔註 38〕

〔註 37〕〔南朝〕劉義慶著，〔南朝〕劉孝標注，余嘉錫箋疏：《世說新語箋疏》，上海古籍出版社 1993 年版，第 757 頁。

〔註 38〕〔南朝〕鍾嶸著，張朵、李進栓注譯，徐正英審定：《詩品》，中州古籍出版社 2010 年版，第 207 頁。

認爲悲涼是曹操詩歌的一個主要特點。庾信從自身飄零無助的命運，在《哀江南賦序》中發出了「《燕歌》遠別，悲不自勝」的感歎，並通過自身的實際創作對文學的悲壯美給予了肯定。李夢陽《陳思王集序》言及讀曹植瑟調《怨歌》、《贈白馬》、《浮萍》等篇以及《觀求試審舉》等表的感覺：

> 未嘗不泫然出涕也，曰：嗟乎植，其音宛，其情危，其言憤切而有餘悲。〔註 39〕

清陳祚明《採菽堂古詩選》選錄曹叡詩五首並作出評價：

> 明帝詩雖不多，當其一往情深，克肖乃父。如閒夜明月，長笛清亮，抑揚轉咽，聞者自悲。〔註 40〕

劉勰《文心雕龍·樂府》中通過對創作的才性與應用的音樂表現方式的比較，指出：

> 至於魏之三祖，氣爽才麗，宰割辭調，音靡節平，觀其北上衆引，秋風列篇，或述酣宴，或傷羈戍，志不出於淫蕩，辭不離於哀思；雖三調之正聲，實韶夏之鄭曲也。〔註 41〕

從正統的文藝觀念出發，劉勰對曹操、曹丕、曹叡的詩歌進行了雙向的評價——從文學創作的才氣和作品的詞藻上看，這些詩歌毫無疑問都是優秀的作品，但是從詞調和音樂角度看，却未必盡然。曹操《苦寒行》之「北上太行山」，全篇都是遠征人的苦楚，曹丕的《燕歌行》「秋風蕭瑟天氣涼」也是託辭思婦而作，劉勰從正統思想觀念出發，將這些都歸入淫蕩、哀思之作，認爲這些歌辭雖然在形式上採取了清、平、瑟三調之正聲，但仍然屬於不雅正的「鄭曲」。劉勰身處民歌中的世俗格調侵染文學創作和文人心態滑落世俗的時期，從矯正當時文學與音樂的審美視角出發，他對文學提出了雅正的要求。這從反面證實了曹魏三祖的詩歌恰恰是在吸取了當時清商樂的基礎上，形成了自身的悲美特徵。

如果說以代寡婦、出婦言悲憐之心爲代表的「悲不自勝」的詩題是用來代他人言悲情，表達的尚是一種他者的哀痛，創作者自身以「審悲」、爲悲情

〔註 39〕〔明〕李夢陽：《空同集》卷五十。見《文津閣四庫全書》冊 422，商務印書館影印，第 113 頁。

〔註 40〕〔清〕陳祚明評選，李金松點校：《採菽堂古詩選》卷五，上海古籍出版社 2009 年版，第 151 頁。

〔註 41〕〔南朝〕劉勰著，周振甫注：《文心雕龍注釋》，人民文學出版社 1981 年版，第 65 頁。

所動的第三者形式出現，則從本該是娛樂宴享，却情不自禁悲而不樂的個人抒情中，也能尋找到這個時代的文學從音樂之悲中所獲得的期待視野的踪影，而這，恰恰是創作者自身的期待與情感的直接表露，創作者不但是這種悲痛心境的抒寫者，更是這種悲痛凄涼之感的眞實體驗者。陳琳詩：

> 高會時不娛，羈客難爲心，殷懷從中發，悲感激清音。投觴罷歡坐，逍遙步長林，蕭蕭山谷風，黯黯天路陰。惆悵忘旋反，歔欷涕沾襟。
>
> 節運時氣舒，秋風涼且清。閒居心不娛，駕言從友生。翱翔戲長流，逍遙登高城。東望看疇野，回顧覽園庭。嘉木雕綠葉，芳草纖紅榮。
>
> 〔註 42〕

宴會本來是舉杯歡樂、共話愉悅心情的場所，在無奈的悲涼中本來渴望通過聚會和宴遊來找尋心靈的安慰，但是遊宴也被這種悲涼的基調所籠罩，或者是從往昔遊宴的回憶中品悟出的悲哀之感慨，或者是在當下的遊宴中由於自身不可釋懷的慷慨之情而發出哀痛感傷，文學創作主體宛如將悲壯之美隨身攜帶，在生活的每一個角落裏播發著這種美感。「起於漢末」的《七哀詩》以無盡的哀傷爲主題，更爲眞切地表達了創作者的這種心靈之悲，成爲這一時期文人關注的焦點之一。〔註 43〕阮瑀《七哀詩》：

> 丁年難再遇，富貴不重來。良時忽一過，身體爲土灰。冥冥九泉室，漫漫長夜臺。身盡氣力索，精魂靡所能。嘉殽設不御，旨酒盈觴杯。出壙望故鄉，但見蒿與萊。
>
> 臨川多悲風，秋日苦清涼。客子易爲戚，感此用哀傷。攬衣久躑躅，上觀心與房。三星守故次，明月未收光。鷄鳴當何時，朝晨尚未央。還坐長歎息，憂憂難可忘。〔註 44〕

〔註 42〕逯欽立輯校：《先秦漢魏晉南北朝詩》，中華書局 1983 年版，第 368、367 頁。

〔註 43〕吳兢《樂府古體要解》：「《七哀》起於漢末。」有關《七哀詩》中的「七」是否就是指文體中的「七」學界尚存爭議，但是《文選》專列七體，而將《七哀》列入詩丙之「哀傷」類而不列入「七」體類，至少說明在南朝人的解讀中，七哀詩重在其「哀」的情感表達而不在「七」的文體類別。《文選》六臣注呂向正是由此而進行了進一步的說明：「七哀，謂痛而哀，義而哀，感而哀，怨而哀，耳目聞見而哀，口歎而哀，鼻酸而哀也。」就是從情感的抒發和生命體驗的角度來闡釋曹植《七哀詩》的創作。見《六臣注文選》，〔清〕紀昀、永瑢等：《景印文淵閣四庫全書》冊 1330，臺灣商務印書館 2008 年版，第 527 頁。

〔註 44〕逯欽立輯校：《先秦漢魏晉南北朝詩》，中華書局 1983 年版，第 380 頁。

王粲《七哀詩》：

> 西京亂無象，豺虎方遘患。復棄中國去，遠身適荊蠻。親戚對我悲，朋友追相攀。出門無所見，白骨蔽平原……南登霸陵岸，回首望長安。悟彼下泉人，喟然傷心肝。
>
> 荊蠻非我鄉，何人久滯淫。方舟遡大江，日暮愁我心。山岡有餘映，岩阿增重陰。狐狸馳赴穴，飛鳥翔故林。流波激清響，猴猿臨岸吟。迅風拂衣袂，白露沾衣襟。獨夜不能寐，攝衣起撫琴。絲桐感人情，爲我發悲音。羈旅無終極，憂思壯難任。〔註45〕

有關這種悲情的心理根源，獲得普遍認可的解釋便是劉勰所說的「世積亂離，風衰俗怨」（《文心雕龍・時序》），建安文學慷慨悲歌、梗概多氣的風格源於整個時代的悲劇氛圍和人之生命的可悲現狀，是在動蕩黑暗歲月中無奈而又不甘心處於此境地的人們所感發的憂生之嗟。創作者由於現實生活而積聚在胸中的感慨之情，造成了心理上的抒發需求，正如李贄在《焚書・雜說》中言及的：

> 其胸中有如許無狀可怪之事，其喉間有如許欲吐而不敢吐之物，其口頭又時時有許多欲語而莫可所以告語之處，蓄極積久，勢不可遏。一旦見景生情，觸目興歎，奪他人之酒杯，澆自己之塊壘。訴心中之不平，感數奇於千載。既已噴玉唾珠，昭回雲漢，爲章於天矣。遂亦自負，發狂大叫，流涕慟哭，不能自止。〔註46〕

從文學情感的產生而言，悲憤痛苦的情感往往是作者透視更深刻問題的必要條件，而所處的環境又是萌發悲憤痛苦之情的土壤。自古悲傷的音樂或梗慨多氣的文學作品的創作，都是在眞情實感的根基上窮而後工。這是從創作者所處的環境對人的作用所做出的闡發，屬於「知人論世」的創作論範疇，將悲憤慷慨之情的產生歸因於作家的創作。然而，從欣賞者的角度出發，產生審美體驗和情感上的共鳴，却並非一定就是由完全相同的命運所驅使，同病相憐、心心相惜只是審美的一個側面，更多時候，受悲痛感染而感動地唏嘘流涕的人，本身未必有同樣悲痛經歷，而只是從審美的角度去解讀這種根深蒂固的悲感，從而引發自身蘊藏在內心深處的悲劇意識和悲壯之美的評價標準。

〔註45〕逯欽立輯校：《先秦漢魏晉南北朝詩》，中華書局1983年版，第365頁。

〔註46〕〔明〕李贄著，張建業譯注：《焚書・續焚書》，中華書局2011年版，第159頁。

欣賞悲、「審悲」的結果自然也並非一定就要產生暗然傷神、痛哭流涕的人生體驗，相反，悲在這一時期，往往引發了一些審美的愉悅感覺。最爲典型的就是王粲《公燕詩》:「高會君子堂，並坐蔭華榱。嘉肴充圓方，旨酒盈金罍。管絃發徽音，曲度清且悲。合坐同所樂，但訴杯行遲。常聞詩人語，不醉且無歸。今日不極歡，含情欲待誰。」〔註47〕在充滿了「清且悲」的音樂氛圍和欣賞過程中，產生的體驗却是「樂」，不是被悲音帶入一種個人的消極與頹廢中，相反，却能從中感到一種由悲而生的愉悅感覺與「極歡」的感受。阮籍《樂論》記載漢順帝過樊衢「聞鳥鳴而悲，泣下橫流，曰:『善哉鳥聲！』，使左右吟之，曰:『使絲聲若是，豈不樂哉？』」〔註48〕聽到鳥的鳴叫所引發的審美感應是悲，其程度是「泣下橫流」，但是進行創作所產生的情感體驗上，却是爲了達到「豈不樂哉」的心靈體驗。悲傷的審美客體產生的審美效果却恰恰相反，是一種愉悅的快感。由此觀，漢末魏晉時流行的樂曲《薤露》和《蒿里》都是喪歌，但却常在高朋相聚的宴享中反覆使用，未必所聽所歎之人皆出於一種喪親的哀痛中，這只能說是起初讓這種音樂形式流行起來的人所發出的感概和體驗，而當這種感歎在社會中普遍認可時，就會變成一種審美的風尚，欣賞者從這裏期待獲得一種審美感覺上的滿足，而創作者是爲了迎合和適應這種接受者的期待而進行以悲爲美的壯美式創作。其實這種對悲能產生審美愉悅的認知自東漢就已經開始了，而且爲部分儒生所接受，鄭玄注《六經》曾將「悲」、「哀」與「和」、「好」、「妙」互文通訓。錢鍾書評論王褒《洞簫賦》「故知音者，樂而悲之，不知音者，怪而偉之」句就是從審美風尚的角度出發的:「奏樂以生悲爲善音，聽樂以能悲爲知音。漢魏六朝，風尚如斯。觀王賦此數語可見也。」〔註49〕生悲、體味悲的風尚自然有其歷史原因與社會原因，但與人們的「審悲」心態的關係更爲直接，更爲切近。

我們並不否認這一時期社會環境投射在創作主體心靈上的悲愴體驗，也不有意漠視由創作主體對自身生命的延續和生命價值實現的期待所引發的憂生回應，在關注這些的同時，我們也不應忽視，在這一時期，悲哀已經形成了一種審美的風尚，人們追求的或許已經不是悲痛本身，而是由悲痛所帶來的巨大感

〔註47〕逯欽立輯校:《先秦漢魏晉南北朝詩》，中華書局 1983 年版，第 360 頁。

〔註48〕《漢魏六朝百三家集》卷三十四，見《景印摛藻堂四庫全書薈要》冊 469，世界書局 1988 年版，第 249 頁。

〔註49〕錢鍾書:《管錐編》(第三冊)，中華書局 1986 年版，第 946 頁。

染力，以及在這種感染期待下所引發的審美情感的愉悅。音樂本身除了感染人，還有娛樂人的功能，又怎能輕易地爲了闡釋悲哀的產生而抹掉悲壯美所產生的審美效應呢？音樂接受中的文學創作也當如此。由此延伸下去，儒家從正統思想的角度出發，崇尚雅正，將具有悲哀感慨的音樂歸入「靡靡之音」一類，認爲這是亡國之音，但是越是置於不斷的遏制與排斥中，越是不能禁止這種音聲的流傳，從《國語・晉語》所記載的師曠認爲悲音象徵王朝的短命與後來晉國的實際命運，似乎證實了儒家的言論，但另一種因素，或許正是其過度地享受了悲音中的愉悅因素的緣故。所以就《隋書・音樂志》所記載的魏晉南北朝陳後主、北齊後主等亡國之君都曾喜好「音韵窈窕，極於哀思」的《玉樹後庭花》、《無愁曲》等新曲，錢鍾書的評價是：「夫佻艷之曲，名曰《無愁》而功在有泪，是以傷心爲樂趣也。」〔註50〕以愁而沉溺於不知愁，以流泪之悲情恰恰在進行無盡的樂之享受，這就是一旦失掉理性只存感性的悲感。此處不稱悲美，是因爲情理交融是以悲爲美作爲審美活動的前提。

若從審美的角度去解釋魏晉時期的悲涼而不哀傷、節制而又有理智的悲，對這一時期的文學接受音樂的審美期待所表現的時代精神無疑是極好的補充。音樂中的悲最終的結果是爲了感染人，這就決定著文學創作的悲不只是一味地發泄展示作者個體的某種情緒，還會考慮到接受者的審美心態。這樣，本是個體情感體驗的悲中便自始至終地貫穿著理性的光環了，也正是理性的光環使悲成爲一種可以被解讀和闡釋的悲之美。理性，首先表現在對事實的尊重態度上。雖然以悲涼爲主調，但必須是與眞實的情感體驗相符的悲情，漫無邊際、過分地誇大和渲染這種基調，以至於悲而不實，並不能受到接受者的賞識甚至贊同。曹丕《敘繁欽》提到對繁欽向他推薦薛防車子一事，同時也對繁欽寫給他的書信作了一些評價：「上西征，余守譙，繁欽從，時薛訪車子能喉囀，與笳同音，欽箋還，與余盛歎之。雖過其實，而其文甚麗。」〔註51〕繁欽給曹丕的書信，上文已經引用過，主要是對薛防車子悲涼婉轉的聲樂魅力進行了繪聲繪色地描繪，而曹丕這裏對繁欽文章的寫作方式和悲涼基調進行了充分肯定，但是對其所言悲的實際內容和限度，却表示了相當懷疑，認爲是「過其實」，有貶有贊之間，

〔註50〕錢鍾書：《管錐編》（第三冊），中華書局1986年版，第948頁。

〔註51〕《全三國文》卷七，見〔清〕嚴可均輯：《全上古三代秦漢三國六朝文》冊2，上海古籍出版社2009年版，第380頁。亦作《繁欽集序》。

表現出了接受者對文學寫作的最基本的態度。又曹丕《敘陳琳》:「上平定漢中，族父都護還，書與余，盛稱彼方土地形勢，觀其辭，如陳琳所敘為也。」〔註 52〕可見，雖然有一定的基調，但這個基調必須是建立在情感基礎和現實的審美條件之下，所以在這一時代，悲是實際而有節制的，理智而不放任。曹丕《戒盈賦》:

> 避暑東閣，延賓高會，酒酣樂作，悵然懷盈滿之戒，乃作斯賦：惟應龍之將舉，飛雲降而下征。資物類之相感，信貫徹之通靈。何今日之延賓，君子紛其集庭。信臨高而增懼，獨處滿而懷愁。願群士之箴規，博納我以良謀。〔註 53〕

悲而有所戒，期待「良謀」的出現，從悲涼中透露出對希望和理想的執著。由這種具有理智而存有希望的悲涼順延下去，便是一種悲而不傷的「清商」基調，不是古板的雅致，更不是放縱的廢頽，而是在悲中有樂的積極向上。悲美不是意志的消沉，而是一種情感體驗中的審美意識，並從這種審美中找到寄託和心靈適越的因素。這是曹魏時期積極向上創作心態的寫照，同時也是悲美實現的可能。

可見，魏晉時期的審美風尚，並非我今天所說的流行風暴，趨於一種表面上的追慕和行為上的模仿，而是誠如宗白華先生所言，是一種生活風度與內在人文精神的融合，是人們對生活與審美價值的重新發現。魏晉時期的人不是一窩蜂地去趕時髦，而是將從音樂中凝煉出來的審美風尚與自身的生命感悟緊緊聯繫起來，找到了自己的心理宣泄與審美追求之間的關係。王世貞《藝苑卮言》:

> 子建「謁帝承明廬」、「明月照高樓」，子桓「西北有浮雲」、「秋風蕭瑟」，非鄴中諸子可及，仲宣、公幹遠在下風。吾每至「謁帝」一章便數十過不可了，悲婉宏壯，情事理境，無所不有。〔註 54〕

魏晉審美精神的可貴處就在於突破了理性對感性的壓抑的同時，又使情感的宣泄與理性的態度得以有機的融合。

〔註 52〕《全三國文》卷七，見〔清〕嚴可均輯：《全上古三代秦漢三國六朝文》冊 2，上海古籍出版社 2009 年版，第 380 頁。亦作《陳琳集序》。

〔註 53〕《全三國文》卷四，見〔清〕嚴可均輯：《全上古三代秦漢三國六朝文》冊 2，上海古籍出版社 2009 年版，第 363 頁。

〔註 54〕〔明〕王世貞：《藝苑卮言》三，見顧廷龍主編：《續修四庫全書》冊 1695，上海古籍出版社 2002 年版。

第三節　新聲的流行與「豔」的審美期待

豔作爲一種音樂的種類，和民歌具有不可割捨的血緣關係。從豔歌到較爲正式的、經過改造和加工的豔曲，既是民間音樂被改造而走向宮廷貴族的過程，也是豔的音樂特色爲文人接受的過程，豔由民間音樂歌舞進而轉爲文人筆下的文學創作特色，經歷了一個普遍接受並做出評價的過程，從而賦予了豔具有感情色彩的創作意義。不管評價如何，對豔的審美心態都有其深刻的社會背景和意義。

一、作爲音樂及其特色的豔

從詞義角度出發，可以從作爲形容詞和名詞分別考察豔的音樂特色。

豔最早專門用來指楚地民間的歌舞。庾信《哀江南賦》中有「吳歈越吟，荊豔楚舞」的句子，學界多認爲源自左思《吳都賦》「荊豔楚舞、吳愉越吟，此皆南方之樂歌，爲《詩三百篇》所未收者也」句，將豔與舞、愉、吟這些音樂形式並列。《文選》選入兩篇，李善注曰：「豔，楚歌也。」李淵林注《文選》，也採用此說。《樂府詩集》卷八十三《雜歌謠辭》引梁元帝《纂要》：「齊歌曰謳，吳歌曰歈，楚歌曰豔，淫歌曰哇。」明確指出楚歌就是豔。謝靈運《彭城宮中》「楚豔起行戚，吳趨絕歸歡」，將豔與楚地聯繫起來，反映了人們的普遍認知：豔，就是楚地歌舞。又有延顏之《車駕京口》「江南進荊豔，河激獻趙謳」，將豔這種歌舞形式和整個江南的音樂聯繫起來。豔其實是指歌，狹義上，就是荊楚地區的歌或歌舞，廣義上，包括吳越之地的所有南音皆可以稱爲「豔」。南朝又稱楚歌爲「古豔曲」，《初學記》卷十五引梁元帝蕭繹《纂要》所提到的「古豔曲有《北里》、《靡靡》、《激楚》、《結風》、《陽阿》之曲」中，《激楚》、《陽阿》就是在楚辭《招魂》中曾出現過的楚歌。

朱熹《楚辭集注》言楚俗「信鬼而好祀，其祀必使巫覡作樂歌舞以娛神」。因以「娛」爲主要目的，楚地音樂在格調和聲律方面與正統莊重典雅的雅樂大相徑庭，相應，人們對待楚歌的態度也不盡相同：或從正統的觀念出發，因其格調特點而將其視爲鄭衛之音，列入靡靡之音之類；或從接受的實際狀況和個體審美視角出發，喜愛之、欣賞之、選擇之。漢代雖然強調雅正，但楚聲也得到了一定程度的認可，史載漢高祖、漢武帝等都對這種音樂形式比較喜愛，這在很大程度上影響班固《漢書・藝文志》在評論楚聲時給出了「感於哀樂，緣事而發，亦可以觀風俗，知薄厚云」的較爲中和的定性。班固並不肯定包括楚聲在內、不雅正的「趙代之謳，秦楚之風」，但從漢代「採歌」的具體功用上來說，認爲尙可接受。到郭璞注司馬相如《上林賦》「荊吳鄭衛之聲」，直接指出這些音樂的共有特點都是「皆淫哇也」，將其列入淫蕩之作。上文所引蕭繹所說的五首古艷曲，文穎注釋《文選》所選《上林賦》時指出《激楚》、《結風》的風格特點：「楚地風氣既自漂疾，然歌樂者猶復依激結之急風爲節也，其樂促迅哀切也。」〔註 55〕這種過於激蕩急切的節奏與淒涼哀婉的音律並不符合儒家的審美視野。至於《北里》、《靡靡》就更不用說了，《史記・殷本紀》載其產生，就已言及是「新淫聲」、「靡靡之樂」。可見，作爲荊艷的楚聲，其音樂特點就是以激蕩、淒清、柔婉、哀艷爲主要特色的。「促迅」的節奏又決定了它並不像平和雅正的禮樂那樣四平八穩，而是因情緒的起伏和波瀾而有舒緩不同的表現形式，簡言之，就是具有多樣化的節奏和旋律。

隨著音樂的發展，艷便又成爲樂曲體制中的一個特殊部分，漢代的相和大曲的完整形式就是由艷、曲、趨或亂三個大的部分組成。《樂府詩集》卷二十六：「諸調曲皆有辭、有聲。《大曲》又有艷、有趨、有亂……艷在曲之前，趨與亂在曲之後。」楊愼《升菴詩話・樂府名解》又以艷爲引子，趨、亂爲尾聲。但是有關艷究竟表達怎樣的音樂情感特點和節奏音律方面的特色，並無明確記載。楊蔭瀏《中國古代音樂史稿》對這部分音樂的特點作出了推測，認爲艷是大曲中「華麗而婉轉的抒情部分」，一般由器樂演奏，有時也配以歌詞歌唱。〔註 56〕由此，作爲楚歌的艷和作爲大曲的一個部分的艷之間是有內在聯繫的，雖然楚歌之艷指的是音樂的表現內容和類別，而大曲中的艷是指音樂的體制和具體程序，但是二者都具有婉轉和多樣化的特點。

艷不僅是作爲音樂的詞彙而出現，而且在音樂的不斷發展過程中形成了自身的魅力，抒情與溫和婉麗是其與禮樂的最大區別，也正是這種區別，使之具有了鮮活靈動的感染力，不經過官方倡導却能吸引人。

從詞性言，許愼《說文解字》釋「艷」是從形容詞角度出發。《說文・豐部》：「艷，好而長也。從豐，豐，大也。《春秋傳》曰：美而艷。」艷並不是形容容貌或神情，而是用來形容具有情感意義的體積，這種情感意義是接受者所給予，是一種能够達到人們審美趣味、作爲欣賞客體的審美化體

〔註 55〕《六臣注文選》卷八，見〔清〕紀昀、永瑢等：《景印文淵閣四庫全書》冊 1330，臺灣商務印書館 2008 年版，第 186 頁。
〔註 56〕楊蔭瀏著：《中國古代音樂史稿》，人民音樂出版社 1981 年版，第 115 頁。

積。段玉裁的注釋對此進行更進一步文化意義上的比較和闡釋：

> 《〈小雅〉毛傳》曰：「美色曰艷。」《方言》：「艷，美也。宋衛晉鄭之間曰艷，美色爲艷。」按今人但訓美好而已。許必云「好而長者」，爲其從豐也。豐，大也。大與長義通。《詩》言莊姜之美，必先言「碩人頎頎」，言魯莊之美，必先言「綺嗟昌兮，頎若長兮」，所謂好而長也。《左傳》兩言「美而艷」，此艷進於美之義，人固有美而不豐滿者也。《毛傳》及《方言》皆渾言之也。〔註57〕

《左傳》中兩次言及的「美而艷」，一次是在桓公元年，一次在文公十六年。《左傳・桓公元年》：「宋華父督見孔父之妻於路，目逆而送之，曰：『美而艷。』」杜預注：「色美曰艷。」〔註58〕此處所言爲女性之「艷」，楊伯峻先生解釋爲「美言其面目姣好，艷言其光彩動人」。〔註59〕但按照杜預的解釋，「艷」就是「色美」，就是妖艷的意思。又《左傳・文公十六年》：「公子鮑美而艷。」〔註60〕此處，形容男性所用之「艷」，僅釋爲「色美」的妖艷似有不妥。由此，段玉裁強調《左傳》兩次分別用「艷」形容不同性別的人，表明「艷」當以高大爲本義，將「艷」釋爲妖艷不合本義。他認爲艷其實比美更進一層，不但含有嬌態的妖艷之美，還包括體形方面諸如「豐滿」等的特點。

音樂爲何還需要講究體形方面的特點？楚歌和大曲都以歌舞形式出現，除有音色與音律節奏方面的表現，還需要有舞蹈者的表演，而此處的艷正是從舞蹈者的角度出發來解釋——音樂不是單調的歌或者舞，而是歌的音色藝術與舞的形象藝術的完美結合。艷就是爲了表現效果的更形象、更豐滿而使用的必要表現手段，用以完善音樂的歌唱部分。楊蔭瀏先生《中國音樂史稿》從字義角度考察大曲的具體表演方式，得出的結論是：艷和趨可能與歌舞的形象和動作有著聯繫，「歌音婉轉抒情的部分配合著艷麗的舞姿；而歌音緊張的部分則配合著快速的舞步」。〔註61〕艷作爲形容詞，正是從對歌舞者的形體

〔註57〕〔漢〕許慎撰，〔清〕段玉裁注，《說文解字注》，上海古籍出版社1998年，第208頁。

〔註58〕李學勤主編：《十三經注疏》整理委員會整理：《春秋左傳正義》卷五，北京大學出版社1999年版，第133頁。

〔註59〕楊伯峻編著：《春秋左傳注》，中華書局2009年版，第83頁。

〔註60〕楊伯峻編著：《春秋左傳注》，中華書局2009年版，第602頁。

〔註61〕楊蔭瀏著：《中國古代音樂史稿》（上冊），人民音樂出版社1981年版，第118頁。

特點與具體動作的描繪中得出。有關艷中的動作特點，《招魂》中對《陽阿》、《激楚》進行細緻描繪時有所表現：

肴羞未通，女樂羅些。陳鐘按鼓，造新歌些。《涉江》、《採菱》，發《揚荷》些。美人既醉，朱顏酡些。娭光眇視，目曾波些。被文服纖，麗而不奇些。長髮曼鬋，艷陸離些。二八齊容，起鄭舞些。衽若交竿，撫案下些。竽瑟狂會，搷鳴鼓些。宮庭震驚，發《激楚》些。吳歈蔡謳，奏大呂些。士女雜坐，亂而不分些。放陳組纓，班其相紛些。鄭衛妖玩，來雜陳些。《激楚》之結，獨秀先些……〔註62〕

其中所描寫的《陽阿》、《激楚》都是在美女的翩翩舞姿的伴奏下進行。音樂除了表現音樂節奏、律呂音聲的「艷之音」，還有一個更爲重要的成分就是「艷之人」，美女及其舞蹈所引發的藝術審美期待成爲艷的一個主要成份，也正因爲如此，《〈小雅〉毛傳》訓艷爲：「美色曰艷。」揚雄《方言》訓曰「艷，美也。」從解釋字義方面講，段玉裁認爲是「渾言」，但從其文化意義和表演實際上言，其解釋也未必皆「渾言」，而是基於一定生活現象之上。將「艷之音」與「艷之人」結合起來，就是追求饒宗頤先生所說的「形文」與「聲文」：

至若描寫聲音之美妙時，亦得用艷字形容之。如繁欽稱道薛訪歌唱入神之處，謂爲「哀感頑艷」。倘借《文賦》語說之，即謂其所唱歌辭能悲，又能艷……士衡他文有《鼓吹賦》。云：「飾聲成文，雕音作蔚。響以形分，曲以和緩。」描繪音聲，亦假形以摹狀之。可知「艷」字實具有「形文」「聲文」兩重意義。如過於清虛，便失之質實與單調，於形文聲文均有不足之感，是又病於「不艷」矣。〔註63〕

由表演的形式延伸下去，凡是有聲樂和有舞蹈的特定的音樂形式，可以成爲名詞的艷；凡是有關音樂多樣化表演形式的，都可以被形容爲艷。女性由於在歌舞伴奏中的特殊作用，自然地成爲艷描寫和指代的首要對象。由描寫音樂過程中的女性進而到所有的女性，由對人的描寫而引申爲對音樂的描寫，又是「艷」所具有的新的涵義。

由此，艷無論作爲名詞還是形容詞，都是用來定義或描寫音樂的類別和

〔註62〕〔漢〕王逸注，〔宋〕洪興祖補注：《楚辭章句補注》，吉林人民出版社 1999 年版，第 206 頁。

〔註63〕饒宗頤著：《澄心論萃》，上海文藝出版社 1996 年版，第 168 頁。

體制以及表演方式的，豔本身就是一個音樂詞彙。應用到文學中，是文學借鑒了音樂的表達方式。

二、文學中豔的審美與期待

郭茂倩《樂府詩集》卷六十一《雜曲歌辭》中不但描繪了東晉南朝新聲疊起的實際，並對造成這種狀況的原因進行了探源：

> 自晉遷江左，下逮隋、唐，德澤浸微，風化不競，去聖逾遠，繁音日滋。豔曲興於南朝，胡音生於北俗。哀淫靡曼之辭，疊作並起，流而忘反，以至陵夷。原其所由，蓋不能制雅樂以相變，大抵多溺於鄭、衛，由是新聲熾而雅音廢矣。〔註 64〕

關於這些新聲的「眞面目」，王運熙先生認爲「大抵採擷或模擬江南的民歌」，〔註 65〕由此進一步推斷，趙敏俐等先生認爲「可以肯定地說，清商新聲的早期形態實際上就是荊、揚一帶越人的情歌」。〔註 66〕可見，在南朝興起的新聲從其來源上言其實就是楚豔歌的進一步延伸。在表現手法上，這種音樂形式屬於「繁音」，也就是所謂的「繁手淫聲」，有較多的跳躍起伏等變化形式與較爲繁雜的表現手段和表現內容，與雅正之樂相比，讓人耳目不暇應接。所以，在正統的觀念中，這種音樂等同於「鄭、衛」之音。南朝這種新聲的音樂特點，與蕭繹稱爲「古豔曲」的楚歌在格調上有相似性。這樣的音樂形式必然期望能出現與之相適應的歌辭，這就決定了配合新聲的歌辭也必然是「豔詩」：在所使用的整體格調上因爲配合音樂形式而表現出哀傷、凄婉、不積極向上——「哀」；在表現的內容方面，以言兒女之情爲多，尤以女子爲主題——「淫」；眞實情感與日常生活題材多樣而直接的表露，與一定要通過比興委婉的表現相比要大膽露骨得多，也便成爲「靡曼」之辭。

然而，不管新聲被正統的觀念怎樣貶斥，在南朝它上昇爲一種主流的音樂形式却是不爭的事實，蕭滌非先生認爲：「謂新聲之起，由於不能制雅樂以相變，則原因尚不如是之簡單也。無論此時雅樂廢絕，不能複製，藉曰能制

〔註 64〕〔宋〕郭茂倩編：《樂府詩集·雜曲歌辭》冊 3、卷六十一，中華書局 1979 年版，第 884 頁。

〔註 65〕王運熙著：《樂府詩述論》，上海古籍出版社 1996 年版，第 38 頁。

〔註 66〕趙敏俐等著：《中國古代歌詩研究——從〈詩經〉到元曲的藝術生產史》，北京大學出版社 2005 年版，第 357 頁。

矣，恐亦不足遏此種新聲艷曲之狂焰。」〔註 67〕這種音樂形式借助自身的魅力成爲一個時代的主旋律。「艷」由此進入了人們的審美視野與文學創作的期待視野，艷曲艷詩也不再是文學創作中有意要迴避的，而成爲創作的著力點。

同時，作爲音樂體制一個部分的艷也在影響著文學的創作。郭茂倩《樂府詩集》卷三十九《相和歌辭》：

> 《古今樂錄》曰：「《艷歌行》非一，有直云『艷歌』，即《艷歌行》是也。若《羅敷》、《何嘗》、《雙鴻》、《福鐘》等行，亦皆『艷歌』。」王僧虔《技錄》云：「《艷歌雙鴻行》，荀錄所載，《雙鴻》一篇；《艷歌福鐘行》，荀錄所載，《福鐘》一篇，今皆不傳。《艷歌羅敷行》『日出東南隅』篇，荀錄所載。《羅敷》一篇，相和中歌之，今不歌。」《樂府解題》曰：「古辭云『翩翩堂前燕，冬藏夏來見』。言燕尚冬藏夏來，兄弟反流宕他縣。主婦爲綻衣服，其夫見而疑之也。」〔註 68〕

《樂府詩集》所錄的艷歌（其實現在只能稱爲詩）有直接以艷命名的，也有直接取艷歌的內容特點的。這些樂府詩歌有的直接保留著艷的音樂形式，如《艷歌羅敷行》就注明「前有艷歌曲，後有趨」。從內容上，它們多以人的眞實感情爲主或以男女情感爲主要題材，尤其注重對女性的情感表現，這些都是民歌歌辭的直接特點。

到了南朝，整個社會都「溺於」艷歌之中，王公貴族紛紛模仿艷詩，創作艷詩，在這種氛圍中，艷詩的題材也得到了拓展，即便是脫離音樂形式，只要所描寫的內容與女性有關、與男女之情有關的，統稱「艷詩」，是否有樂曲已經不是主要的。徐陵《玉臺新詠》就是「撰錄艷詩」的集大成者，相關的主人公，大多都是那些「其佳麗也如彼，其才情也如此」的女性。南朝的「宮體詩」，之所以引起後代「罵」聲一片，歸根結底就是因爲人們從這裏讀出了骨子裏的艷。其實從楚歌開始，艷這種形式不是不被人們所接受，漢高祖劉邦等人對這種形式還頗爲喜愛，但是南朝以前，艷詩艷歌沒有成爲主流的文藝，只能引起部分人的注意或者個體的部分注意力，而不足以吸引大衆的眼球，但是到了南朝的宮體詩歌，「艷」得搶佔了憂生之嗟的風頭，艷得有

〔註 67〕蕭滌非著：《漢魏六朝樂府文學史》，人民文學出版社 1998 年版，第 195 頁。

〔註 68〕〔宋〕郭茂倩編：《樂府詩集・相和歌辭》冊 2 卷三十九，中華書局 1979 年版，第 578 頁。

些讓儒生們實在忍不下去了。從這個角度講，由艷曲而剝離出來的艷詩其實也一直處於被正統觀念邊緣化的地位。

東晉南朝不但文士在文學創作中實踐這種風格，嚮往並看重其所表現的內容，當時的讀者和文學評論者也對這種風格的文學作品表現出了期待。究其源，從西晉開始就有了這種趨勢。范甯評《春秋》三傳的特色時所言「《左氏》艷而富」就是從正面角度出發對艷的肯定。陸機《文賦》也曾探討艷在文學中的地位，借鑒音樂中之艷的特點，闡發其在文學創作中作用，進而提了出雅而不艷之弊端，認爲「闕大羹之遺味，同朱弦之清汜。雖一唱而三歎，故既雅而不艷」。雖然陸機在《文賦》中逐層提出「含清唱而靡應」、「雖應而不和」、「雖和而不悲」、「雖悲而不雅」、「雖雅爾不艷」時強調了在「應、和、悲、雅、艷」上有偏弊的五種不理想的作品，但是在強調的語氣上還是有側重的。饒宗頤先生結合陸機本人的創作與理論，認爲在這五個方面中，陸機還是更期待「悲」與「艷」在創作中的出現。〔註 69〕陸機的這一理論與他所倡導的「詩賦欲麗」一致，雖然只是將不艷作爲創作不足而提出，却爲東晉南朝對艷的理論期待做了儲備。

陸機之後宮體詩的倡導者明確地將對艷的理論期待進行了詳細描述與抒發。蕭繹《金樓子・立言》中提出了對與「筆」相對的「文」應有的特點：

吟咏風謠、流連哀思者，謂之文。

至若文者，惟須綺縠紛披，宮徵靡曼，唇吻遒會，情靈搖蕩。〔註 70〕

「流連哀思」就是艷歌音樂的悲涼風格的直接借鑒，「情靈搖蕩」也是楚歌表露情感的主要方面，更不用說，「吟咏風謠」本身就明確標明是從民歌那裏借鑒的特點，「宮徵靡曼，唇吻遒會」講究的就是音樂美本身，「綺縠紛披」恰恰要求文在辭藻上艷。〔註 71〕蕭綱對自己的兒子提出的「文章且須放蕩」，也從文辭艷的角度出發。從這一點講，其實宮體詩也並未非一無是處，至少是對探索詩歌跌宕情感與多樣表現手段的一次有益嘗試。因此，南朝時候的文人撰寫艷歌辭或者艷詩，當時的人們並沒有流露出過多的貶低傾向。對於自身參與創作的宮體詩，蕭綱自稱創作這類詩歌時充滿自信：「余七歲有詩癖，

〔註 69〕饒宗頤著：《澄心論萃》，上海文藝出版社 1996 年版，第 168 頁。

〔註 70〕〔梁〕蕭繹撰，許逸民校箋：《金樓子校箋・立言》卷四，中華書局 2011 年版，第 966 頁。

〔註 71〕參見王運熙、顧易生主編：《中國文學批評史新編》（上冊），復旦大學出版社 2001 年版，第 92 頁。

長而不倦。」〔註72〕認爲宮體詩其實是「性情卓絕，新致英奇」的典範。〔註73〕其詩歌被評價爲「輕艷」是入唐以後了。徐陵在編寫《玉臺新詠》時，流露出來的也是對這種風格的頗爲自賞與滿意：

> 於是，燃脂暝寫，弄筆晨書，撰錄艷歌，凡爲十卷。曾無忝於雅頌，亦靡濫於風人，涇渭之間，若斯而已。於是，麗以金箱，裝之寶軸。三臺妙迹，龍伸蠖屈之書；五色花箋，河北膠東之紙。高樓紅粉，仍定魚魯之文；辟惡生香，聊防羽陵之蠹。靈飛太甲，高擅玉函；鴻烈仙方，長推丹枕。至如青牛帳裏，餘曲既終；朱鳥窗前，新妝已竟，方當開茲縹帙，散此絛繩，永對玩於書幃，長循環於纖手。豈如鄧學《春秋》，儒者之功難習；竇專黃老，金丹之術不成。因勝西蜀豪家，託情窮於魯殿；東儲甲觀，流咏止於洞簫。孌彼諸姬，聊同棄日，猗歟彤管，無或譏焉。〔註74〕

這一時期探討文學，在重視了文學作爲藝術創作的同時，也自覺地將各類理論知識應用於文學，音樂是當時人們較爲熟悉的藝術形式，其理論和表現方式也更容易爲人們所接受並應用。創作實績啓發了這樣的理論概括，而理論的提升又引領著創作。人們欣賞這種文學風格，在創作中實踐這種風格，積極探索這種風格的表現手段。從某種意義上，人們喜愛新聲就會造成與之相適應的文學創作和理論創作的出現，從而將其上昇到審美高度。

三、艷的審美心態與文學選擇

不容置否，東晉南朝文學創作對「艷」的認同與期待是漢魏傳承而來，爲什麼在文學風格積極萌發的建安時期，這種審美方式沒有獲得普遍期待，而到了東晉南朝却變本加厲，「淹溺」整個時代。究其原因，兩個時期在接受音樂因素前提下，文人的創作方式和審美心態存在著差異：

其一，接受視野的形成模式不同。建安時期，曹氏父子以其創作的天賦和積極的人格魅力，將經歷了亂亡的文士集聚到鄴下，雖然「夢想曹公」的理想在現實中也有遭遇桎梏的時候，但總體上，是曹氏父子以當然的政治領

〔註72〕〔唐〕姚思廉撰：《梁書·簡文帝紀》卷四，中華書局1973年版，第109頁。
〔註73〕《全梁文》卷一一《答新渝侯和詩書》。見〔清〕嚴可均輯：《全上古三代秦漢三國六朝文》冊5，上海古籍出版社2009年版，第180頁。
〔註74〕〔南朝〕陳陵選編，〔清〕吳兆宜注，程琰刪補：《玉臺新詠箋注》，吉林人民出版社1999年版，序第3頁。

袖和文學領袖的雙重身份形成具有強大影響力的磁場，在這一磁場中，接受視野的形成是一個自上而下的自然過程，並非通過政治權力的強制才能實現社會思潮的主導地位。但是南朝的帝王從某種程度上已經失掉了這種磁力，雖然他們也在文學上表現出一定的才能，但是終究處於一種勉強靠政治權力爭奪文藝導向能力的緊張狀態，無論在創作才能上還是政治權力上，他們其實並不從容。在一個經歷了離亂生死、接受了享受世俗的時代，政治權力的權威性究竟有多大，其實可質疑的，而他們在整個社會思潮中主導地位的眞實性，也是可質疑的。這樣，整個社會中文學的接受視野不是自上而下，而是自下而上，先是通俗而又廣泛的接受，然後才是帝王與貴族的接受，這樣的接受視野當然地給了以楚歌爲代表的民間藝術一個絕好的發展環境，使之更容易對時代的文學形成輻射。

其二，文人創作心理與欣賞視野不同。雖然整個魏晉南北朝文人的命運都是岌岌可危的，但是在細節上，仍然有諸多差異。建安時代的文人進行文學創作其實主要是集中在戰亂社會中的，到聚集鄴下這一段相對較爲安全寧靜的時光裏，文人們更多的精力不是在創作，而是在如何欣賞、評價並總結前一個離亂片段中的創作。從這個角度言，同樣是音樂的影響，但在某種程度上，建安時代的文人更多地從欣賞視野與格調上接受之。而在南朝，文人在實際的創作過程中進行評論與總結，在且行且論中接受音樂的感染，這樣的結果是形成了創作與欣賞的雙重影響。就創作與評論共時的角度言，創作本身便成爲影響文士命運的一個更爲主要的方面，所以借創作「才盡」爲遮掩的，恐非鮑照一人而已。這從某種程度上限制了文學作品對創作者思想的表達及其表現方式，從而爲探索新的文風與文學形式做了一定準備——儘管這一準備在文學的實際變遷中往往顯得微乎其微。來自民間的艷麗歌詩既不關涉政治，也不能表達個人內心潛在的積極功業理想，用來作爲一種嬉戲之作，不但適合生存之道，更適合表現與時代的合流，越發成爲文學模擬和接受的對象。

其三，最高統治者的接受心理不同。建安文學中，最高統治者處於當然的領袖地位，不一定必須通過其他文人的作用才能表現出自己創作的能力。但是南朝的帝王不同，他們本著對貴族的趨同去創作，所以宋武帝從某種程度上，不得不靠謝晦來代筆，「太祖與義慶書，常加意斟酌」，〔註 75〕在接受

〔註 75〕〔梁〕沈約撰：《宋書・宗室・義慶傳》卷五十一，中華書局 1974 年版，第 1477 頁。

心理上多少存在陰影，這樣，到了稍稍有創作才能的帝王那裏，就容易形成一種畸形的接受方式，劉峻「忽請紙筆，疏十餘事」便招致梁武帝「自是惡之，不復引見」，〔註 76〕沈約一句「此公護前，不讓即羞死」，便險些被加以「不遜」之罪，〔註 77〕至於「吳均不均，何遜不遜」更是頗有妒天降才人之意了。〔註 78〕這種接受心理導致了帝王在創作方式上力圖引導一種更新的方式，以便形成自身的優勢，這是音樂接受前提下民間文學被廣泛接受的一個潛在因素。

在整個東晉南朝，文人接受新聲的微觀心態仍然是存有差異的。

東晉甚至劉宋初，已經流行的吳歌西曲等新聲，並沒有引起正統文人的普遍關注。《晉書・王恭傳》：

> （會稽王）道子嘗集朝士，置酒於東府，尚書令謝石因醉爲委巷之歌，恭正色曰：「居端右之重，集藩王之第，而肆淫聲，欲令群下何所取則！」石深銜之。〔註 79〕

來自民間的「委巷之歌」被指斥爲「淫聲」，謝石對待王恭指責「深銜之」，說明雖然喜好，但也不得不承認王恭給民間音樂的這種定性很合理。范曄「善彈琵琶，能爲新聲」，也曾慨歎在音樂方面的愛好非「雅」，造成了遺憾：「吾於音樂，聽功不及自揮，但所精非雅聲，爲可恨。」〔註 80〕至於那些喜好民間音樂、將民歌的創作納入自己創作的文士，會時不時受到譏諷。《南史・顏延之傳》載：

> 延之每薄湯惠休詩，謂人曰：惠休製作，委巷中歌謠耳，方當誤後生。〔註 81〕

鍾嶸《詩品》以顏延之爲中品，以湯惠休爲下品，認爲顏延之詩「其源出於陸機，尙巧似，體裁綺密，情喻淵深，動無虛散，一句一字皆致意焉」，而「惠

〔註 76〕〔唐〕李延壽撰：《南史・劉峻傳》卷四十九，中華書局 1975 年版，第 1219、1220 頁。

〔註 77〕〔唐〕姚思廉撰：《梁書・沈約傳》卷十三，中華書局 1973 年版，第 243 頁。

〔註 78〕〔唐〕李延壽撰：《南史・何遜傳》卷三十三，中華書局 1975 年版，第 871 頁。

〔註 79〕〔唐〕房玄齡等撰：《晉書・王恭傳》卷八十四，中華書局 1974 年版，第 2184 頁。

〔註 80〕〔梁〕沈約撰：《宋書・范曄傳》卷六十九，中華書局 1974 年版，第 1819 頁。

〔註 81〕〔唐〕李延壽撰：《南史・顏延之傳》卷三十四，中華書局 1975 年版，第 881 頁。

休淫靡，情過其才。世遂匹之鮑照，恐商周矣」，〔註 82〕也正因如此，湯惠休就遭到了顏延之的嘲笑，當時文士對待新聲的態度由此可窺一斑。

至梁，文士就不必有這樣的擔憂，造新聲，接受從民間音樂中來的養分併施入文學創作中，已經司空見慣。如《梁書．羊侃傳》載「侃性豪侈，善音律，自造《採蓮》、《棹歌》兩曲，甚有新致。」〔註 83〕又《梁書．豫章王綜》載蕭綜入魏以後，「既不得志，嘗作《聽鐘鳴》、《悲落葉辭》，以申其志……當時見者莫不悲之。」〔註 84〕徐陵還曾經爲自己在新聲方面的缺乏而頗發感歎，其《答族人梁東海太守長孺書》曰：

> 吾自歸來鄉國，亟徙炎涼，牽課疲朽，不無辭制，而應物隨時，未曾編錄，既承今告，輒復搜檢，行人相繼，別簡知音，但既乏新聲，全同古樂，正恐多慚於協律，致睡於文侯耳。燕南趙北，地角天涯，言接末由，但以潛欷善。」〔註 85〕

最値得注意的是梁武帝，他下過遣散樂府宮女的詔書（《梁書．武帝紀中》），而且自稱「無有淫佚」、「不與女人同屋而寢」、「受生不飲酒，受生不好音聲」，〔註 86〕但也抵不住「吳聲」、「西曲」的誘惑，「普通末，（梁）武帝自算擇後宮《吳聲》、《西曲》女妓各一部」，〔註 87〕可見這種音樂新聲所具有的吸引力。到了蕭綱、蕭繹，倡導這樣一種創作的格調也就不足爲奇。至於陳後主，更是往往被後人引以爲戒，成了以新聲亡國的一個「警鐘」。

從審美的角度言，建安時代對民間音樂的欣賞和借鑒處於主動的狀態，文人能夠主動而自覺地改造並吸納音樂中的主要成分，表現得理智而富有創新精神。而南朝人將艷作爲一種審美格調，期待文學創作中這種風格的出現，其實已經是處於對民間音樂的被動改造，這種改造雖然也能產生新的詩體，

〔註 82〕〔南朝〕鍾嶸著，張朵、李進栓注譯，徐正英審定：《詩品》，中州古籍出版社 2010 年版，第 154、253 頁。

〔註 83〕〔唐〕姚思廉撰：《梁書．羊侃傳》卷三十九，中華書局 1973 年版，第 561 頁。

〔註 84〕〔唐〕姚思廉撰：《梁書．豫章王綜傳》卷五十五，中華書局 1973 年版，第 825 頁。

〔註 85〕《全陳文》卷一○，見〔清〕嚴可均輯：《全上古三代秦漢三國六朝文》冊 5，上海古籍出版社 2009 年版，第 608 頁。

〔註 86〕〔唐〕姚思廉撰：《梁書．賀琛傳》卷三十八，中華書局 1973 年版，第 547 頁。

〔註 87〕〔唐〕李延壽撰：《南史．徐勉傳》卷六十，中華書局 1975 年版，第 1485 頁。

但其中滲透的人本身的思考和哲理的精神已經被弱化，人的精神也墮入全面的世俗，於是，雖然新，但卻缺失了靈魂。

第四章　魏晉南北朝文學的創作生成與音樂

第一節　文學創作主體的音樂素養

魏晉南北朝音樂的娛樂功能在宮廷和貴族的生活中逐步占據了主要地位，新聲的流行形成一股強大的衝擊潮流，滲透到社會的文化藝術中，構成整個社會風格的變遷。這一時期音樂影響下的創作主體自身具有特殊性：一方面，文人的創作呈現出多元的局面，在傳統文體詩歌方面與漢樂府相比，魏晉樂府機構從民間採詩功能衰退，取而代之的是文人的創作，文學性更爲濃鬱；另一方面，由於音樂接受的轉向，新聲不再處於「亡國」之音的邊緣化地位而受到指斥，而是在社會娛樂與欣賞中突現出來，文學創作主體由此也自然而然地受到了這種社會藝術思潮的侵染。

一、文學創作主體音樂接受的社會背景

葛曉音先生指出漢魏樂府出現的兩種變化趨勢之一便是「清商樂的興起」。〔註 1〕建安十五年，曹操建成銅雀臺，標誌著以清商爲主的樂歌形式正式在宮廷音樂中開始佔有不可忽視的位置。王僧虔指出清商樂與銅雀臺以及曹氏父子間的關係：「今之《清商》，實猶銅雀。魏氏三祖，風流可懷。」〔註

〔註 1〕葛曉音著：《八代詩史》，陝西人民出版社 1982 年版。
〔註 2〕〔梁〕沈約撰：《宋書・樂志一》卷十九，中華書局 1974 年版，第 553 頁。

2）銅雀臺是當時歌舞娛樂、文藝表演、文學創作的前衛場所。曹氏父子經常與文人在這裏唱和詩歌、欣賞歌舞，曹丕、曹植都作有《登臺賦》。不僅如此，崔豹《古今注・音樂第三》：

> 魏武帝宮人有盧女者，故冠軍將軍陰叔之妹，年七歲入漢宮學鼓琴，琴特鳴異於諸妓，善爲新聲，能傳此曲（《雉朝飛》），盧女至明帝崩後放出，嫁爲尹更生之妻。〔註 3〕

這裏明確指出此女最爲擅長新聲，並以此技成爲曹操音樂宮人中的一員，足見曹操對新聲的態度以及對這種由新聲所帶來的民間音樂形式的喜愛。如前所述，曹丕對古樂的興趣並不大，成爲帝王後，他也不屑於遵守古樂的制度，講究古樂的一些演奏秩序和規矩，所以他令太樂令杜夔「於賓客之中吹笙鼓琴」，〔註 4〕足見他是從純娛樂的角度看待音樂，即便是雅樂在他看來，也不過是藉以娛樂的工具之一。他對新聲具有特殊的愛好與重視。《晉書・禮志》載：「魏武以正月崩，魏文以其年七月設妓樂百戲，是則魏不以喪廢樂也。」〔註 5〕這主要是說曹魏時期的禮樂和喪禮的設置，曹魏時期對很多禮儀性的制度進行過不少改進，曹操就多次對喪禮進行過較爲實用的改革。與前後的時代比，《晉書・禮志》所載也能從另一個側面反映出曹丕對新聲俗樂的愛好程度以及他對音樂娛樂性目的的追求。當王權由於各種原因失掉了原來的權威時，這些欣賞方式不但沒有發生變化，相反，却由宮廷而致貴族，形成一種自上而下的社會潮流。曹爽好伎樂，便是通過將王室的伎樂據爲己有的方式來達到，還通過宮廷的資源來提高自己伎樂的水平，《三國志・魏志・曹爽傳》載：

> （爽）又私取先帝才人七八人，及將吏、師鼓吹、良家子女三十三人，皆以爲伎樂。詐作詔書，發才人五十七人送鄴臺，使先帝婕妤教習伎。爲擅取太樂樂器，武庫禁兵。作窟室，綺疏四周，數與晏等會其中，縱酒作樂。〔註 6〕

〔註 3〕〔晉〕崔豹撰：《古今注》卷中，見〔清〕紀昀、永瑢等：《景印文淵閣四庫全書》冊 850，臺灣商務印書館 2008 年版，第 104 頁。

〔註 4〕〔晉〕陳壽撰，〔宋〕裴松之注：《三國志・魏志・杜夔傳》卷二十九，中華書局 2011 年版，第 671 頁。

〔註 5〕〔唐〕房玄齡等撰：《晉書・禮志中》卷二十，中華書局 1974 年版，第 618 頁。

〔註 6〕〔晉〕陳壽撰，〔宋〕裴松之注：《三國志・魏志・曹爽傳》卷九，中華書局 2011 年版，第 237 頁。

既然曹爽取樂的目的是爲了「縱酒作樂」，這些「才人」所奏無疑都是一些新聲鄭曲，正是先代所謂的靡靡之音，根本就不可能是具有諷諫作用的雅樂正聲，我們也無法將曹爽所享受的音樂與具有對君臣有序性進行強調的音樂相聯繫。曹爽提高自己女樂隊伍的途徑是經過「先帝婕妤」的教習，也就是說，是通過宮廷樂人來提高自己伎樂隊伍的水平，這恰恰從另一個側面說明曹魏時期女樂新聲的流行與欣賞焦點主要還是集中在曹魏宮廷，而「楚王好細腰，宮中多餓死」，宮外必然也是模擬成風。從當時音樂發展的實際看，這種對新聲與女樂的欣賞格局隨後很快便被打破了。

在魏晉南北朝各代，從政府角度對禮樂做出努力最大的是西晉，但是，事與願違，西晉不但沒有克服禮樂不可挽救的流失局面，反而在整理的過程中加大了清商樂的流行與貴族對音樂新聲的享受。兩晉朝廷也設有專門的清商署，不同的是基本上歸光祿勛所掌，〔註7〕荀勖「奏造新度，更鑄律呂」時就曾擔任過光祿大夫一職。〔註8〕荀勖對清商樂進行了系統的整理與修訂，《晉書・律曆志》載他曾主持製作新的笛律，「輒令太樂郎劉秀、鄧昊等依律作大呂笛以示和，又吹七律，一孔一校，聲皆相應。然後令郝生鼓箏，宋同吹笛，以爲雜引、《相和》諸曲」。〔註9〕《宋書・樂志三》載「清商三調歌詩，荀勖撰舊詞施用者」有平調、清調、瑟調，多爲曹魏三祖歌詩，〔註10〕《樂府詩集・相和歌辭》載相和十三曲「採舊辭施用於世，謂之清商三調歌詩，即沈約所謂『因絃管金石造歌以被之者』也」。〔註11〕不僅如此，由於中央對清商樂改進的重視，當時還聚集了相當多的音樂人才，據《晉書・樂志》載：「魏晉之世，有孫氏善弘揚舊曲，宋識善擊節唱和，陳左善清歌，列和善吹笛，郝索善彈箏，朱生善琵琶，尤發新聲。」這些人對清商樂也進行了相應的改革，相和歌「本十七曲，朱生、宋識、列和等復合之，爲十三曲」，而且相和歌「自

〔註7〕《晉書・職官志》言光祿勛所統中，有「……黃門、掖庭、清商、華林園、暴室等令。哀帝興寧二年，省光祿勛，并司徒。孝武寧康元年復置。」見〔唐〕房玄齡等撰：《晉書・職官志》卷二十四，中華書局1974年版，第736頁。

〔註8〕《晉書・律曆志》：「泰始十年，光祿大夫荀勖奏造新度，更鑄律呂。」見：〔唐〕房玄齡等撰：《晉書・律曆志上》卷十六，中華書局1974年版，第474頁。

〔註9〕〔唐〕房玄齡等撰：《晉書・律曆志上》卷十六，中華書局1974年版，第481頁。

〔註10〕〔梁〕沈約撰：《宋書・樂志三》卷二十一，中華書局1974年版，第608頁。

〔註11〕〔宋〕郭茂倩編：《樂府詩集・相和歌辭》冊2、卷二十六，中華書局1979年版，第376頁。

茲以後，皆孫朱等之遺則也」。又載：「吳歌雜曲並出江南，東晉以來，稍有增廣。」〔註 12〕所以王僧虔認爲清商樂的發展雖然緣於曹魏，但至「江左彌貴」。〔註 13〕這種對新聲與女樂的愛好，並沒有因爲禮樂建設的努力而廢棄，更沒有因爲東晉尚玄遠的志趣而沖淡，相反，以雅量而著稱的謝安，也是接受這一潮流的。《晉書・王坦之傳》所載：

> 初謝安愛好聲律，朞功之慘，不廢妓樂，頗以成俗。坦之非而苦諫之。安遺坦之書曰：「知君思相愛惜之至。僕所求者聲，謂稱情義，無所不可爲，聊復以自娛耳。若絜軌迹，崇世教，非所擬議，亦非所屑。常謂君粗得鄙趣者，猶未悟之濠上邪！故知莫逆，未易爲人。」〔註 14〕

魏晉以來，人們不是靠公共秩序的導向去認識音樂藝術，而是對藝術形式有了從自我出發的把握。欣賞與個體的審美視野相契合的音樂，成爲一種帝王與貴族追求自身愉悅的共同因素。審美不再成爲一個社會的共同任務，也不是某一個人所代表的具有典範作用的認知標準，而是具有娛樂性的個體體驗。

與從上流社會發出的欣賞愉悅的個體享受不同，民間新聲在東晉時候開始普遍流行，清商舊曲的缺失爲清商新聲的發展提供了一個絕好的環境，產生於民間的新聲於是蓬勃發展，形成了一股自民間向貴族的影響潮流。《世說新語・言語》中記載桓玄問羊孚：「何以共重吳聲？」羊曰：「當以其妖而浮。」〔註 15〕既然已經發展到「共重」的程度了，說明在當時，吳聲已經形成了一定的社會影響。到了南朝宋、齊兩代，民間新聲的發展已經走向了成熟，在民間被廣泛接受。《宋書・良吏傳》載：「凡百戶之鄉，有市之邑，歌謠舞蹈，觸處成群，蓋宋世之極盛也。」〔註 16〕王僧虔於順帝昇明年間上書要求整理雅樂時，已經發展到「民間競造新聲雜曲」的地步了：「自頃家競新哇，人尚謠俗，務在唯殺，不顧音紀，流宕無崖，未知所極，排斥正曲，崇長煩淫。」

〔註 12〕〔唐〕房玄齡等撰：《晉書・樂志下》卷二十三，中華書局 1974 年版，第 716 頁。

〔註 13〕〔梁〕蕭子顯撰：《南齊書・王僧虔傳》卷三十三，中華書局 1972 年版，第 595 頁。

〔註 14〕〔唐〕房玄齡等撰：《晉書・王坦之傳》卷七十五，中華書局 1974 年版，第 1968 頁。

〔註 15〕〔南朝〕劉義慶著，〔南朝〕劉孝標注，余嘉錫箋疏：《世說新語箋疏》，上海古籍出版社 1993 年版，第 157 頁。

〔註 16〕〔梁〕沈約撰：《宋書・良吏傳》卷九十二，中華書局 1974 年版，第 2261 頁。

〔註 17〕廣泛的接受必然會帶動相應的職業選擇，劉宋後廢帝時宮廷音樂機構搜羅專門的音樂藝人，「不過百萬」人口中居然有「千有餘人」來參加「校試」，〔註 18〕可見當時民間音樂普及的程度，不難推測，這「千有餘人」中習「雜伎」者又是大多數。又《南史・循吏傳》載：「（齊永明）十許年中，百姓無犬吠之驚，都邑之盛，士女昌逸，歌聲舞節，袨服華妝。桃花淥水之間，秋月春風之下，無往非適。」〔註 19〕這種被傳統觀念所認爲的典型的「亡國」之景却成爲這一時期社會安寧、「都邑之盛」的主要象徵。

在東晉時期，這種民間新聲的發展可能還會遭到一些正統之士的鄙夷，如上引《世說新語・言語》羊孚對吳聲的評價時的定位就爲「妖而浮」，對這種來源於民間的新聲形式還存有不屑一顧的態度。但是到了南朝，情況却完全不同了，除了梁武帝，南朝的幾位開國帝王都出身於底層社會。〔註 20〕這樣，到了他們及其後代，就形成了民間新聲在整個社會中的火爆流行，試舉幾例如下：

> （黃鵠）山北有竹林精舍，林澗甚美，顒憩于此澗，義季亟從之遊，顒服其野服，不改常度。爲義季鼓琴，並新聲變曲，其三調《遊絃》、《廣陵》、《止息》之流，皆與世異。太祖每欲見之，嘗謂黃門侍郎張敷曰：「吾東巡之日，當讌戴公山也。」〔註 21〕

> 上（齊高帝）曲宴群臣數人，各使效伎藝，褚淵彈琵琶，王僧虔彈琴，沈文季歌《子夜》，張敬兒舞，王敬則拍張。儉曰：「臣無所解，

〔註 17〕〔梁〕蕭子顯撰：《南齊書・王僧虔傳》卷三十三，中華書局 1972 年版，第 595 頁。

〔註 18〕《南齊書・崔祖思傳》：「今户口不能百萬，而太樂雅、鄭，元徽時校試千有餘人，後堂雜伎，不在其數……」見〔梁〕蕭子顯撰：《南齊書・崔祖思傳》卷二十七，中華書局 1972 年版，第 519 頁。

〔註 19〕〔唐〕李延壽撰：《南史・循吏傳》卷七十，中華書局 1975 年版，第 11697 頁。

〔註 20〕《南史・循吏傳》：「宋武起自匹庶。」〔唐〕李延壽撰：《南史・循吏傳》卷七十，中華書局 1975 年版，第 1695 頁。《南齊書・高帝紀下》齊高帝蕭道成建元四年三月大漸召褚淵、王儉詔：「吾本布衣素族，念不到此，因藉時來，遂隆大業。」見〔梁〕蕭子顯撰：《南齊書・高帝紀下》卷二，中華書局 1972 年版，第 38 頁。《南史・陳本紀》：「（陳）文帝起自布衣，知百姓疾苦。」第 282 頁。

〔註 21〕〔梁〕沈約撰：《宋書・隱逸・戴顒傳》卷九十三，中華書局 1974 年版，第 2277 頁。

> 唯知誦書。」因跪上前誦相如《封禪書》，上笑曰：「此盛德之事，吾何以堪之。」〔註22〕

> 普通末，（梁）武帝自算擇後宮《吳聲》、《西曲》女妓各一部，並華少，賚勉，因此頗好聲酒。〔註23〕

對於戴顒所奏的「新聲變曲」，宋武帝劉裕渴望一聽，充分顯示了他對這種音樂形式的喜愛程度，而齊高帝蕭道成則認爲封禪這樣的事情是「不可堪」的「盛德」之事，其隱含的意思是，相較而言，唯有眼前這些異曲新聲才是最爲「可堪」的。至於梁武帝，雖然對雅樂的恢復一直採取較爲積極的態度，甚至親身實踐，但也抵不住「吳聲」、「西曲」的誘惑，可見這種音樂新聲所具有的吸引力。曹魏時期，尤其是建安時期與曹魏政權的前期，雖然也是民間的清商樂作爲一種音樂新聲，但是當時由於政治權力與文藝欣賞之間的特殊關係，實質上形成的是由上而下的帝王與貴族對整個社會潮流的影響，曹氏父子與聚集在他們周圍的文士對音樂的欣賞與文學創作中都具有積極的引領作用，在接受方面對傳統的反思與對自身審美觀念的實踐都是這一時期文學理論上出現更新思考的前提，此時的接受雖然也重視娛樂與審美的感覺與體驗，但是在骨子裏並不缺乏理性的篩選與過濾。而東晉南朝則不同，整個社會對民間新聲的接受相對缺少了反思的成分，更多的是民間音樂自下而上直接被貴族和帝王接受，這樣，更容易形成整個社會中隨處可見的火爆場面。然而，也正是這種缺乏了思考與理性的接受，導致東晉南朝的文學在接受新聲的過程中不但通俗，而且走向世俗之路。《梁書・賀琛傳》載賀琛在上疏中論及聲色歌舞在整個社會中蔓延的情況，言及南朝新聲這種民間廣泛接受所帶來的社會無序與世俗：

> 歌姬舞女，本有品制，二八之錫，良待和戎。今畜妓之夫，無有等秩，雖復庶賤微人，皆盛姬姜，務在貪污，爭飾羅綺。故爲吏牧民者，競爲剝削，雖致資巨億，罷歸之日，不支數年，便已消散。蓋由宴醑所費，既破數家之產；歌謠之具，必俟千金之資。所費事等丘山，爲歡止在俄頃。乃更追恨向所取之少，今所費之多。如復傳

〔註22〕〔梁〕蕭子顯撰：《南齊書・王儉傳》卷二十三，中華書局1972年版，第435頁。

〔註23〕〔唐〕李延壽撰：《南史・徐勉傳》卷六十，中華書局1975年版，第1485頁。

翼，增其摶噬，一何悖哉！其餘淫侈，著之凡百，習以成俗，日見滋甚，欲使人守廉隅，吏尚清白，安可得邪！〔註24〕

《隋書・音樂志》祖珽上書曰：

天興初，吏部郎鄧彥海，奏上廟樂，創制宮懸，而鐘管不備。樂章既闕，雜以《簸邏回歌》。初用八佾，作始皇之舞。至太武帝平河西，得沮渠蒙遜之伎，賓嘉大禮，皆雜用焉。此聲所興，蓋苻堅之末，呂光出平西域，得胡戎之樂，因又改變，雜以秦聲，所謂《秦漢樂》也。〔註25〕

這樣，北朝音樂的特色就在於中原音樂與少數民族音樂的雙向繼承：一方面由於自身的有利條件，自然而然地繼承中原原有的音樂，「增修雜伎」，「設之於殿庭，如漢晉之舊」，「太宗初，又增修之，撰合大曲，更爲鐘鼓之節」；另一方面，在採用中原舊有音樂的同時，兼採少數民族地區的音樂，「世祖破赫連昌，獲古雅樂」，「及平涼州，得其伶人、器服，並擇而存之」，〔註26〕「通西域，又以悅般國鼓舞設於樂署」〔註27〕，陳暘《樂書・樂圖論胡部・悅般舞》認爲這種「東夷西戎之舞用之郊廟」的音樂方式，「是不知古人作胡樂於國門之外，未嘗設之樂府，用之郊廟也」。〔註28〕由於文成帝、獻文帝等無暇顧及音樂的修復，華戎兼採的音樂在北魏持續了相當的時間，直到北魏太和

〔註24〕〔唐〕姚思廉撰：《梁書・賀琛傳》卷三十八，中華書局1973年版，第544頁。

〔註25〕〔唐〕魏徵等撰：《隋書・音樂志中》卷十四，中華書局1973年版，第313頁。

〔註26〕《文獻通考・樂考二・歷代樂制》注「破沮渠氏」。見：〔宋〕馬端臨著，上海師範大學古籍研究所、華東師範大學古籍研究所點校：《文獻通考・職官考》卷一百二十九，中華書局2011年版，第3962頁。又《舊唐書・音樂志二》：「西涼樂者，後魏平沮渠氏所得也。晉、宋末，中原喪亂，張軌據有河西，苻秦通涼州，旋復隔絕。其樂具有鐘磬，蓋涼人所傳中國舊樂，而雜以羌胡之聲也。魏世共隋咸重之。」見〔後晉〕劉昫等撰：《舊唐書・音樂志二》卷二十九，中華書局1974年版，第1068頁。

〔註27〕〔北齊〕魏收撰：《魏書・樂志》卷一百九，中華書局1974年版，第2828頁。又《北史・西域傳》：「悅般國，在烏孫西北，去代一萬九百三十里。其先，匈奴北單于之部落也……仍詔有司，以其鼓舞之節，施於樂府。自後每使朝貢。」見〔唐〕李延壽撰：《北史・西域・悅般》卷九十七，中華書局1974年版，第3219頁。

〔註28〕〔宋〕陳暘撰：《樂書》卷一百七十四，見〔清〕紀昀、永瑢等：《景印文淵閣四庫全書》冊211，臺灣商務印書館2008年版，第802頁。

年間，才有了一些改變。〔註 29〕北朝民間，音樂的交融更爲自由，胡戲、胡樂也大量涌入。《北史・藝術・蔣少游傳》:「趙國李幼序、洛陽丘何奴並工握槊，此蓋胡戲，近入中國。云胡王有弟一人遇罪，將殺之，弟從獄中爲此戲以上之，意言孤則易死也。宣武以後，大盛於時。」〔註 30〕槊是古代的一種博戲，宋洪遵《譜雙序》:「曰握槊，曰長行，曰婆羅塞戲，曰雙陸。蓋始於西竺，流行於曹魏，盛行於梁、陳、魏、齊、隋、唐之間。」宣武以後胡樂俗樂器大量涌入北朝，雖然受到正統思想的指責，但是並不能改變其在民間的流行程度。《樂書・樂圖論・胡部・八音・銅鑼》:「宣武以後始好胡音，洎於遷都，屈茨琵琶、五弦箜篌、胡笪、胡鼓、銅鈸、打沙鑼，其聲大抵初頗紓緩，而轉躁急。蓋其音源出西域，而被之土木，故感其聲者莫不奢淫躁競，舉止佻輕，或踴或躍，乍動乍息，跤脚彈拍，搖頭弄目，情發於中而不能自止，此誠胡聲之敗華俗也，可不禁之哉。」〔註 31〕《文獻通考》也有相同看法。〔註 32〕辨夷狄、護正統一直是中原傳統文化的主要內容之一，只有一統的禮樂地位被多元化的音樂欣賞與審美觀念結構的時候，才會產生這樣的兼容並採的繁榮景象，來源於維護正統和禮樂的呼聲，不但對於改變社會接受的實際狀況無濟於事，恰恰從另一個側面反映了新聲在社會中的實際地位與不可扼制的盛況。

新聲的流行在文學創作中很快就蔓延開來，觀《樂府詩集》中南朝文人，尤其是梁、陳兩代文人的創作不但在數量上居多，而且不少內容上涉及新聲。如：

> 廣樂充堂宇，絲竹橫兩楹。邯鄲有名倡，承間奏新聲。八音何寥亮，四座同歡情。舉觴發《湛露》，銜杯咏《鹿鳴》。觴謠可相娛，揚解意何榮。（宋・孔欣《置酒高堂上》）

〔註 29〕《魏書・樂志》:「高宗、顯祖無所改作。諸帝意在經營，不以聲律爲務，古樂音制，罕復傳習，舊工更盡，聲曲多亡。太和初，高祖垂心雅古，務正音聲。時司樂上書，典章有闕，求集中秘群官議定其事，幷訪吏民，有能體解古樂者，與之修廣器數，甄立名品，以諧八音。詔『可』。」見〔北齊〕魏收撰:《魏書・樂志》卷一百九，中華書局 1974 年版，第 2828 頁。

〔註 30〕〔唐〕李延壽撰:《北史・藝術下・蔣少游傳》卷九十，中華書局 1974 年版，第 2985 頁。

〔註 31〕〔宋〕陳暘撰:《樂書》卷一百二十五，見〔清〕紀昀、永瑢等:《景印文淵閣四庫全書》冊 211，臺灣商務印書館 2008 年版，第 547 頁。

〔註 32〕〔宋〕馬端臨著，上海師範大學古籍研究所、華東師範大學古籍研究所點校:《文獻通考・樂考七》卷一百二十九，中華書局 2011 年版，第 4115 頁。

歌起蒲生曲，樂奏下山弦。新聲昔廣宴，餘杯今自傳。（梁・劉孝威《怨詩》）

嫋嫋河堤樹，依依魏主營。江陵有舊曲，洛下作新聲。妾對長楊苑，君登高柳城。春還應共見，蕩子太無情。（陳・徐陵《折楊柳》）〔註33〕

這樣的例子還可以舉出很多。可見，在魏晉南北朝時期，新聲和女樂的享受已經成爲人們愉悅自我、體味藝術價值的主要方面，雖然在各個時期中新聲的具體內涵並不完全等同，但在接受者娛樂目的上，都有共同性。曹魏時期的文人創作團體由於打破了禮樂的束縛，從而實現了音樂欣賞多元的可能。清商樂在宮廷中的流行與接受其實也是清商樂本身得到雅化的過程，人們懷著對功業的積極嚮往與對藝術的崇尚，探討文學的創作，在對生命的唱和中沉吟慷慨的生命悲歌。曹魏末年到西晉初，禮樂思想再次得到「復興」，但這時的復興畢竟是一種表面現象，禮樂思想的恢復與清商樂的實際發展，都無非是對前代呆板的繼承，人們的思想封固了，個體的人格也出現了缺失，於是，文學也便落入了空前模擬的套路中，找不到出路，只能轉而追求綺靡與華麗。南北朝時，清新的民間歌詩走進了文人視野，影響著文人的創作，然而，當音樂的接受呈現出民間的原生狀態時，其所包含的理性成分也在逐步減少，人們的精神追求從而也就墮入了純粹的感觀的享受，於是，整個時代在時時出現的挽救呼聲中無可奈何地走向了世俗。一個時代的音樂觀念與音樂欣賞或享受的實際，往往代表著一個時代的思想觀念，對文學的發展起到一定的制約和影響。

二、文學創作主體個體音樂接受條件

魏晉南北朝時期，文學由音樂、政治的附庸逐步走向獨立的發展，這一時期的文學創作者具有相對的特殊性，一方面，他們是文學創作和文學鑒賞的當然主體，不但在行爲上通過自己的實踐創作文學，而且從創作和欣賞的角度評論文學，對創作進行一定的導向。另一方面，他們又是音樂創作與音樂欣賞的主體，他們中有很多人不但兼修文學與音樂，而且進行音樂改造與創作活動，形成了這一時期創作主體在文學創作中接受音樂的可能性。

〔註33〕分別見〔宋〕郭茂倩編：《樂府詩集》冊2卷三十一、卷四十一、卷二十二，中華書局1979年版，第461、612、329頁。

曹魏時期帝王參與文學的積極態度在整個中國文學史上史無前例，曹氏父子集政治與文藝領袖於一身，其對文學的積極意義歷來受到學界關注。由於他們的影響，正在逐步從寄託於禮樂與政教的混合形態中獨立出來的文學，也表現出在接受音樂方面的獨特性。這一時期，文學創作以曹氏父子爲中心，他們同時也構成了當時音樂欣賞的中心。他們自身的音樂素養與文學底蘊使他們成爲時代文藝的當然領袖；同時，他們政治與文藝的雙重身份又極容易影響周圍的人，從而構成一個時代的創作風格與欣賞風格的特色。

魏武帝曹操是一個敢於打破舊有規矩的人。他不但對傳統的禮法羈絆有所突破，而且在音樂接受方面個性鮮明。據說他「好倡優，每至歡笑，頭沒杯案中」(《樂書・樂圖論俗部雜樂・俳倡下》)，〔註 34〕銅雀臺就是集音樂欣賞功能與文學創作功能爲一體，曹操臨終還下遺令，希望死後還能繼續在這裏看到歌舞表演。文帝曹丕自稱「煉色知聲」，〔註 35〕其實指的就是自己對新聲的欣賞與接受水平，認爲自己在這一方面當然是內行，充滿自信。這一自評並非沒有依據，曹丕的確在當時是自覺將音樂表現與文學創作結合起來的代表人物，《樂府詩集》引《古今樂録》所載王僧虔《技錄》云：

> 《短歌行》「仰瞻」一曲，魏氏遺令，使節朔奏樂，魏文製此辭，自撫箏和歌。歌者曰：「貴官彈箏。」貴官即魏文也。〔註 36〕

他的《典論・論文》在文學評論史上的開創性地位有目共睹，其中以音樂比喻文氣，既能充分表露出對音樂與文學關係的接受與思考，也從一個側面透露出他想借助當時人們更爲瞭解的音樂來表現他所要闡述的人們並不一定都熟悉的文學理論。同樣在文學理論的闡述中接受音樂的還有曹植，在《與吳季重書》中，他認爲：「夫君子而不知音樂，古之達論，謂之通而蔽。」〔註 37〕不通曉音樂，便不足以與之言文學，其前提指文學是建立在音樂表現的基礎之上，這是對文學受音樂影響的更爲直白的表達。

〔註 34〕〔宋〕陳暘撰：《樂書》卷一百八十七，見〔清〕紀昀、永瑢等：《景印文淵閣四庫全書》冊 211，臺灣商務印書館 2008 年版，第 841 頁。

〔註 35〕《全三國文》卷七《答繁欽書》，見〔清〕嚴可均輯：《全上古三代秦漢三國六朝文》冊 2，上海古籍出版社 2009 年版，第 377 頁。

〔註 36〕〔宋〕郭茂倩編：《樂府詩集・雜曲歌辭》冊 2、卷三十，中華書局 1979 年版，第 446 頁。

〔註 37〕〔梁〕蕭統編，〔唐〕李善注：《文選》卷四十二，上海古籍出版社 1986 年版，第 1907 頁。

魏晉之際，文學創作主體將音樂作爲個體精神表徵的一個方面。《魏志・王粲傳》注引嵇喜《嵇康傳》言「（嵇康）善屬文論，彈琴咏詩，自足於懷抱之中」。〔註 38〕傳說嵇康從僊人那裏學得琴曲《廣陵散》，而他臨刑，此琴曲也「絕矣」，後人推斷很可能他所奏《廣陵散》就是他本人所作。郭茂倩《樂府詩集・琴曲歌辭》引《琴議》：「隋煬帝以嵇氏四弄、蔡氏五弄通謂之九弄。」此處的蔡氏五弄指的是蔡邕所創制的琴曲《遊春》、《綠水》、《幽居》、《坐愁》、《秋思》，而嵇氏四弄指的就是嵇康所創作的琴曲《長清》、《短清》、《長側》、《短側》。〔註 39〕雖然到了宋代，嵇康四弄就已經屬於「徒存其譜而無辭曲之可歌者」，〔註 40〕但是陳暘認爲自漢魏以來，音聲都發展至「淺薄」之勢，這幾首曲子却都是「聲含清側，文質殊流」之曲，〔註 41〕可謂曲如其人。嵇康還創作過琴曲《風入松》。〔註 42〕將對音樂的表現形式與自身的人格理想相熔融，嵇康的取捨態度極爲明確，認爲「琴德最優」（《琴賦》），而此德也並非一定是禮法之士所強調的「君子」之德，而是一種人格化的精神力量。阮籍「輕薄好絃歌」，喜「嘯歌長吟」，據現存最早的琴曲集《神奇秘譜》所載，琴曲《酒狂》就是阮籍在「歎道之不行，與時不合，故忘世慮於形骸之外，託興於酗酒，以樂終身之志」所做，阮籍至慎，但《酒狂》却表達的是超越了理性的心靈釋放，更是人格精神無拘無束的傾訴。阮咸妙解音律、善彈琵琶（《晉書・阮咸傳》），據說他所彈的琵琶是

〔註 38〕《魏志・王粲傳》注引嵇喜《嵇康傳》，〔晉〕陳壽撰，〔宋〕裴松之注：《三國志・魏志・王粲傳》卷二十一，中華書局 2011 年版，第 597 頁。

〔註 39〕〔宋〕陳暘《樂書・樂圖論・俗部・八音・琴曲下》：「昔人論琴，弄吟引亦多矣……有以嵇康爲之者，《長清》、《短清》、《長側》、《短側》之類也。」見〔宋〕陳暘撰：《樂書》卷一百四十三，見〔清〕紀昀、永瑢等：《景印文淵閣四庫全書》冊 211，臺灣商務印書館 2008 年版，第 657 頁。

〔註 40〕〔宋〕黃震《黃氏日抄・讀毛詩》卷四「華黍六詩」條注：「古之樂章，今之琴譜類也。琴譜有操，辭具存者，《鹿鳴》之詩之歌也，有徒存其譜而無辭曲之可歌者，如《長清》、《短清》、《長側》、《短側》之類，雖無其辭，未嘗無其義也。」見〔清〕紀昀、永瑢等：《景印文淵閣四庫全書》冊 707，臺灣商務印書館 2008 年版，第 48 頁。

〔註 41〕〔宋〕陳暘《樂書・樂圖論・雅部・琴操》：「漢魏而下，其音淺薄。故漢末太師五曲、魏初中散四弄，其間聲含清側，文質殊流。」見〔宋〕陳暘撰：《樂書》卷一百二十，見〔清〕紀昀、永瑢等：《景印文淵閣四庫全書》冊 211，臺灣商務印書館 2008 年版，第 876 頁。

〔註 42〕《樂府詩集・琴曲歌辭》引《琴集》曰：「《風入松》，晉嵇康所作也。」見〔宋〕郭茂倩編：《樂府詩集・琴曲歌辭》冊 3 卷六十，中華書局 1979 年版，第 446 頁。

自己所造，「形圓，項長，上按四弦，十三品柱」，聲音清亮，後來唐人命名曰「阮咸」或「阮」，又稱爲「銅琵琶」、「月琴」、「阮咸琵琶」（陳暘《樂書・樂圖論・俗部・八音》）。

史載石崇善彈琵琶，成公綏好音律。阮瞻善彈琴，謝鯤能歌善鼓琴，桓伊「善音樂，盡一時之妙」。善歌舊曲的孫氏，善擊節唱和的宋識，善清歌的陳左，善吹笛的列和，善彈箏的赤素，善琵琶的宋生，也都是爲魏晉時期文學創作主體熟知的音樂藝人（見《晉書・樂志下》）。而與這些人有聯繫的傅玄、荀勖等人又是西晉開國禮樂製作的重要人物。這些創作主體通過自身的音樂素養和與藝人的交流，在文學創作中自覺或不自覺地滲透著音樂因子。

南朝諸代的王室中，對音樂愛好並擅長的人不乏其例。《南齊書・高祖十二王・臨川獻王映》載：「映善騎射，解聲律，工左右書，左右射，應接賓客，風韵韶美。」映第二子子游「好音樂，解絲竹雜藝」。〔註43〕南朝文士解音樂並受到音樂影響的人也很多，《南齊書・王僧虔傳》載王僧虔「好文史，解音律」。〔註44〕《南史・徐君蒨傳》載：「（君蒨）幼聰朗好學，尤長丁部書，問無不對。善絃歌。」〔註45〕《梁書・蕭琛傳》載蕭琛常言：「少壯三好，音律、書、酒。年長以來，二事都廢，惟書籍不衰。」〔註46〕正如劉師培先生曾指出的：

> 中國文學，至兩漢、魏、晉而大盛，然斯時文學未嘗別爲一科。其以文學特立一科者，自劉宋始。考之史籍則宋文帝時，於儒學、玄學、史學三館外，別立文學，使司徒參軍謝元掌之。明帝立總明館，分儒、道、文、史、陰陽爲五部，此皆文學別於衆學之征也。〔註47〕

在民間新聲獲得廣泛傳播的南朝，文學的欣賞與創作其實也倍受重視，帝王也不例外，「（宋）文帝好文章，自謂人莫能及」，〔註48〕劉駿「讀書七行俱下，

〔註43〕〔梁〕蕭子顯撰：《南齊書・高帝十二王・臨川獻王映》卷三十五，中華書局1972年版，第623頁。

〔註44〕〔梁〕蕭子顯撰：《南齊書・王僧虔傳》卷三十三，中華書局1972年版，第594頁。

〔註45〕〔唐〕李延壽撰：《南史・徐君蒨傳》卷十五，中華書局1975年版，第441頁。

〔註46〕〔唐〕姚思廉撰：《梁書・蕭琛傳》卷二十六，中華書局1973年版，第397頁。

〔註47〕劉師培著：《中國中古文學史》，人民文學出版社1998年版，第70頁。

〔註48〕〔唐〕李延壽撰：《南史・宋宗室及諸王・鮑照傳》卷十三，中華書局1975年版，第360頁。

才藻甚美」；〔註 49〕帝王的愛好又會激勵一大批人，積極投入到文學的創作中，「宋武帝好文章，天下悉以文採相尚」。所以劉勰在《文心雕龍·時序》中指出：

自宋武愛文，文帝彬雅，秉文之德。孝武多才，英才雲構。自明帝以下，文理替矣。爾其縉紳之林，霞蔚而飆起；王袁聯宗以龍章，顏謝重葉以鳳采，何、范、張、沈之徒，亦不可勝數也。〔註 50〕

南朝諸代，尤爲典型的是蕭梁。梁的帝王由於自身的決策向導、創作能力和音樂能力，促成了文士的活動和音樂活動的進一步結合。值得提出的是，在政策上，梁武帝不但親自進行雅樂的修復和進一步完善，而且十分重視國家的文學建設，曾下詔置五經博士，提倡「收士得人，實惟酬獎。可置五經博士各一人，廣開館宇，招納後進。」〔註 51〕又下立學詔曰：

朕肇基明命，光宅區宇，雖耕耘雅業，傍闡藝文，而成器未廣，志本猶闕，非所以熔範貴遊，納諸軌度。思欲式敦讓齒，自家刑國。今聲訓所漸，戎夏同風，宜大啓庠教斆，博延胄子，務彼十倫，弘此三德，使陶鈞遠被，微言載表。〔註 52〕

同時，如前所述，他本人又對來自民間的新聲十分偏愛，具有較高的音樂修養，不但「自制定禮樂，又立爲四器，名之爲通」，「又制爲十二笛……用笛以寫通聲，飲古鐘玉律並周代古鐘，並皆不差。於是被以八音，施以七聲，莫不和韵」。〔註 53〕據考，能歌並能進行創作的王金珠就是他的宮人之一。〔註 54〕《隋書·音樂志》載：「初（梁）武帝之在雍鎮，有童謠云：『襄陽白銅蹄，反縛揚州兒。』識者言白銅蹄，謂馬也。白，金色也。及義師之興，實以鐵騎，揚州之士，皆面縛，果如謠言。故即位之後，更造新聲，帝自爲之詞三

〔註 49〕〔唐〕李延壽撰：《南史·孝武帝紀》卷十三，中華書局 1975 年版，第 55 頁。

〔註 50〕〔南朝〕劉勰著，周振甫注：《文心雕龍注釋》，人民文學出版社，1981 年版，第 479 頁。

〔註 51〕〔唐〕姚思廉撰：《梁書·儒林傳序》卷四十八，中華書局 1973 年版，第 662 頁。

〔註 52〕〔唐〕姚思廉撰：《梁書·武帝紀中》卷二，中華書局 1973 年版，第 46 頁。

〔註 53〕〔唐〕魏徵等撰：《隋書·音樂志上》卷十三，中華書局 1973 年版，第 289 頁。

〔註 54〕趙敏俐等著：《中國古代歌詩研究——從〈詩經〉到元曲的藝術生產史》，北京大學出版社 2005 年版，第 311 頁。

曲，又令沈約爲三曲，以被絃管。」〔註 55〕他還曾經「改《西曲》，製《江南上雲樂》十四曲，《江南弄》七曲」，〔註 56〕且《上聲歌》「謂哀思之音，不及中和。梁武因之改辭，無復雅句」。〔註 57〕

據《梁書・簡文帝紀》載簡文帝蕭綱從小就顯出了文學方面的卓越才能，「七歲有詩癖，長而不倦」，「幼而敏睿，識悟過人，六歲便屬文，高祖驚其早就，弗之信也，乃於御前面試，辭彩甚美。高祖歎曰：『此子，吾家之東阿。』」〔註 58〕他還沒有成爲帝王，便「雅好文章士」，「時肩吾與東海徐摛、吳郡陸杲、彭城劉遵、劉孝儀、儀弟孝威，同被賞接。及居東宮，又開文德省，置學士，肩吾子信，摛子陵，吳郡張長公、北地傅弘、東海鮑至等充其選。」〔註 59〕到了作爲帝王以後，更注重「引納文學之士，賞接無倦，恒討論篇籍，繼以文章。」〔註 60〕不僅如此，簡文帝的音樂修養和對新聲的愛好並不遜於武帝。他在《與湘東王書》中有一段借用音樂來談文學的精闢論述：

> 吾輩亦無所遊賞，止事披閱，性既好文，時復短咏，雖是庸音，不能閣筆……故玉徽金銑，反爲拙目所嗤，巴人下里，更合郢中之聽，陽春高而不和，妙聲絕而不尋，竟不精討錙銖，核量文質，有異巧心，終愧妍手。是以握瑜懷玉之士，瞻鄭邦而知退；章甫翠履之人，望閩鄉而歎息。〔註 61〕

〔註 55〕〔唐〕魏徵等撰：《隋書・音樂志上》卷十三，中華書局 1973 年版，305 頁。《樂府詩集》卷四十八《清商曲辭・西曲歌中》：「《古今樂錄》曰：《襄陽蹋銅蹄》者，梁武西下所製也。沈約又作，其和云：『襄陽白銅蹄，聖德應乾來。』天監初，舞十六人，後八人。」見〔宋〕郭茂倩編：《樂府詩集・清商曲辭》冊 3、卷四十八，中華書局 1979 年版，第 708 頁。

〔註 56〕《樂府詩集》卷五十《清商曲辭・江南弄七首》引《古今樂錄》，見〔宋〕郭茂倩編：《樂府詩集・清商曲辭》冊 3 卷五十，中華書局 1979 年版，第 726 頁。又卷二十六《相和歌・江南》：「梁武帝作《江南弄》以代《西曲》，有《採蓮》、《採菱》，蓋出於此。」卷五十一《清商曲辭・江南弄下》：「《古今樂錄》曰：《上雲樂》七曲，梁武帝製，以代《西曲》。」見冊 2 第 384 頁，冊 3 第 744 頁。

〔註 57〕《樂府詩集・清商曲辭・吳聲曲辭》引《古今樂錄》，見〔宋〕郭茂倩編：《樂府詩集・清商曲辭》冊 2、卷四十五，中華書局 1979 年版，第 655 頁。

〔註 58〕〔唐〕姚思廉撰：《梁書・簡文帝紀》卷四，中華書局 1973 年版，第 109 頁。

〔註 59〕〔唐〕姚思廉撰：《梁書・文學上・庾肩吾傳》卷四十九，中華書局 1973 年版，第 690 頁。

〔註 60〕〔唐〕姚思廉撰：《梁書・簡文帝紀》卷四，中華書局 1973 年版，第 109 頁。

〔註 61〕《全梁文》卷一一，見〔清〕嚴可均輯：《全上古三代秦漢三國六朝文》冊 5，上海古籍出版社 2009 年版，第 180 頁。

蕭綱主張「巴人下里，更合郢中之聽」，關於此，學界有兩類評價，其一認爲這是肯定了原生的民間音樂的優勢，是當時音樂欣賞多樣化的反映，其二認爲這是肯定對民間的音樂不做任何修改的接受，是蕭梁審美世俗化的直接表現。結論不同，但有一點是相同的，那就是二者都不離對民間新聲接受的肯定。《樂府詩集》卷四十八《清商曲辭·西曲歌中》載「簡文帝雍州十曲，有《大堤》、《南湖》、《北渚》等曲。」〔註 62〕而且他還曾改製並創作新曲辭：

> 楚辭曰：「莫悲兮生別離。」古詩曰：「行行重行行，與君生別離。相去萬餘里，各在天一涯。」後蘇武使匈奴，李陵與之詩曰：「良時不可再，離別在須臾。」故後人擬之爲《古別離》。梁簡文帝又爲《生別離》……〔註 63〕

《樂府詩集》收魏明帝《棹歌行五解》，引《古今樂錄》所載王僧虔《技錄》：

> 棹歌行歌明帝《王者布大化》一篇，或云左延年作，今不歌。梁簡文帝在東宮更製歌，少異此也。〔註 64〕

《樂府詩集》卷四十《相和歌辭·瑟調曲·棹歌行五解》引《樂府題解》：

> 晉樂，奏魏明帝辭云「王者布大化」，備言平吳之勛。若晉陸機「遲遲春欲暮」，梁簡文帝「妾住在湘川」，但言乘舟鼓棹而已。〔註 65〕

由於帝王的影響，在蕭梁諸王中，兼修音樂與文學不乏其例，如《梁書·太宗十一王》：

> 郡王大連字仁靖，少俊爽，能屬文，舉止風流，雅有巧思，妙達音樂，兼善丹青。〔註 66〕

善禮文士兼好音樂更是當時的流行風尚。《南史·梁宗室下·蕭範傳》又載：

〔註 62〕《樂府詩集·新樂府辭·樂府雜題》引《古今樂錄》曰：「清商樂曲《襄陽樂》云：『朝發襄陽城，暮至大堤宿。大堤諸女兒，花艷驚郎目。』梁簡文帝由是有《大堤曲》，《堤上行》又因《大堤曲》而作也。」見〔宋〕郭茂倩編：《樂府詩集》冊 4、卷九十四，中華書局 1979 年版，第 1321 頁。

〔註 63〕〔宋〕郭茂倩編：《樂府詩集·雜曲歌辭》冊 3、卷七十一，中華書局 1979 年版，第 1016 頁。

〔註 64〕〔宋〕郭茂倩編：《樂府詩集·相和歌辭》冊 2、卷四十，中華書局 1979 年版，第 593 頁。

〔註 65〕〔宋〕郭茂倩編：《樂府詩集·相和歌辭》冊 2、卷四十，中華書局 1979 年版，第 592 頁。

〔註 66〕〔唐〕姚思廉撰：《梁書·太宗十一王》卷四十四，中華書局 1973 年版，第 615 頁。

> 範雖無學術，而以籌略自命。愛奇玩古，招集文才，率意題章，亦時有奇致。嘗得舊琵琶，題云：「齊竟陵世子」。範嗟人往物存，攬筆爲咏，以示湘東王，王吟咏其辭，作《琵琶賦》和之。〔註67〕

北朝也不乏文學與音樂兼修者，作爲文學創作主體，他們所精通的音樂又與魏晉時期對清商樂和女樂的愛好不同，與南朝從民間音樂新聲中汲取養分也有差異。一方面，同魏晉時期與南朝相似，北朝文士中有精通中原傳統音樂的，如《魏書・獻文六王・元睿傳》載元睿「輕忽榮利，愛玩琴書」，〔註68〕《魏書・裴叔業傳附柳遠傳》載柳遠「好彈琴，耽酒，時有文咏。爲肅宗挽郎。出帝初，除儀同開府參軍事，放情琴酒之間」，〔註69〕又附《柳諧傳》載柳諧「頗有文學，善鼓琴，以新聲手勢，京師士子翕然從學」，〔註70〕《魏書・李苗傳》載李苗「解鼓琴，好文咏，尺牘之敏，當世罕及」，〔註71〕《魏書・祖瑩傳》載：「初，莊帝末，尒朱兆入洛，軍人焚燒樂署，鐘石管絃，略無存者。敕瑩與錄尚書事長孫稚、侍中元孚典造金石雅樂，三載乃就……」〔註72〕文士或精通琴，或精通雅樂理論，對中原傳統音樂與樂器有相當造詣。另一方面，在北朝新聲的影響下，精修胡樂與文學創作構成了北朝文士的獨特之處，如載祖珽「天性聰明，事無難學，凡諸伎藝，莫不措懷。文章之外，又善音律，解四夷語及陰陽占候，醫藥之術，尤是所長」，武成皇帝「於後園使珽彈琵琶，和士開胡舞，各賞物百段」，而且「珽弟孝隱，亦有文學，早知名。詞章雖不逮兄，亦機警有辯，兼解音律」，〔註73〕魏收也是「好聲樂，善胡舞。文宣末，數於東山與諸優爲獼猴與狗鬥，帝寵狎之」。〔註74〕盧思道在北齊時，

〔註67〕〔唐〕李延壽撰：《南史・梁宗室下・蕭範傳》卷五十二，中華書局 1975 年版，第 1296 頁。

〔註68〕〔北齊〕魏收撰：《魏書・獻文六王・元睿傳》卷二十一上，中華書局 1974 年版，第 558 頁。

〔註69〕〔北齊〕魏收撰：《魏書・裴叔業傳附柳遠傳》卷七十一，中華書局 1974 年版，第 1576 頁。

〔註70〕〔北齊〕魏收撰：《魏書・裴叔業傳附柳諧傳》卷七十一，中華書局 1974 年版，第 1577 頁。

〔註71〕〔北齊〕魏收撰：《魏書・李苗傳》卷七十一，中華書局 1974 年版，第 1579 頁。

〔註72〕〔北齊〕魏收撰：《魏書・祖瑩傳》卷八十二，中華書局 1974 年版，第 1800 頁。

〔註73〕〔唐〕李延壽撰：《北史・祖瑩傳附子珽傳》卷四十七，中華書局 1974 年版，第 1736、1744 頁。

〔註74〕〔唐〕李延壽撰：《北史・魏收傳》卷五十六，中華書局 1974 年版，第 2038 頁。

被稱爲「八米盧郎」，因爲「（齊）文宣帝崩，當朝文士各作輓歌十首，擇其善者而用之。魏收、陽休之、祖孝徵等不過得一二首，唯思道獨得八首」，〔註75〕足見也是對音樂有較高造詣。

作爲文學創作與音樂理論、音樂實踐的結合，在北朝時期產生了專門的音樂論著《樂書》（或稱《樂說》），《魏書・張淵附信都芳傳》載：

> 時有河間信都芳，字王琳，好學善天文算數，甚爲安豐王延明所知。延明家有群書，欲抄集《五經》算事爲《五經宗》及古今樂事爲《樂書》，又聚渾天、欹器、地動、銅烏漏刻、候風諸巧事，並圖畫爲《器準》，並令芳算之。會延明南奔，芳乃自撰注。後隱於并州樂平之東山。太守慕容保樂聞而召之，芳不得已而見焉。〔註76〕

《魏書・樂志》載：「正光中，侍中、安豐王延明受詔監修金石，博探古今樂事，令其門生河間信都芳考算之。屬天下多難，終無製造。芳後乃撰延明所集《樂說》並《諸器物準圖》二十餘事而注之，不得在樂署考正樂律也。」〔註77〕《北齊書・方伎傳・信都芳》也有相似的說法。〔註78〕《隋書・經籍志》：「《樂書》七卷，後魏丞相士曹行參軍信都芳撰。」〔註79〕《舊唐書・經籍志》：「《樂書》九卷，信都芳注。」〔註80〕《樂書》眞實的作者問題且擱置不言，我們關注的是這些理論在音樂的改革中發揮了作用，史載祖珽「因採魏安豐王延明及信都芳等所著《樂說》，而定正聲。始具宮懸之器，仍雜西涼之曲，樂名《廣成》，而舞不立號，所謂「洛陽舊樂」者也。」〔註81〕

魏晉南北朝時期，新聲和女樂在社會上掀起熱潮，這恰恰滿足了一個由於禮樂在構建社會秩序中的權威地位被解構而逐步走向多元化的社會的需

〔註75〕〔唐〕魏徵等撰：《隋書・盧思道傳》卷五十七，中華書局1973年版，第1397頁。

〔註76〕〔北齊〕魏收撰：《魏書・張淵附信都芳傳》卷九十一，中華書局1974年版，第1955頁。

〔註77〕〔北齊〕魏收撰：《魏書・樂志》卷十百九，中華書局1974年版，第2836頁。

〔註78〕《北齊書・方伎傳・信都芳》：「芳又撰次古來渾天、地動、奇器、漏刻諸巧事，幷畫圖，名曰《器準》。又著《樂書》、《遁甲經》、四術周髀宗》。」

〔註79〕〔唐〕魏徵等撰：《隋書・經籍志一》卷三十二，中華書局1973年版，第926頁。

〔註80〕〔後晉〕劉昫等撰：《舊唐書・經籍志上》卷四十六，中華書局1974年版，第1975頁。

〔註81〕〔唐〕魏徵等撰：《隋書・音樂志中》卷十四，中華書局1973年版，第314頁。

求，而這一時期的文人也由於對個體價值的追尋與反思，接受並實踐這種多元方式，音樂的審美感覺形成了時代文藝的先鋒，同時，也構成了文學創作主體審美經驗的「前理解」。如果說建安時期已經開始追求個體的功業之心，到六朝，則是個性的充分重視，文學創作主體的個性與眞情也得到了自由的表露，文學藝術作品中情感的抒發便自然成爲主要方面。陸機《文賦》提出「詩緣情而綺靡，賦體物而瀏亮」，上承建安下啓南朝，既是一次總結又是一個導言，揚雄認爲有「辭人之賦」與「詩人之賦」，其根本區別就在於「則」的有無，而陸機超越了這種對「則」的重視，直接將這種文體與人對客觀世界的感知與多樣的表現手法相聯繫，代表著一個時代文學審美觀念的革新。朱自清先生在《詩言志辨》中認爲陸機這種觀念鑄造了一個「新語」，表徵著緣情代替了言志。〔註 82〕同樣的認知也在摯虞《文章流別論》中表現了出來：「比者，喻類之言也；興者，有感之辭也。」〔註 83〕袁濟喜先生認爲這是「認識到『興』與『比』，是緣心感物的審美體驗的過程」：

> 所謂「有感之辭」，也就是說它是自然而然產生的審美體驗，是自律非他律的……它也是受到當時「任情而動」，率興而發的社會思潮與時代風尚的感染。〔註 84〕

南朝時期，有關個體情感的表達更成爲文學創作中關注的焦點。劉勰《文心雕龍》想從「徵聖」、「宗經」的角度正時弊，但也在《明詩》中提出：「詩者，持也，持人性情。」此外，如蕭綱、鍾嶸等都曾提出文學創作中的情感體驗的重要性的表達。文學走向了個體也就是走向了個體的內心，表現細膩而深刻的人格精神與個體生命的思考成爲魏晉南北朝文學的主題之一，或者是人生短促功業難成，或者是生命易逝造成的哀婉咏歎，或者是享受此生的聲樂之心，無不在文人筆下屢屢重現。

另外，這一時期也出現了反映創作主體與音樂之間的關係的詩文，僅舉數例如下：

> 洞門涼氣滿，閑館夕陰生。弦隨流水急，調雜秋風清。掩抑朝飛弄，凄斷夜啼聲。至人齊物我，持此悅高情。（蕭愨《聽琴詩》）

〔註 82〕朱自清著：《詩言志辨經典常談》，商務印書館，2011 年版，第 40 頁。

〔註 83〕《漢魏六朝百三家集》卷四十二，見《景印摛藻堂四庫全書薈要》冊 469，世界書局 1988 年版，第 451 頁。

〔註 84〕袁濟喜著：《古代文論的人文追求・論『興』的審美世界》，中華書局 2002 年版，第 182 頁。

遠遊武威郡，遙望姑臧城。車馬相交錯，歌吹日縱橫。

路出玉門關，城接龍城阪。但事絃歌樂，誰道山川遠。（溫子升《涼州樂歌二首》）

百雉何寥廓，四面風雲上。紈素久爲塵，池臺尚可仰。啾啾雀噪城，鬱鬱無歡賞。日暮縈心曲，橫琴聊自獎。（高孝緯《空城雀》）

上客敞前扉，鳴琴對晚輝。掩抑歌張女，凄清奏楚妃。稍視紅塵落，漸覺白雲飛。新聲獨見賞，莫恨知音稀。（馬元熙《日晚彈琴詩》）

賜憑軒而策駟兮，撫清琴而自娛。憲服弊於陋巷兮，蘊六藝於蓬廬。（陽固《演賾賦》）

余以仲秋休沐，端坐衡門，寄想琴書，託情紙翰，而蒼蠅小蟲，往來床幾，疾其變白，聊爲賦云：（元順《蠅賦序》）

魏晉南北朝是一個詩樂結合的浪漫時代，因爲個體在這種結合中，找到了自己的個體價值與精神，詩樂也終於從這個浪漫的時代中從禮與德的約束中解放出來，走向了個體的抒情，走向了個體審美視野。

第二節　文學創作過程中的音樂接受

一、直接以音樂活動爲內容的文學創作

上古天子選擇吉日主持大規模的祭祀活動，秦始皇二十六年時規定每年的十月初一爲群臣朝賀的日期，其實也是全國性的最爲隆重的慶典，這一朝儀被漢代沿用下來，唯一不同的是從漢武帝時頒布「太初曆」開始，朝賀的日期不再爲秦曆所規定的一年之首十月初一，而是成了正月初一，被稱爲正會或元會。漢德陽殿、魏文昌殿、晉太極殿、唐太極殿都舉行過元會，魏是在前代的基礎的上進行了一些修改而已。〔註 85〕至於曹魏元會的具體儀式，

〔註 85〕《晉書・禮志下》：「漢儀有正會禮，正旦，夜漏未盡七刻，鐘鳴受賀，公侯以下執贄夾庭，二千石以上昇殿稱萬歲，然後作樂宴饗。魏武帝都鄴，正會文昌殿，用漢儀，又設百華燈。」見〔唐〕房玄齡等撰：《晉書・禮志下》卷二十一，中華書局 1974 年版，第 649 頁。又《宋書・禮志一》：「魏司空王朗奏事曰：故事正月朔賀，殿下設兩百華燈木，於二階之間、端門設庭燎火炬，端門外設五尺三尺鐙，月照星明，雖夜猶晝。」見〔梁〕沈約撰：《宋書・禮志一》卷十四，中華書局 1974 年版，第 327 頁。

「何承天雲，魏元會儀無存者」，〔註 86〕但是從文學作品中還是能够做出一些粗略的考察和復原。漢代要求演奏雅樂，「舉樂，百官受賜，宴饗，大作樂」，班固《東都賦》對這種情況描繪到：

爾乃食舉《雝》徹，太師奏樂。陳金石，布絲竹。鐘鼓鏗鎗，管絃燁煜。抗五聲，極六律。歌九功，舞八佾。《韶武》備，泰古畢。四夷間奏，德廣所及，《僸》、《侏》、《兜離》，罔不俱集。萬樂備，百禮暨。皇歡浹，群臣醉。降烟煴，調元氣。然後撞鐘告罷，百僚遂退。〔註 87〕

元會是較爲正式的聚會，表現的內容以歌功頌德爲主，關鍵是通過音樂形式突出禮的有序性，其重心在禮樂。曹植《正會詩》對曹魏時期的元會也進行了描繪：

初歲元祚，吉日惟良，乃爲嘉會，讌此高堂，尊卑列敘，典而有章。衣裳鮮潔，黼黻玄黃。清酤盈爵，中坐騰光。珍膳雜遝，充溢圓方。笙磬既設，琴瑟俱張。悲歌厲響，咀嚼清商，俯視文軒，仰瞻華梁。願保茲善，千載爲常，歡笑盡娛，樂哉未央。皇家榮貴，壽若東王。〔註 88〕

在曹植的《正會詩》中，禮所表徵的秩序性和尊卑地位的區別依然存在，歌頌王朝前景仍爲主要內容，這是禮樂在形式上必須保持的基本特點。但仔細研習，其中的音樂却有了改變：在元會中所採用的不只是雅樂歌舞，「悲歌厲響，咀嚼清商」的清商成分已經代替了漢代的「百禮暨皇」；作爲元會中的音樂形式的接受者，也已經用「歡笑盡娛」的娛樂與欣賞姿態代替了嚴正而古板的雅樂儀式的規矩與肅穆。元會由只重視禮儀而轉向了審美的滿足和欣賞的需要。這是曹魏對傳統禮樂形式的革新，從文學創作中能反映出這一變革的歷程，同時也能尋找到文學創作對這種變革接受的痕迹。曹魏前期和以往不同，凡是正會或宮廷中大的集會，曹氏父子不但是朝賀的對象，更是詩文創作的主要向導，他們的音樂欣賞態度與詩文創作的態度，必將會在社會時代的各個方面產生較爲重要的影響。左思的《魏都賦》也詳細描寫了元會的音樂盛況：

〔註 86〕〔梁〕沈約撰：《宋書・禮志一》卷十四，中華書局 1974 年版，第 342 頁。
〔註 87〕見〔梁〕蕭統編，〔唐〕李善注：《文選》卷一，上海古籍出版社 1986 年版，第 36 頁。
〔註 88〕逯欽立輯校：《先秦漢魏晉南北朝詩・魏詩》卷七，中華書局 1983 年版，第 449 頁。

金石絲竹之恒韵，匏土革木之常調，干戚羽旄之飾好，清謳微吟之要妙。世業之所日用，耳目之所聞覺。雜糅紛錯，兼該泛博。鞮鞻所掌之音，《韎》、《昧》、《任》、《禁》之曲。以娛四夷之君，以睦八荒之俗。

李善注引：

鄭玄《周禮注》曰：「鞮鞻，四夷舞者扉也。」

毛萇《詩傳》曰：「東夷之樂曰《韎》。」

《周易經鈎命決》曰：「東夷曰《昧》，南夷曰《任》，西夷之樂曰《株離》，北夷之樂曰《禁》。」〔註 89〕

在國家最爲隆重嚴肅的大典中植入「清謳微吟」，且加入了四方之樂「以娛四夷之君，以睦八荒之俗」，正說明曹魏時期音樂的欣賞角度本身發生了較大的轉化，這種轉化成爲這一時期審美價值取向的前鋒，在整個藝術領域中的作用自然不言而喻。文學理論中出現的緣情綺靡也與此不無關聯。

晉建國以後，希望能够通過對禮樂教化的恢復而使整個社會的風氣得到扭轉，最爲明顯的標誌就是禮樂活動增多，據《晉書・樂志》載，在朝廷所用的大型禮樂活動中的創作活動主要有：

泰始二年，詔郊祀明堂禮樂權用魏儀，遵周室肇稱殷禮之義，但改樂章而已，使傅玄爲之詞云……（下錄傅玄所創作歌辭述以功德代魏）

至泰始五年，尚書奏，使太僕傅玄、中書監荀勖、黃門侍郎張華各造正旦行禮及王公上壽酒、食舉樂歌詩……時詔又使中書侍郎成公綏亦作焉……

泰始九年，光祿大夫荀勖以杜夔所制律呂，校太樂、總章、鼓吹八音，與律呂乖錯，乃制古尺，作新律呂，以調聲韵……使郭夏、宋識等造《正德》、《大豫》二舞，其樂章亦張華之所作云。〔註 90〕

于時以無雅樂器及伶人，省太樂並鼓吹令。是後頗得登歌，食舉之樂，猶有未備。太寧末，明帝又訪阮孚等增益之。

〔註 89〕〔梁〕蕭統編，〔唐〕李善注：《文選》卷六，上海古籍出版社 1986 年版，第 284、285 頁。

〔註 90〕〔唐〕房玄齡等撰：《晉書・樂志上》卷二十二，中華書局 1974 年版，第 679、685、692 頁。

> 太元中，破苻堅，又獲其樂工楊蜀等，閑習舊樂，於是四廂金石始備焉，乃使曹毗、王珣等增造宗廟歌詩……〔註 91〕

相應，爲禮樂活動而創作或與之相關的文學作品也急劇增多。這一時期，不但正會中的音樂受到禮儀的牽制，即使大的王室聚會也刻板而嚴肅，反映在文學上，就是禮樂限制著這類作品的題材，在具體的創作形式上，這些以歌詩爲代表的文學作品也或多或少地受到音樂風格的制約。據《宋書·樂志一》載（泰始）九年郭夏、宋識等造正德大豫之舞，「勖及傅玄張華又各造此舞哥詩」。這些都是同朝廷的禮樂活動緊密相關的創作，而傅玄、張華、荀勖、成恭綏諸人，又是此類朝廷雅樂歌辭創作的主力。除了歌詩，他們還有與之相關的其它文體的創作，如傅玄《朝會賦》，就詳細記載了當時正會的情況：

> 仰二皇之文象，咏帝德乎上系。考夏后之遺訓，綜殷周之典制。採秦漢之舊儀，定元正之嘉會。於是先期戒事，衆官允敕。萬國咸亨，各以其職。翼翼京邑，巍巍紫極。前三朝之夜中，庭燎晃以舒光，華燈若乎火樹，熾百枝之煌煌。俯而察之，如亢燭龍而照玄方。仰而觀焉，若披丹霞而鑒九陽。閶闔闢，天門開。坐太極之正殿，嚴嵯峨以崔嵬。嘉廣庭之敞麗，美升雲之玉階。相者從容，俟次而入。濟濟洋洋，肅肅習習。就位重列，面席而立。臚人齊列，賓禮九重，群后德讓，海外來同。束帛戔戔，羔雁邕邕。獻贄奉璋，人肅其容。六鐘隱其駭奮，鼓吹作乎雲中。流蘇粲粲，華蓋重陰。羽林虎旅，長戟才寅摻。是時天子盛服晨興，坐武帳，憑玉幾，正南面而聽朝，憑權衡乎砥矢。群司百辟，進阼納觴。皇恩下降，休氣上翔，禮畢饗宴，進止有章。六樂遞奏，磬管鏗鏘，淵淵鼓鐘，嘒嘒笙簧。搏拊琴瑟，以咏先皇。雅歌內協，頌聲外揚。〔註 92〕

從歌詩創作的角度，「禮樂活動必然需要大量的詩歌人才和音樂歌舞人才，這在客觀上無疑有效地促進了歌詩藝術的發展。」〔註 93〕從文學的發展來說，

〔註 91〕〔唐〕房玄齡等撰：《晉書·樂志下》卷二十三，中華書局 1974 年版，第 697、698 頁。

〔註 92〕《漢魏六朝百三家集》卷三十九，見《景印摛藻堂四庫全書薈要》冊 469，世界書局 1988 年版，第 361 頁。

〔註 93〕趙敏俐等著：《中國古代歌詩研究——從〈詩經〉到元曲的藝術生產史》，北京大學出版社 2005 年版，第 289 頁。

這些直接爲了音樂目的而創作的文學作品，都必須考慮音樂所具有的特點，其創作的前提條件本身就受到了音樂的限制，必然要適應音樂表演和音樂韵律的要求，或者以音樂爲主要的對象來展開創作。音樂美與文學美的視角是這一時期文學創作主體探索的一個主要方面。

除此之外，還有一些爲了歌舞娛樂而進行的創作，這主要體現在樂府詩歌中，如石崇所作《王明君辭》，《樂府詩集》卷二十九《相和歌辭》引《唐書》言漢曲《明君》:「晉石崇妓綠珠善舞以此曲，教之而自製新歌。」〔註 94〕又其《思歸引》序：「家素習技，頗有秦趙之聲，出則以遊目弋釣爲事，入則有琴書之娛……尋覽樂篇有《思歸引》，儻古人之心有同於今，故制此曲，此曲有弦無歌，今爲作歌辭以述余懷，恨時無知音者，令造新聲而播於絲竹也。」其《思歸引》所敘也有直接的音樂活動：

> 思歸引，歸河陽，假余翼鴻鶴高飛翔。經芒阜，濟河梁，望我舊館心悅康。清渠激，魚徬徨，雁驚泝波群相將。終日周覽樂無方。登雲閣，列姬姜。拊絲竹，叩宮商。宴華池，酌玉觴。〔註 95〕

石崇又有《思歸歎》亦有「吹長笛兮彈五弦，高歌淩雲兮樂餘年」的句子。

另一值得注意的與音樂直接相關的創作群體是女性，那些提供享樂的女樂，既然經常彈奏演唱別人的歌辭，再加上自身職業所趨，自然不乏會吟歌作辭者。據說石崇的寵妓翔風便有《怨詩》:「春華誰不美，卒傷秋落時。突烟還自低，鄙退豈所期。桂芳徒自蠹，失愛在蛾眉。坐見芳時歇，憔悴空自嗤。」逯欽立引王嘉《拾遺記》:「石季倫有愛婢曰翾風，魏末於胡中得之。年十五，無有比其容貌，最以文辭擅愛。年三十，妙年者爭嫉之，崇退翾風爲房老，使主群少，乃懷怨而作詩。」〔註 96〕這些歌辭更容易在民間流傳開來，並在吸收民歌基礎上進行完善和改造，今有傳說爲綠珠所作的《懊儂歌》，其辭：「絲布澀難縫，令儂十指穿。黃牛細犢車，遊戲出孟津。」《樂府詩集》引《古今樂錄》曰：「《懊儂歌》，晉石崇綠珠所作。唯《絲布澀難縫》一曲而

〔註 94〕〔宋〕郭茂倩編：《樂府詩集・相和歌辭》冊 2、卷二十九，中華書局 1979 年版，第 425 頁。

〔註 95〕逯欽立輯校：《先秦漢魏晉南北朝詩・晉詩》卷四，中華書局 1983 年版，第 643 頁。

〔註 96〕逯欽立輯校：《先秦漢魏晉南北朝詩・晉詩》卷四，中華書局 1983 年版，第 646 頁。

已。」〔註 97〕另外有《北史・后妃傳》載：「及帝（後主）遇害，（周武）以淑妃賜代王達，甚嬖之。淑妃彈琵琶，因弦斷，作詩曰：『雖蒙今日寵，猶憶昔時憐。欲知心斷絕，應看膠上弦。』」此詩又名《感琵琶弦詩》，史載淑妃「能彈琵琶，工歌舞。後主惑之，坐則同席，出則並馬，願得生死一處」，〔註 98〕可見其音樂素養與造詣。

二、文學創作主體交往活動中的音樂接受

建安時期，文學受到了前所未有的重視，文學創作主體之間的交往活動也不再停滯於禮儀規範的格式內，取而代之的是越來越注重情致交流。由此，音樂和文學成爲被欣賞的藝術形式，而創作者和欣賞者，也因此而成爲以審美感覺和審美體驗去領悟和感受美的主體之人。

這一時期的群體性文學活動開始活躍起來，有學者得出結論：「中國文學史上自覺的文學團體的集會，是從漢末魏初開始的。」〔註 99〕在文人的集會式文學創作與欣賞的方式中，音樂成分始終與文學成分併存。文學團體有一定的組織和娛樂目的自發活動成爲文士們在聚會中創作的主要動力。其情狀正如同劉勰在《文心雕龍・時序》中所言：「傲雅觴豆之前，雍容衽席之上，灑筆以成酣歌，和墨以藉談笑」。〔註 100〕如上文所述，建安十五年建成的銅雀臺，是一個音樂欣賞和音樂創作的場所，其實，這更是文人賦詩作文的一個綜合文藝中心。曹操曾就此臺的建成做《登臺賦》，〔註 101〕他還召集自己的兒子和追隨他的文士，在此集會並賦詩。元郝經《續後漢書・曹操三子・曹植傳》：「植字子建，年十歲餘，誦讀詩論及辭賦數十萬言，善屬文，操嘗視其文謂植曰：汝倩人耶。植跪曰：言出爲論。下筆成章，顧當面試，奈何倩人？

〔註 97〕逯欽立輯校：《先秦漢魏晉南北朝詩・晉詩》卷四，中華書局 1983 年版，第 646 頁。

〔註 98〕〔唐〕李延壽撰：《北史・后妃・後主馮淑妃傳》卷十四，中華書局 1974 年版，第 526、525 頁。

〔註 99〕寧稼雨著：《魏晉風度——中古人生活行爲的文化意蘊》，東方出版社 1992 年版，第 221 頁。

〔註 100〕〔南朝〕劉勰著，周振甫注：《文心雕龍注釋》，人民文學出版社 1981 年版，第 478 頁。

〔註 101〕《水經注》濁漳水條載：「魏武封於鄴爲北宮，宮有文昌殿。溝水南北夾道，枝流引灌，所在通溉，東出石竇堰下，注之隍水，故魏武《登臺賦》曰：『引長明，灌街里。』謂此渠也。」見〔北魏〕酈道元著，葉當前、曹旭注評：《水經注》，鳳凰出版社 2011 年版，第 113 頁。

時鄴銅雀臺新成，操悉將諸子登臺，使各爲賦，植援筆立成，操甚異之。」曹植所作《登臺賦》中有「從明后之嬉遊」句，其中的「明后」很可能就是指曹操，賦文最後，讚揚了這位具有現實象徵意義的「明后」「翼佐皇家，寧彼四方」的功德。曹丕也有《登臺賦》，並附有序，介紹了這次登臺作賦的經過：「建安十七年春，遊西園，登銅雀臺，命余兄弟並作。」〔註 102〕值得注意的是登臺後他們的活動，除了欣賞由別人所表演的歌舞聲樂以外，文學創作主體自身也以賦詩作文的方式參與進來，在共同的氛圍中進行創作，也有時候會相互對詩文做出評價與鑒賞。不難發現，在這裏，歌舞音樂和賦詩作文都是構成個體情感愉悅的重要途徑。《漢魏六百三家集》收曹丕的《善哉行》，《藝文類聚》作《銅雀園詩》（《古詩紀》作《善哉行》），進一步將登臺欣賞歌舞表演與創作詩文的創作實際狀況記載了下來：

> 朝遊高臺觀，夕宴華池陰。大酋奉甘醪，獸人獻嘉禽。齊倡發東舞，秦箏奏西音。飛鳥翻翔舞，悲鳴集北林。樂極哀情來，慘恨摧肝心。

「東舞」、「西音」恰恰是大一統的音樂最爲排斥與貶抑的樂舞形式，「哀情」、「慘恨」的確是「發乎情」了，不但絕對沒有符合「止乎禮儀」的要求，反而將萌發於主體內心的眞實情感毫無忌諱地表露出來，將歌舞的表演和欣賞與文學的創作和鑒賞處於平等的地位，而不管是女樂所演奏的歌詩，還是文學創作主體自己創作的詩歌，都是欣賞的客體，只要是對欣賞主體的愉悅有關，欣賞客體本身是不是符合嚴肅的「禮」之理智已經不是最爲重要的了。

還有一些與銅雀臺有關的創作，如曹植《節遊賦》：

> 覽宮宇之顯麗，實大人之攸居。建三臺於前處，飄飛陛以凌虛。連雲閣以遠徑。營觀榭於城隅，亢高軒以迥眺，緣雲霓而結疏，仰西嶽之崧岑，臨漳滏之清渠。觀靡靡而無終，何眇眇而難殊。亮靈后之所處，非吾人之所廬。〔註 103〕

王粲詩：

> 日暮遊西園，冀寫憂思情。曲池揚素波，列樹敷丹榮。上有特栖鳥，懷春向我鳴。

〔註 102〕《全三國文》卷四，見〔清〕嚴可均輯：《全上古三代秦漢三國六朝文》冊 2，上海古籍出版社 2009 年版，第 364 頁。

〔註 103〕《全三國文》卷十三，見〔清〕嚴可均輯：《全上古三代秦漢三國六朝文》冊 2，上海古籍出版社 2009 年版，第 412 頁。

> 吉日簡清時，從君出西園。方軌策良馬，並馳厲中原。北臨清漳水，西看柏楊山。回翔遊廣囿，逍遙波渚間。〔註 104〕

曹植所說的三臺，包括銅雀臺在內，王粲詩中的「西園」，正是指銅雀園。這從另一個側面又一次證實了音樂在文學創作過程中的互爲生發。

在實際創作的有關銅雀臺的詩賦中，多次涉及到音樂成分的出現，登臺以後，不但有宴會佳肴，還有聲勢浩大的歌舞表演，而作爲創作主體的文人在這裏由欣賞女樂的表演而至自己的詩文創作活動，由欣賞他人的表演、使自己的內心愉悅而上昇到抒發自己的情感、實現自我的內心愉悅，並在此基礎上進行與其他創作主體的探討與切磋。與欣賞女樂歌舞的表演相比較，文人的創作在主體心理活動的情緒表達並無二致，只是由作爲欣賞主體而升躍爲表演主體——都是爲了情感的發揮和需要，只不過是表達的角度不同而已。直到後來，文人還以銅雀臺爲宴飲文藝的創作中心。晉陸雲《登臺賦序》:「永寧中，參大府之佐於鄴都，以時事巡行鄴宮三臺，登高有感，因以言崇替，乃作賦云。」〔註 105〕元代還有大臣因爲登臺飲酒賦詩而遭到懲罰。〔註 106〕由音樂的欣賞而至文學創作的情感表達，其間的接受關係也順其自然。

銅雀臺作爲音樂與文學創作共同的文藝綜合中心只是一個典型的縮影，當時，帝王與貴族、文人之間的宴遊集會很多，除了元會，宮廷內還會組織一些較大的宴會，文人、貴族之間也有一些宴樂活動，這些都構成了文學欣賞和創作的主要場所。以酒會友、以樂會友進而以詩會友形成了當時交遊風尚，這種在音樂欣賞所激活的情感體悟中引發文學創作的心路線索隨處可見：

> 每至觴酌流行，絲竹並奏，酒酣耳熱，仰而賦詩。(曹丕《與吳質書》)〔註 107〕

〔註 104〕逯欽立輯校：《先秦漢魏晉南北朝詩・魏詩》卷二，中華書局 1983 年版，第 364 頁。

〔註 105〕《全晉文》卷一〇〇，見〔清〕嚴可均輯：《全上古三代秦漢三國六朝文》冊 3，上海古籍出版社 2009 年版，第 600 頁。

〔註 106〕《欽定重訂大金國志・紀年・宣宗皇帝上》:「參政張慶之與直學士院聶崇朝顏叔靖登銅雀臺，飲酒賦詩，爲侍御史李彪所彈，各罰金。」

〔註 107〕〔梁〕蕭統編，〔唐〕李善注：《文選》卷四十二，上海古籍出版社 1986 年版，第 1897 頁。

避暑東閣，延賓高會，酒酣樂作，悵然懷盈滿之戒，乃作斯賦。（曹丕《戒盈賦序》）〔註 108〕

同時，在宴樂集會中所作文學作品的數量也蔚爲可觀。由此引發的文學對音樂的接受表現之一就是文學直接描寫眼前的或回憶中的宴會音樂，如曹植《與吳季重書》：「若夫觴酌陵波於前，簫笳發音於後，足下鷹揚其體，鳳觀虎視，謂蕭曹不足儔，衛霍不足侔也。」〔註 109〕又曹丕《孟津詩》：「良辰啓初節，高會構歡娛……清歌發妙曲，樂正奏笙竽。曜靈忽西邁，炎燭繼望舒。翊日浮黃河，長驅旋鄴都。」〔註 110〕曹植《娛賓賦》：「遂衎賓而高會兮，丹幃曄以四張，辦中厨之豐膳兮，作齊鄭之妍倡，文人騁其妙說兮，飛輕翰而成章。」〔註 111〕曹植《箜篌引》：「置酒高殿上，親友從我遊。中厨辦豐膳，烹羊宰肥牛。秦箏何慷慨，齊瑟和且柔。陽阿奏奇舞，京洛出名謳。樂飲過三爵，緩帶傾庶羞。」不只是曹氏兄弟，其他文士也有相關詩文創作，孔融《失題》「歸家酒債多，門客粲幾行。高談滿四座，一日傾千觴」，《占句》「座上客恒滿，樽中飲不空」〔註 112〕，都是當時文士宴會賦詩創作的一個側面。劉楨、阮瑀、應瑒諸人有《公讌詩》，陳琳有《宴會》詩，都是在集宴會、音樂欣賞與文學創作、鑒賞評價於一體的方式中進行的活動。

《中國古代歌詩研究》主要從如下三個方面論及這些公宴雅集對歌詩和詩歌的發展產生的影響與對建安文學審美特徵的促成：「首先，公宴雅集爲建安文士提供了一個表達眞情、發揮才情的良好的創作環境。」「其次，公宴雅集爲文士們爭巧求奇的創作活動提供了直接的動力。」「再次，宴集活動中的詩歌表演和欣賞活動在很大程度上制約著建安詩人的審美情趣和創作習慣，並對建安詩歌乃至詩歌美學特徵的形成產生了極爲重要的影

〔註 108〕《全三國文》卷四，見〔清〕嚴可均輯：《全上古三代秦漢三國六朝文》冊 2，上海古籍出版社 2009 年版，第 363 頁。

〔註 109〕〔梁〕蕭統編，〔唐〕李善注：《文選》卷四十二，上海古籍出版社 1986 年版，第 1905 頁。

〔註 110〕逯欽立輯校：《先秦漢魏晉南北朝詩・魏詩》卷四，中華書局 1983 年版，第 400 頁。

〔註 111〕《全三國文》卷十三，見〔清〕嚴可均輯：《全上古三代秦漢三國六朝文》冊 2，上海古籍出版社 2009 年版，第 413 頁。

〔註 112〕逯欽立輯校：《先秦漢魏晉南北朝詩・漢詩》卷七，中華書局 1983 年版，第 197 頁。

響。」〔註 113〕自從漢末的清議之風盛行以來，具有一定傾向性的群體討論就在逐步形成，到了曹魏時期，發展成以酒肴、樂歌爲媒介，以文學交流與切磋爲中心的文人集會方式。這種交流本身就帶有一定價值判斷標準。徐幹《中論·譴交》談到了古代君子所謂的「賢交」觀念：「古之君子因王事之閒，則奉贄以見其同僚，及國中之賢者，其於宴樂也言仁義，而不及名利，君子未命者，亦因農事之隙，奉贄以見其鄉黨，同志，及夫古之賢者亦然，則何爲其不獲賢交哉。」然而，曹魏時期的人們所進行的交往都不是這種正統呆板的「君子」「賢人」之交，他們普遍認可的是一般意義上的交往，是超出了儒家倫理範疇的自由交往。曹植《贈丁翼》：「嘉賓塡城闕，豐膳出中厨。吾與二三子，曲宴此城隅。秦箏發西氣，齊瑟揚東謳。肴來不虛歸，觴至反無餘。我豈狎異人？朋友與我俱。大國多良材，譬海出明珠。君子義休偫，小人德無儲。積善有餘慶，榮枯立可須。滔蕩固大節，時俗多所拘。君子通大道，無願爲世儒。」〔註 114〕明確指出已經不是「世儒」的交往方式，兩處提到的「君子」，也早已不是只需「賢交」的古之君子，而是作者所認爲的有「德」之人，其實就是經過作者個體的判斷而聚集的「二三子」，是有共同的審美價值取向與審美期待的情感共同體，不是經過大一統的他人所規定的判斷而得出的評價標準。他們在這裏進行以他人的歌舞音樂與創作唱和爲主要內容的欣賞活動，同時也在進行由此而引發的文學創作活動，欣賞和創作渾然一體，都是創作個體在激活自身蘊涵的情感內質。這種天然的向心合力成爲他們進行文學創作的基礎，也成爲當時文學發生「緣情」轉化的主要方面。

魏晉時期出遊與田獵式的文學創作和欣賞的方式也與音樂有關。所謂「馳騁足用蕩思，遊獵可以娛情」（曹植《七啓》），除了在宴會中相互評論詩文、交流對文學的看法和感觸並進行文學的創作以外，借助出遊或田獵的方式進行交流也是當時文學創作與欣賞的主要方式之一。曹丕《臨渦賦》序：「上建安八年至譙，余兄弟從上拜墳墓，遂乘馬遊觀，經東園遵渦水，相佯乎高樹

〔註 113〕參見趙敏俐等著：《中國古代歌詩研究——從〈詩經〉到元曲的藝術生產史》，北京大學出版社 2005 年，第 333～338 頁。

〔註 114〕〔梁〕蕭統編，〔唐〕李善注：《文選》卷二十四，上海古籍出版社 1986 年版，第 1126 頁。

之下，駐馬書鞭作臨渦之賦。」〔註 115〕這些創作和欣賞方式也和音樂有不可分離的關係。曹植的五首新歌之一的《孟冬篇》描寫當時皇家田獵的盛況，則有：「鐘鼓鏗鏘，簫管嘈喝……罷役解徒，大饗離宮。亂曰：……走馬行酒醴，驅車布肉魚，鳴鼓舉觴爵，擊鐘釂無餘……」〔註 116〕其《七啓》則描寫一個充溢著歌舞「聲色之妙」的出遊虛景：

> 既遊觀中原，逍遙閒宮，情放志蕩，淫樂未終，亦將有才人妙妓，遺世越俗，揚北里之流聲，紹陽阿之妙曲。爾乃御文軒，臨洞庭，琴瑟交揮，左篪右笙，鐘鼓俱振，簫管齊鳴。然後姣人乃被文縠之華袿，振輕綺之飄遙，戴金搖之熠燿，揚翠羽之雙翹。揮流芳，耀飛文。歷盤鼓，煥繽紛。長裾隨風，悲歌入雲。蹻捷若飛，蹈虛遠跖。淩躍超驤，蜿蟬揮霍。翔爾鴻翥，濈然鳧沒。縱輕體以迅赴，景追形而不逮。飛聲激塵，依違厲響。才捷若神，形難爲象。於是爲歡未渫，白日西頹。散樂變飾，微步中閨。玄眉雕兮鉛華落，收亂髮兮拂蘭澤，形媠服兮揚幽若。紅顏宜笑，睇眄流光。時與吾子，攜手同行。踐飛除，即閒房。華燭爛，幄幕張。動朱唇，發清商。揚羅袂，振華裳。九秋之夕，爲歡未央。此聲色之妙也。〔註 117〕

曹植《感節賦》是在「攜友生而遊觀，盡賓主之所求，登高墉以永望，冀消日以忘憂」的情景中創作的。〔註 118〕而「許以簫管之樂，榮以田遊之嬉」更是「仁重有虞，恩過周旦」的莫大賞賜（曹植《謝鼓吹表》）。〔註 119〕

曹丕《與朝歌令吳質書》、《與吳質書》均提到的往日的出遊：「每念昔日南皮之遊，誠不可忘。既妙思《六經》，逍遙百氏；彈琴間設，終以六博，高談娛心，哀箏順耳。」（《與朝歌令吳質書》）「每至觴酌流行，絲竹並奏，酒

〔註 115〕《全三國文》卷四，見〔清〕嚴可均輯：《全上古三代秦漢三國六朝文》冊 2，上海古籍出版社 2009 年版，第 362 頁。

〔註 116〕逯欽立輯校：《先秦漢魏晉南北朝詩・魏詩》卷六，中華書局 1983 年版，第 430 頁。

〔註 117〕《全三國文》卷一六，見〔清〕嚴可均輯：《全上古三代秦漢三國六朝文》冊 2，上海古籍出版社 2009 年版，第 430 頁。

〔註 118〕《全三國文》卷一三，見〔清〕嚴可均輯：《全上古三代秦漢三國六朝文》冊 2，上海古籍出版社 2009 年版，第 412 頁。

〔註 119〕《全三國文》卷一五，見〔清〕嚴可均輯：《全上古三代秦漢三國六朝文》冊 2，上海古籍出版社 2009 年版，第 421 頁。

酣耳熱，仰而賦詩。當此之時，忽然不自知樂也。」(《與吳質書》)〔註 120〕吳質《答太子書》:「昔侍左右，厠坐衆賢，出有微行之遊，入有之歡，置酒樂飲，賦詩稱壽。」在寫給吳質的書信中，曹丕主要是感歎時光的流逝，「徐、陳、應、劉，一時俱逝」、「物是人非」的感慨，〔註 121〕懷念以前共同出遊的友人，其中所提到的偉長（徐幹）、德璉（應瑒）、孔璋（陳琳）、元瑜（阮瑀）諸人，皆爲當時的文學名士，而他們出遊聚會的主要活動內容就是以宴飲、音樂爲前奏的詩文創作，所謂經過「彈琴」、「絲竹」、「酒酣」、「管絃」之後，情感積纍達到高峰而進行的「高談娛心」、「仰而賦詩」、「賦詩稱壽」的詩文創作和欣賞活動。

兩晉時建立在由音樂激發的深層情感基礎上的集會還有西晉的金谷之會與東晉的蘭亭之會。金谷之會的主要召集人石崇在《金谷詩序》中對這次雅集的具體情況的描述是：

> （余）有別廬在河南縣界金谷澗中，去城十里，或高或下，有清泉茂林，衆國竹柏、藥草之屬，金田十頃，羊二百口，鷄猪鵝鴨之類，莫不畢備。又有水碓、魚池、土窟，其爲愉目歡心之物備矣。時征西大將軍祭酒王詡當還長安，余與衆賢共送往澗中，晝夜遊宴，屢遷其坐。或登高臨下，或列坐水濱。時琴瑟笙築，合載車中，道路並作。及往，令與鼓吹遞奏，遂各賦詩，以敘中懷。或不能者，罰酒三斗。感性命之不永，懼雕落之無期。故具列時人官號、姓名、年紀，又寫詩著後。後之好事者，其覽之哉。〔註 122〕

這裏提到三個層次的愉悅；其一是優美山水激發了創作主體進行詩文創作的極大熱情，關鍵的是人們開始認識到蘊涵在這些自然景物之後的「娛目歡心」的實質，也就是由自然景致而引發了創作主體帶有欣賞價値判斷的感悟。其二是創作採用「遊宴」的方式進行，而在文學創作進行之前音樂

〔註 120〕〔梁〕蕭統編，〔唐〕李善注：《文選》卷四十二，上海古籍出版社 1986 年版，第 1895、1897 頁。

〔註 121〕《三國志・魏志・王粲傳》:「始文帝爲五官將，及平原侯植皆好文學。粲與北海徐幹字偉長、廣陵陳琳字孔璋、陳留阮瑀字符瑜、汝南應瑒字德璉、東平劉楨字公幹幷見友善……咸著文賦數十篇。瑀以十七年卒，幹、琳、瑒、楨二十二年卒。」〔晉〕陳壽撰，〔宋〕裴松之注：《三國志・魏志・王粲傳》卷二十一，中華書局 2011 年版，第 497、499 頁。

〔註 122〕《全晉文》卷三三，見〔清〕嚴可均輯：《全上古三代秦漢三國六朝文》冊 3，上海古籍出版社 2009 年版，第 228 頁。

起到了很重要的愉悅人心的作用。在正式的創作中音樂、酒宴、賦詩相遞相融，音樂激發著詩人的創作激情，引領著詩人對情感的體悟與表達。其三，在集會中，詩人們「屢遷其坐」，「敘中懷」，而最終落到「性命不永」、「雕落無期」的人生感慨中，可見將這些文學創作的主體聚集在一起的並非完全是人們論及的功利因素，也有集會者欣賞情趣與審美心態及價值取向的因素。從欣賞自然山水與音樂的情感氛圍中上昇到對命運與人生的感慨，再進而用詩文的方式表達出來，這才是此次集會詩歌創作的實際心理歷程。從王羲之《蘭亭序》中也能够發現這一創作歷程的影子：

> 永和九年，歲在癸丑，暮春之初，會於會稽山陰之蘭亭，修禊事也。群賢畢至，少長咸集。此地有崇山峻嶺，茂林修竹，又有清流激湍，映帶左右，引以爲流觴曲水，列坐其次。雖無絲竹管絃之盛，一觴一咏，亦足以暢敘幽情。是日也，天朗氣清，惠風和暢，仰觀宇宙之大，俯察品類之盛。所以遊目騁懷，足以極視聽之娛，信可樂也。〔註 123〕

雖然表面上說沒有絲竹管絃之盛，但是其中的音樂引發作用還是十分明顯的，文人們在大自然的奇山秀水中修禊事，將文學的創作與古代流傳的風俗相融合，在古代祭祀的禮儀中融入「流觴曲水」的文人化氣息，在舉行禊祀儀式的時候引水分流，因流設席，進行「禊飲」，據考證，這種儀式一般都會伴奏以歌舞樂聲。文人墨客因樂而飲，樂酒盡興則詩，這正是「有清流激湍，映帶左右，引以爲流觴曲水，列坐其次」所說的方式。可見，王羲之所說的「雖無絲竹管絃之盛」是指與人們日常聲色享受相媲的大型樂舞。正因爲文人之間在宴會中的交遊以音樂情感的激發爲創作前提，人們在音樂的感染中進行創作，將自身的情感與所欣賞的音樂、外在的自然相融合，在這種心志融合的空靈境界中，通過文學來宣泄情懷，在情懷的宣泄中流露出自然、音樂對人的感染力與激發力量。

南朝帝王對文士偶有鄙夷，認爲「學士輩不堪經國，唯大讀書耳。經國，一劉係宗足矣。沈約、王融數百人，於事何用」，〔註 124〕但整個南朝社會在總體傾向上還是形成了「禮文士」的風尚，召集文士從事文學書籍的編纂和文學雅

〔註 123〕《全晉文》卷二六，見〔清〕嚴可均輯：《全上古三代秦漢三國六朝文》冊 3，上海古籍出版社 2009 年版，第 188 頁。

〔註 124〕〔唐〕李延壽撰：《南史・恩倖・劉係宗傳》卷七十七，中華書局 1975 年版，第 1927 頁。

集討論成爲諸王宗禮文士較爲常見的實際行動之一。如《宋書・宗室・義慶傳》：

> （義慶）爲性簡素，寡嗜欲，愛好文義，才詞雖不多，然足爲宗室之表……招聚文學之士，近遠必至。太尉袁淑，文冠當時，義慶在江州，請爲衛軍咨議參軍；其餘吳郡陸展、東海何長瑜、鮑照等，並爲辭章之美，引爲佐史國臣。〔註 125〕

《梁書・文學・陸雲公傳》：

> 是時天淵池新制鯿魚舟，形闊而短，高祖暇日，常泛此舟，在朝唯引太常劉之遴、國子祭酒到溉、右衛朱異，雲公時年位尚輕，亦預焉。〔註 126〕

《南史・武帝諸子・竟陵文宣王子良傳》載：

> 子良少有清尚，禮才好士，居不疑之地，傾意賓客。天下才學，皆遊集焉。善立勝事，夏月客至，爲設瓜飲及甘果，著之文教。士子文章及朝貴辭翰，皆發教撰錄。〔註 127〕

《南史・梁宗室下・安成康王秀》：

> 時諸王並下士，建安、安成二王尤好人物，世以二安重士，方之「四豪」。
>
> 秀精意學術，搜集經記，招學士平原劉孝標使撰《類苑》，書未及畢，而已行於世……當世高才遊王門者，東海王僧孺、吳郡陸倕、彭城劉孝綽、河東裴子野，各制其文，欲擇用之，而咸稱實錄，遂四碑並建。〔註 128〕

《梁書・文學上・何遜傳》

> 天監中，起家奉朝請，遷中衛建安王水曹行參軍，兼記室。王愛文學之士，日與遊宴，及還江州，遜猶掌書記。〔註 129〕

〔註 125〕〔梁〕沈約撰：《宋書・宗室・義慶傳》卷五十一，中華書局 1974 年版，第 1477 頁。

〔註 126〕〔唐〕姚思廉撰：《梁書・文學上・陸雲公傳》卷五十，中華書局 1973 年版，第 724 頁。

〔註 127〕〔唐〕李延壽撰：《南史・武帝諸子・竟陵文宣王子良傳》卷四十四，中華書局 1975 年版，第 1102 頁。

〔註 128〕〔唐〕李延壽撰：《南史・武帝諸子・梁宗室下・安成康王秀》卷五十二，中華書局 1975 年版，第 1290 頁。

〔註 129〕〔唐〕姚思廉撰：《梁書・文學上・何遜傳》卷四十九，中華書局 1973 年版，第 693 頁。

如上文所述，在這些禮文士的王宗貴族中，往往不乏對音樂的愛好者，召集文士聚會的過程中，「差盡怡悅，時有樂事，遊士文賓，比得談賞，終宴追隨」，通過音樂來進行娛樂，又是必不可少的內容，文人的具體作品中處處滲透著這種創作方式的影子：

禮屬觀盥，樂薦歌笙。昭事是肅，俎實非馨。（顏延之《皇太子釋奠會作詩》）

促席宴聞夜，足歡不覺疲。咏歌無餘願，永言終在斯。（賀道慶《離合詩》）

高宴顥天台，置酒迎風觀。笙鏞禮百神，鐘石動雲漢。瑤堂琴瑟驚，綺席舞衣散。威鳳來參差，玄鶴起淩亂。已慶明庭樂，詎慚南風彈。（謝眺《鈞天曲》）

始獲瓊歌贈，一點重如金。（江淹《惜晚春應劉秘書詩》）

左右自幽歌，騎星謝扆尾……金籥哀夜長，瑤琴怨暮多。（江淹《秋夕納涼奉和刑獄舅詩》）

趙瑟含清音，秦箏凝逸響。參差陳九夏，依遲分四上。從風繞金梁，含雲映珠網。遞奏豈二八，繁弦非一兩。幸叨東郭吹，側陪南風賞。忘味信鏗鏘，餐和終俯仰。輕塵已飛散，游魚亦翻蕩。恩光實難遇，咏言寧易放。（王暕《觀樂應詔詩》）

從風回綺袖，映日轉花鈿。同情依促柱，共影赴危弦。（王暕《咏舞詩》）

一唱華鐘石，再撫被絲笙。（任昉《九日侍宴樂遊苑詩》）

上林弘敞，離宮非一……絲桐激舞，楚雅閒慧。參差繁響，殷勤流詣。（丘遲《九日侍宴樂遊苑詩》）

輕歌易繞，弱舞難持。素雲留管，玄鶴停絲。（沈約《三日侍鳳光殿曲水宴應製詩》）

妍歌已嘹亮，妙舞復紆餘。九成變絲竹，百戲起龍魚。（劉孝綽《三日侍華光殿曲水宴詩》）〔註 130〕

〔註 130〕逯欽立輯校：《先秦漢魏晉南北朝詩》，中華書局 1983 年版，分別見《宋詩》卷五，第 1227 頁。《宋詩》卷十，第 1326 頁。《齊詩》卷三，第 1414 頁。《梁詩》卷三，第 1564 頁。《梁詩》卷三，第 1565 頁。《梁詩》卷五，第 1593 頁。《梁詩》卷五，第 1593 頁。《梁詩》卷五，第 1596 頁。《梁詩》卷五，第 1603 頁。《梁詩》卷六，第 1630 頁。《梁詩》卷十六，第 1826 頁。

兼音樂與文學創作的才能於一身，北朝文人不但在詩文創作過程中受到音樂的感染，而且在詩文中多次將新聲的欣賞和參與作爲創作的內容，如《魏書・皇后列傳》:「(文明) 太后曾與高祖幸靈泉池，讌群臣及藩國使人、諸方渠帥，各令爲其方舞。高祖帥群臣上壽，太后忻然作歌，帝亦和歌，遂命群臣各言其志，於是和歌者九十。」〔註 131〕《魏書・樂志》:「(太和) 五年，文明太后、高祖並爲歌章，戒勸上下，皆宣之管絃。」〔註 132〕如前所述，文明太后和孝文帝不但在音樂方面追求典雅純正，他們在文學方面也有相應才能，孝文帝不但有「集三十九卷」(《隋書・經籍志》)，而且「才藻富贍，好爲文章，詩賦銘頌，任興而作。有大文筆，馬上口授，及其成也，不改一字。自太和十年已後詔冊，皆帝之文也。自餘文章，百有餘篇。愛奇好士，情如飢渴。待納朝賢，隨才輕重，常寄以布素之意。」〔註 133〕，他多次召集創作雅集，有些作品留存至今，《北史・鄭義傳附鄭道昭》載：

> 孝文饗侍臣於縣瓠方丈竹堂，道昭與兄懿俱侍坐。樂作酒酣，孝文歌曰:「白日光天兮無不曜，江左一隅獨未照。」彭城王勰續曰:「願從聖明兮登衡、會，萬國馳誠混日外。」鄭懿歌曰:「雲雷大振兮天門闢，率土來賓一正歷。」邢巒歌曰:「舜舞干戚兮天下歸，文德遠被莫不思。」道昭歌曰:「皇風一鼓兮九地匝，戴日依天清六合。」孝文又歌曰:「遵彼汝墳兮昔化貞，未若今日道風明。」宋弁歌曰:「文王政教兮輝江沼，寧如大化光四表。」孝文謂道昭曰:「自比遷務雖猥，與諸才儁不廢詠綴，未若今日。」遂命邢巒總集敘記。〔註 134〕

不僅僅是孝文帝，音樂與文學創作交融的方式在北朝較爲廣泛，《太平廣記》卷一百六十四《名賢・斛律豐樂》引《談藪》:

> 北齊高祖（高歡）嘗宴群臣，酒酣，各令歌樂。武衛斛律豐樂歌曰:「朝亦飲酒醉，暮亦飲酒醉，日日飲酒醉，國計無取次。」上曰:「豐樂不諂，是好人也。」〔註 135〕

〔註 131〕〔北齊〕魏收撰:《魏書・皇后・文成文明皇后馮氏傳》卷十三，中華書局 1974 年版，第 329 頁。

〔註 132〕〔北齊〕魏收撰:《魏書・樂志》卷一百九，中華書局 1974 年版，第 2829 頁。

〔註 133〕〔北齊〕魏收撰:《魏書・高祖孝文帝紀》卷七下，中華書局 1974 年版，第 187 頁。

〔註 134〕〔唐〕李延壽撰:《北史・鄭義傳附鄭道昭》卷三十五，中華書局 1974 年版，第 1304 頁。

〔註 135〕〔宋〕李昉等編，張國風會校:《太平廣記會校》冊 6、卷一百六十四，北京燕山出版社 2011 年版，第 2362 頁。

《北史·獻文六王·彭城王勰傳》：

後宴侍臣於清徽堂。日晏，移於流化池芳林下。帝仰觀桐葉之茂，曰：「『其桐其椅，其實離離。愷悌君子，莫不令儀。』今林下諸賢，足敷歌咏。」遂令黃門侍郎崔光讀暮春群臣應製詩。〔註136〕

在實際的創作中，出遊、宴會、音樂往往是結合在一起。

高會時不娛，羈客難爲心。殷懷從中發，悲感激清音。投觴罷歡坐，逍遙步長林。（陳琳《詩》）〔註137〕

遂駕言而出遊，步北園而馳騖。庶翱翔以解憂，望洪池之滉漾。遂降集乎輕舟，沉浮蟻於金罍，行觴爵於好仇，絲竹發而響厲……罷曲宴而旋服，遂言歸乎舊房。（曹植《節遊賦》）〔註138〕

爾乃息偃暇豫，携手同徵，遊乎北園，以娛以逞，欽太皞之統氣，樂乾坤之布靈，誕烟熅之純和，百卉挺而滋生，谷風習以順時。（楊脩《節遊賦》）

間者此遊，喜歡無量，登芒濟河，曠若發蒙，風伯掃途，雨師灑道，案轡清路，周望山野。亦既至止，酌彼春酒，接武茅茨，涼過大夏。扶寸肴修，味逾方丈，逍遙陂塘之上，吟咏菀柳之下，結春芳以崇佩，折若華以翳日，弋下高雲之鳥，餌出深淵之魚。蒲且贊善，便嬛稱妙，何其樂哉。雖仲尼忘味於虞韶，楚人流遁於京臺，無以過也。班嗣之書，信不虛矣。（應璩《與從弟君苗、君胄書》）〔註139〕

共同的宴集出遊活動，產生了一些相同題材的文學作品，曹丕作《瑪瑙勒賦》，序曰：「瑪瑙，玉屬也。出自西域，文理交錯，有似馬腦，故其方人因以名之。或以繫頸，或以飾勒。余有斯勒，美而賦之。命陳琳、王粲並作。」〔註140〕今王粲所作《瑪瑙勒賦》仍存（見《藝文類聚》卷八十四，《太平御覽》卷三

〔註136〕〔唐〕李延壽撰：《北史·獻文六王·彭城王勰傳》卷十九，中華書局1974年版，第701頁。

〔註137〕逯欽立輯校：《先秦漢魏晉南北朝詩·魏詩》卷三，中華書局1983年版，第367頁。詩題亦作《遊覽》。

〔註138〕《漢魏六朝百三家集》卷二十六，見《景印摛藻堂四庫全書薈要》冊469，世界書局1988年版，第97頁。

〔註139〕《全三國文》卷一三、三〇，見〔清〕嚴可均輯：《全上古三代秦漢三國六朝文》冊2，上海古籍出版社2009年版，第412、502頁。

〔註140〕《全三國文》卷四，見〔清〕嚴可均輯：《全上古三代秦漢三國六朝文》冊2，上海古籍出版社2009年版，第364頁。

百五十八、卷八百八）。曹丕《槐賦》序：「文昌殿中槐樹，盛暑之時，余數遊其下，美而賦之；王粲直登賢門，小閤外亦有槐樹，乃就使賦焉」〔註 141〕曹丕《典論・論文》：「王粲長於辭賦，徐幹時有齊氣，然粲之匹也。如粲之《初征》、《登樓》、《槐賦》、《征思》，幹之《玄猿》、《漏卮》、《圓扇》、《橘賦》，雖張、蔡不過也。」〔註 142〕給王粲《槐賦》較高評價。

魏晉南北朝文人的聚會與交往中離不開音樂，文人的創作中也滲透著音樂，這種無形的同化作用使此時期中的文學創作在潛移默化中接受著音樂。這一時期文藝思潮在生機勃勃的發展中，脫離了儒家「受命」「修身」爲鵠的方式，自發式交往正在興起，交往已經在逐步脫離原有的政治意義，一步步走向共同的個體愛好、共同的審美興趣與共同的情感志向。正是在這種特殊環境所營造的特殊的氛圍中，「從者鳴笳以啓路，文學託乘於後車」，〔註 143〕文學自然而然地也走上了與情感的表露和發掘不可分離的道路。從創作主體的角度而言，更容易形成個體創作經驗的交流和創作手法的及時探討，這是魏晉南北朝文學理論空前發展的一個必要前提。曹植在《贈徐幹》中說：「慷慨有悲心，興文自成篇。」只要有了情感，有了想法，詩文的創作就會自然而然，這是情感主宰的一個方面。不但如此，曹植還注意到了對創作中的情感因素恰如其分把握的重要性：「頃不相聞，覆相聲音亦爲怪故。乘興爲書，含欣而秉筆，大笑而吐辭，亦歡之極也。」（《與丁敬禮書》）〔註 144〕強調寫作的時候應該抓住情感的關鍵處，將內心的感受暢快淋漓地表達出來，這與後來陸機諸人所提要抓住寫作時的靈感有相通處。個體的個性特徵在六朝時期得到了逐步的認可和充分的重視，人的個性和眞情的自然表露也成爲人們理想的人格特徵，音樂藝術形式成爲個體的人格精神特徵的主要方面，與之相應的是，文學作品中對情感抒發越發重視。嵇康的《琴賦》與漢代傅毅、馬融、蔡邕的同名之作寫法上有接近之處，而抒情氣氛要濃厚得多。

創作個體兼修文學與音樂，個體參與聚會，形成群體的創作方式。與多

〔註 141〕《初學記》卷二十四以引「王粲直登賢門」句出自曹植《槐賦序》而《藝文類聚》、嚴可均《全文》皆作曹丕，從之。

〔註 142〕曹丕：《典論・論文》，見〔梁〕蕭統編，〔唐〕李善注：《文選》卷五十二，上海古籍出版社 1986 年版，第 2270 頁。

〔註 143〕〔三國〕曹丕：《與朝歌令吳質書》，見〔梁〕蕭統編，〔唐〕李善注：《文選》卷四十二，上海古籍出版社，第 1896 頁。

〔註 144〕《全三國文》卷一六，見〔清〕嚴可均輯：《全上古三代秦漢三國六朝文》冊 2，上海古籍出版社 2009 年版，第 428 頁。

種交往方式密切相關的還有個體之間互動性的增強，從讀者接受的角度而言，正是因爲有了自覺的集體的接受方式，所以更容易形成接受和解讀過程中的期待視野，這個共同的期待視野又毫無遺漏地表現在相互的交往活動中，從而潛移默化地指導並規約著創作主體再創作的方向。

第三節　音樂接受對文學創作主體的羈絆

每一種新興觀念對社會思潮的實際影響都不可避免地存在兩面性。文學創作主體既有對音樂與文學中的人文精神的深刻反思與實際行爲上的昇華，又有對其再接受過程中不由自主地弱化與變異，這是特定時期中音樂與文學在相互影響與接受的過程中不可避免地產生的互動與衝撞。刺激人的感官欲望的音樂與強制人聽從的廟堂之樂，構成了音樂的兩個極端，對前者的接受表現爲純粹的奢靡享受，對後者的接受則更多地傾向於程序化的儀式，而這兩個方面的相似性就在於不但距離審美與欣賞越來越遠，而且在實際的接受中，構成了對人本身及對人的精神和人格的威脅與戕害。這樣造成的文人精神與人格的分裂，表現在詩文中便是矛盾與彷徨的人生態度。

一、禮樂的回歸對文學創作主體的精神制約

曹操在殺楊脩後與脩父楊彪書曰:「比中國雖靖，方外未夷，今軍征事大，百姓騷擾，吾制鐘鼓之音，主簿宜守，而足下賢子，恃豪父之勢，每不與我同懷……便令刑之。」此處「鐘鼓之音」，當是對古樂的恢復與對雅正之樂的增補，從政治的角度，其目的是爲了安撫百姓，使軍隊征伐四夷時有後方保障，楊脩因爲不遵守這一策令的要求，便被曹操下令「刑之」。且不論這個理由是不是僅僅被用來作爲處死楊脩的一個藉口，也不論楊彪和曹操在思想觀念上曾經存在過的摩擦與衝撞，更毋須評論曹操在處死楊脩這件事上對自己家族在政治權力和社會思潮的地位付出了多少深沉考慮，僅僅曹操將這一理由寫在處死楊脩後給楊彪的信中，至少說明在曹操看來，這作爲楊脩招致處死之刑是理所當然的，還可以用來安撫或震懾其父楊彪，並作爲向他作出堂而皇之解釋的理由，這些都表明在當時，「鐘鼓之音」還是被賦予了相當權威。如前所述，曹操在實際上也是一個敢於打破禮法的人，但在對在雅樂的權威上他並不願意徹底推翻原有的禮樂規律，杜夔、孫覲等人受到重用整理雅樂

的努力便是更進一步的佐證。從某種程度上這是在用政治的權力來抑制個體思潮的發展。

中國古代文藝的發展從來就沒有完全脫離過政治，它們之間總是存在一種若即若離的微妙關係，當一個時代的政治權威缺乏引導文藝思潮的能力時，二者的關係就處於「即」的粘合狀態，當一個時代的政治權威自身具有這種能力的時候，二者的關係就處於一定程度上的「離」，但這種「離」究其實也不過是接受更為寬泛的思想觀念，接受的前提是二者必須在一種融合狀態下進行，一旦發生衝突和矛盾，文藝還是不得不屈從於政治。人的精神始終沒有完全脫離政治的羈絆。曹操作為政藝兼備的一代雄才尚且如是，其它各代的實際情況便更是不得而知了。

雖然從具體做法上晉武帝司馬炎不禁止其它思潮的發展，在具體的政治行為上，他也有異於父兄，採取較為寬和的形式。但是他却尚儒，從自身做起，「歷以恭簡，敦以寡欲」，曾「出清商掖庭及諸才人、奴女、保林已下二百七十餘人還家」（《西晉文紀》卷一收晉武帝炎《出清商掖庭詔》），同時，採用「敦喻五教，勸務農功，勉勵學者，思勤正典，無為百家庸末，致遠必泥」的態度，在用人與懲罰的策略上，也以「士庶有好學篤道、孝弟忠信，清白異行者，舉而進之；有不孝敬於父母、不長悌於族黨，悖禮棄常、不率法令者，糾而罪之」為準。〔註 145〕這就造成了西晉藝術思潮多元化中的兩個極端，一方面是貴族對音樂的奢靡享受更加放肆、公開化，另一方面是禮樂的回歸更甚於前代。由於朝廷的有意重視，西晉的樂教建設在整個魏晉南北朝時最為用功，樂與禮、樂與政的結合在這一時期最為緊密，音樂的政教觀念也是魏晉南北朝時期最為突出的。

與曹魏相比，西晉的禮樂要嚴肅刻板得多。曹魏從帝王那裏就不排斥新聲，接受較為廣泛的雅樂概念，而且帝王自己在個體欣賞方面，不屑於墨守成規。居喪廢樂本是儒教的大禮，曹操死後僅僅半年左右的時間，曹丕就設伎樂來滿足自己的欣賞和娛樂需要。〔註 146〕晉代則不同，樂與禮嚴格地結合在一起，自然也就與帝王的權威和政治教化更為密切。一個明顯的標誌就是

〔註 145〕〔唐〕房玄齡等撰：《晉書・武帝紀》卷三，中華書局 1974 年版，第 57 頁。

〔註 146〕《晉書・禮志》：「魏武以正月崩，魏文以其年七月設伎樂百戲，是魏不以喪廢樂也。」見〔唐〕房玄齡等撰：《晉書・禮志中》卷二十，中華書局 1974 年版，第 618 頁。

西晉動輒就有廢樂之事，即便是宮廷雅樂也因爲禮的約束而動輒廢棄不用，多則數年，少則數日。《太平御覽》卷二十九《時序部元日》引《晉起居注》：「泰始元年詔曰：朕遭憫凶，奉承洪業，追慕罔極，正旦雖當受朝，其伎樂一切，勿有所設。又殿前及文武織成帷帳莫之屬，皆不須施。」〔註 147〕《晉書》卷十九載：

> 武帝咸寧五年十一月己酉，弘訓羊太后崩，宗廟廢一時之祀，天地明堂去樂，且不上胙。穆帝升平五年十月己卯，殷祀，以帝崩後不作樂。〔註 148〕

又卷二十：

> 武帝以來，國有大喪，輒廢樂終三年。惠帝太安元年，太子喪未除，及元會亦廢樂。穆帝永和中，爲中原山陵未修復，頻年元會廢樂。是時太后臨朝，後父褚裒薨，元會又廢樂也。孝武太元六年，爲皇后王氏喪，亦廢樂。孝武崩，太傅錄尚書、會稽王道子議：「山陵之後，通婚嫁不得作樂，以一朞爲斷。」
>
> 及武帝咸寧二年十一月，詔：「諸王公大臣薨，應三朝發哀者，踰月不舉樂，其一朝發哀者，三日不舉樂也。」〔註 149〕

西晉的廢樂從表面上看來是對禮樂演奏形式廢而不用，使禮樂受到限制和冷落，是一種抑製禮樂正常發展的做法，但從禮樂本身所具有的功能上看，却恰恰是更加規範了這種音樂表現的方式，從而達到使其演奏更符合禮之標準的目的。從實際上說，與其說是短時間內中斷了雅樂演奏，不如說是用一種沉默的方式演奏了更爲嚴肅而莊重的雅樂規矩，正謂無聲勝有聲，是在用無言的形式表達了有聲的宣講與繁華所無法替代的權威性與典型性。經過曹魏的改造與接受，本已出現向新聲趨步之端倪的雅樂在西晉又有向兩漢回歸的趨勢。這種回歸對在漢末曹魏以來形成的文人的獨立意識和個體觀念無疑是當頭棒喝。

不僅宮廷禮樂如此，遇到大的薨喪，臣子貴族家庭也不能有任何聲樂，《晉書・鍾雅傳》載鍾雅彈劾梅陶便是一例：

〔註 147〕〔唐〕李昉等撰：《太平御覽・時序部・元日》冊 1 卷二十九，上海古籍出版社 2008 年版，第 381 頁。

〔註 148〕〔唐〕房玄齡等撰：《晉書・禮志上》卷十九，中華書局 1974 年版，第 608 頁。

〔註 149〕〔唐〕房玄齡等撰：《晉書・禮志中》卷二十，中華書局 1974 年版，第 618、630 頁。

明帝崩，遷御史中丞。時國喪未朞，而尚書梅陶私奏女妓，雅劾奏曰：「臣聞放勛之殂，八音遏密，雖在凡庶，猶能三載。自茲以來，歷代所同。肅祖明皇帝崩背萬國，當朞來月。聖主縞素，泣血臨朝，百僚慘愴，動無歡容。陶無大臣忠慕之節，家庭侈靡，聲妓紛葩，絲竹之音，流聞衢路，宜加放黜，以整王憲。〔註 150〕

魏晉之際個體所珍重的人格自尊和個體獨立性隨著西晉政權的建立和鞏固逐步失掉了社會所認可的價值，效法古聖王、期望再現曾經出現過的經典思潮成爲此時政治權力對社會思潮提出的新導向。

與禮樂的回歸相互補的是，西晉建國以後進行了大規模的雅樂整理活動。《宋書・禮志》：「晉始則荀顗、鄭沖詳定晉禮，江左則荀崧、刁協緝理乖紊。其間名儒通學，諸所論敘，往往新出，非可悉載。」〔註 151〕《晉書・荀顗傳》武帝時曾讓太子太傅侍中、太尉荀顗修訂朝廷雅樂，「時以《正德》、《大豫》雅頌未合，命顗定樂。事未終，以泰始十年薨。」〔註 152〕這個任務後來就落到了荀勖那裏：「（泰始）九年荀勖遂典知樂事，使郭瓊、宋識等造《正德》、《大豫》之舞，而勖及傅玄、張華又各造此舞哥詩。」〔註 153〕又《晉書・樂志上》：「泰始九年，光祿大夫荀勖始作古尺，以調聲韵，仍以張華等所製高文，陳諸下管。」〔註 154〕後來又「進位光祿大夫，既掌樂事，又修律呂，並行於世。」荀勖泰始九年「校太樂，八音不和，始知後漢至魏，尺長於古四分有餘。勖乃部著作郎劉恭依周禮制尺，所謂古尺也。依古尺更鑄銅律呂，以調聲韵。以尺量古器，與本銘尺寸無差」，而且「造新鐘律，與古器諧韵，時人稱其精密」。〔註 155〕荀勖於「太康十年卒」，又令其子荀藩「終父勖之志，鑄鐘鑿磬，以備郊廟朝享禮樂」。〔註 156〕《宋書・樂志一》亦載：「惠帝元康

〔註 150〕〔唐〕房玄齡等撰：《晉書・鍾雅傳》卷七十，中華書局 1974 年版，第 1878 頁。

〔註 151〕〔梁〕沈約撰：《宋書・禮志一》卷十四，中華書局 1974 年版，第 327 頁。

〔註 152〕〔唐〕房玄齡等撰：《晉書・荀顗傳》卷三十九，中華書局 1974 年版，第 1151 頁。

〔註 153〕〔梁〕沈約撰：《宋書・樂志一》卷十九，中華書局 1974 年版，第 539 頁。

〔註 154〕〔唐〕房玄齡等撰：《晉書・樂志上》卷二十二，中華書局 1974 年版，第 676 頁。

〔註 155〕〔唐〕房玄齡等撰：《晉書・律曆志上》卷十六，中華書局 1974 年版，第 490、491 頁。

〔註 156〕〔唐〕房玄齡等撰：《晉書・裴頠傳》卷三十五，中華書局 1974 年版，第 1042 頁。

三年，詔其子黃門侍郎藩修定金石，以施郊廟。」經過不斷討論和改制，晉代的禮樂在「兼採衆代」的基礎上，更爲完備。僅以武帝時期重新所定元會儀式中的音樂爲例，便可窺，《晉書・禮志》：

晉氏受命，武帝更定元會儀，《咸寧注》是也。傅玄《元會賦》曰：「考夏后之遺訓，綜殷周之典藝，採秦漢之舊儀，定元正之嘉會。」此則兼採衆代可知矣。〔註 157〕

咸寧注中元會禮儀中音樂、歌舞活動究竟是怎樣的，《晉書・禮志》引有詳細表述：

咸寧注：「……太官太樂令跪請奏雅樂，樂以次作。垂黃令乃出車，皇帝罷入，百官皆坐。晝漏上水六刻，諸蠻夷胡客以次入，皆再拜訖，坐。御入後三刻又出，鐘鼓作。謁者、僕射跪奏『請群臣上』……四廂樂作，百官再拜。已飲，又再拜……侍中、中書令、書令各於殿上上壽酒。登歌樂升，太官又行御酒……樂令跪奏『奏登歌』，三終乃降……群臣就席。太樂令跪奏『奉食舉樂』。太官行百官飯案遍。食畢，太樂令跪奏『請進樂』。樂以次作。鼓吹令又前跪奏『請以次進衆伎』。乃召諸郡計吏前，受敕戒於階下。宴樂畢，謁者一人跪奏『請罷退』。鐘鼓作，群臣北面再拜，出。」然則夜漏未盡七刻謂之晨賀，晝漏上三刻更出，百官奉壽酒，謂之晝會。別置女樂三十人於黃帳外，奏房中之歌。〔註 158〕

可見，在大型的朝廷集會中，音樂歌舞與繁瑣的禮儀活動相配合，形成了西晉禮樂文化的一個部分。以宮廷雅樂爲代表的禮樂與政治權力的緊密結合，使晉代的文藝思潮重新回到與政治的互相依賴關係，政治權威企圖依靠某一部分人的社會思潮的導向引力來完成禮樂的教化與實施，進而使國家的行政力量通過禮樂的規範性表現出來，而時代的思想家、藝術家、文學家也必須依靠政治的力量來實現其導向作用。二者的結合導致的直接結果就是人的思維方式的改變。《晉書・嵇紹傳》：

〔註 157〕〔唐〕房玄齡等撰：《晉書・禮志下》卷二十一，中華書局 1974 年版，第 649 頁。

〔註 158〕〔唐〕房玄齡等撰：《晉書・禮志下》卷二十一，中華書局 1974 年版，第 650 頁。關於晉代元會禮儀中的音樂活動，《宋書・禮志一》所引基本相同，只是談到「江左更隨事立位，大體亦無异也」。見〔梁〕沈約撰：《宋書・禮志一》卷十四，中華書局 1974 年版，第 344 頁。

紹嘗詣冏諮事，遇冏燕會，召董艾、葛旟等共論時政。艾言於冏曰：「嵇侍中善於絲竹，公可令操之。」左右進琴，紹推不受。冏曰：「今日爲歡，卿何吝此邪？」紹對曰：「公匡復社稷，當軌物作則，垂之於後。紹雖虛鄙，忝備常伯，腰紱冠冕，鳴玉殿省，豈可操執絲竹，以爲伶人之事！若釋公服從私宴，所不敢辭也。」冏大慚，艾等不自得而退。〔註 159〕

嵇紹是嵇康之子，在山濤的推薦下在西晉爲官，這件事發生時他已經是侍中，但是嵇康那種叛逆性格到嵇紹這裏已經發生了質的轉化，已不是對發自內心的個體人格和個體情感的消解，更不是《聲無哀樂論》中對音樂與個體關係的個性化呈現，而是轉化爲依據朝廷禮儀的形式提出對個體欣賞和娛樂的制約要求，認爲在這樣的匡扶社稷、討論時政之時演奏絲竹之樂不適宜，而演奏絲竹之樂，必當是在「釋公服從私宴」的前提下才可以進行。

文藝的審美是個體在接受過程中的情感體驗與感發，它要求欣賞主體必須拋開功利目的，當文學創作主體不是從情感體驗出發，而是嚴格地按照禮樂一統下的規範進行創作時，其中的人格特徵無疑正在被一種強制的理性壓抑。所以在西晉初期，靠模擬而進行的文學創作成爲主流。西晉初期居重要文學地位的傅玄，所創作除了郊祀廟堂之作以外，如《雜詩》「雷隱隱感妾心，側耳聽非車音」般清麗而眞摯的小詩不多見了，〔註 160〕更多的是模擬之作。其賦作如《大言賦》、《風賦》、《琴賦》、《彈棋賦》、《蟬賦》等等，都是承襲自前人的創作，在寫作方法上，也沒有新穎之處，不僅如此，在他的音樂賦作序言中，總嘗試爲各類樂器找到正宗的溯源。一個時代文學思想的局限往往制約著創作主體的感覺的敏銳程度。太康時期的代表作家左思的《三都賦》，傾注了十年精力而成，雖然一時引起洛陽紙貴的流行風暴，但終究沒有超越形式化的「屋下架屋」的套路。不但在藝術形式上並沒有超越班、馬，而且在內容上將文學作爲一種文藝思潮與政治的關係更明顯地表露了出來：司馬氏一統天下，需要有文學形式的謳歌，《三都賦》正是通過對蜀、吳、魏境況的極力鋪張描寫，將最終旨歸落入對統一的嚮往，可謂爲政治的統一做了極好的鼓手。

對人的自由精神的限制、對人的欣賞態度的限制，使人在創作過程中的

〔註 159〕〔唐〕房玄齡等撰：《晉書·嵇紹傳》卷八十九，中華書局 1974 年版，第 2299 頁。

〔註 160〕〔清〕沈德潛選：《古詩源》，中華書局 1963 年版，第 151 頁。

思維方式發生了無形的變遷，所接受的和所表達的不能够承載創作主體或接受主體的心靈呼喚，而是落入了表面的模仿。

二、音樂的奢靡享受對文學創作主體的精神異化

如果說禮樂思想的回歸對人的自由精神和人的主體性在進行無形的扼殺和弱化，那麼由對音樂享受的奢靡追求而導致的對個體生命的威脅與人的生存危機意識，則是另一個有關文藝接受的極端，其結果是直接導致人性的毀滅與人文精神的變異。當對音樂和文學的接受僅僅剩下感官上的享受時，其所蘊涵的人文精神和人格內涵也便蕩然無存，無盡的聲色視覺享受欲望慫恿人與人之間的關係也發生變異，正如袁濟喜先生所言，這種爲欲望所控制的生活，從本質上「與兩漢時代那些儒生爲了追求功名利祿而皓首窮經一樣，同樣是一種異化的人生，同樣是一種反人性的自戕，從人性的覺醒走到了人性的毀滅」。〔註 161〕

毫無疑問，對新聲的接受會自然而然地產生兩個截然不同的結果，一方面，新聲以其新穎而又有創造性的奇特視聽感受，對以往被政治單一化、被評價標準化的音樂進行了前所未有的解構，使人們的感官所及煥然一新，欣賞更爲多元、客觀、自然的音聲成爲社會興起的一股潮流。這無疑爲人們的審美觀念和審美體驗的轉變準備了前提。這時音樂能够承載人們的心靈，能發掘人的心靈和藝術審美感覺。但是另一方面，新聲形成的新潮極易轉化爲無休無止的個體欲望及人與人之間的攀比，追求新鮮的、純粹的感官刺激，不但距離審美體驗差之甚遠，有時候，人本身還要在他人的窮奢極欲中受到威脅。這一景況下音樂丟失了靈魂，自然也無法承載人的心靈，更無法承載一個時代對文藝本身的期望。從這一角度言，音樂的奢靡享受不僅是人性的自戕，還有對整個社會中人的生存意識的戕害。

發掘音樂的娛樂功能可能是一種必要的個人嗜好，若是能將發掘的娛樂與個體生命精神和心靈感悟相合，則會促成接受過程中由審美的感覺與體驗而產生的美感。然而，面對藝術，崇高與墮落之間、審美與奢靡之間，僅有一步之遙。即便是在社會潮流中具有導向作用的風雲人物也難免如此。《世說新語・忿狷》載：「魏武有一妓，聲最清高，而性情酷惡。欲殺則愛才，欲置

〔註 161〕袁濟喜著：《中國古代文論精神》，山西教育出版社 2005 年，第 240 頁。

則不堪。於是選百人一時俱教，少時，還有一人聲及之，便殺惡性者。」〔註162〕在這一方面，曹丕比其乃父有過之而無不及，他「發美女以充後庭」，〔註163〕更有甚者，「魏武帝崩，文帝悉取武帝宮人自侍」，以至於太后罵他禽獸不如，還不如早早死了的好（《世說新語・賢媛》）。〔註164〕

開國之君與勵精圖治之帝王的時代尚且如此，一旦所遇爲昏君傀儡，這種帝王的聲色享樂必然會引發國家社稷的危機與對人的生命的動輒踐踏。《三國志・魏志・齊王芳紀》裴注引《魏書》：

> 皇帝（齊王芳）即位，纂繼洪業，春秋已長，未親萬機，耽淫內寵，沉漫女色，廢捐講學，棄辱儒士，日延小優郭懷、袁信等於建始芙蓉殿前裸袒遊戲，使與保林女尚等爲亂，親將後宮瞻觀。又於廣望觀上，使懷、信等於觀下作遼東妖婦，嬉褻過度，道路行人掩目，帝於觀上以爲讌笑。於陵雲臺曲中施帷，見九親婦女，帝臨宣曲觀，呼懷、信使入帷共飲酒。懷、信等更行酒，婦女皆醉，戲侮無別。使保林李華、劉勛等與懷、信等戲，清商令令狐景呵華、勛曰：「諸女，上左右人，各有官職，何以得爾。」華、勛數讒毀景。帝常喜以彈彈人，以此恚景，彈景不避首目。景語帝曰：「先帝持門户急，今陛下日將妃后遊戲無度，至乃共觀倡優，裸袒爲亂，不可令皇太后聞。景不愛死，爲陛下計耳。」帝言：「我作天子，不得自在耶？太后何與我事！」使人燒鐵灼景，身體皆爛。
>
> 太后遭合陽君喪，帝日在後園，倡優音樂自若，不數往定省。清商丞龐熙諫帝：「皇太后至孝，今遭重憂，水漿不入口，陛下當數往寬慰，不可但在此作樂。」帝言：「我自爾，誰能奈我何？」〔註165〕

值得注意的是，此處的昏君具有強烈的自我意識：「我作天子，不得自在耶？」「我自爾，誰能奈我何？」這是一種完全失去理性的制約而淪落爲沒有任何

〔註162〕〔南朝〕劉義慶著，〔南朝〕劉孝標注，余嘉錫箋疏：《世說新語箋疏》，上海古籍出版社1993年版，第886頁。

〔註163〕〔晉〕陳壽撰，〔宋〕裴松之注：《三國志・魏志・楊阜傳》卷二十五，中華書局2011年版，第589頁。

〔註164〕〔南朝〕劉義慶著，〔南朝〕劉孝標注，余嘉錫箋疏：《世說新語箋疏》，上海古籍出版社1993年版，第669頁。

〔註165〕〔晉〕陳壽撰，〔宋〕裴松之注：《三國志・魏志・齊王芳紀》卷四，中華書局2011年版，第109、110頁。

約束的自我中心主義，而政治權力的至高無上又助長了這種狹隘的自我中心主義。沉迷於女樂新聲，安朝臣、理朝政之事早已被拋到九霄雲外，嚴重地影響了國家正常事務的處理，以至於齊王曹芳被廢的一個主要理由就是他：「不親萬幾，耽淫內寵，沉漫女德，日延倡優，縱其醜謔；迎六宮家人留止內房，毀人倫之敘，亂男女之節。」〔註 166〕這已經發出了典型的王朝末期「哀世之音」的歎息。儒家強調雅樂正聲，將鄭衛諸地方音樂和民間音樂都歸入「淫聲」的範疇，其實正是從防止這種王朝末期的毀滅病症出發，但在防範的過程中走向了矯枉過正，陷入了絕對理性決定論中難以自拔。審美體驗是從感性出發，但在審美過程中却是揉合了感性與理性的成分，從而尋找到美與價值之間的共性。過分的理性和整體的強調使一個時代變得死氣沉沉，沒有活力；過分的感性和個體享受的追求，使一個時代因爲失去了靈魂而在無拘無束中輕鬆地走向滅亡。袁濟喜先生稱這樣的欲望滿足的享受爲「像瘟疫一樣蔓延開來」的「世紀末病症」，這樣的享受不能、也不可能走向人的內心深處，引發美和良知的體驗，這是與儒家所倡導的理性決定相反的另一個極端，同樣陷入了感官決定的「泥塘」中。

由此看，郭茂倩《樂府詩集・雜曲歌辭》有關新聲流行的原因與弊端分析是十分準確的：

> 昔晉平公説新聲，而師曠知公室之將卑。李延年善爲新聲變曲，而聞者莫不感動。其後元帝自度曲，被聲歌，而漢業遂衰。曹妙達等改易新聲，而隋文不能救。嗚呼，新聲之感人如此，是以爲世所貴。雖沿情之作，或出一時，而聲辭淺迫，少復近古。故蕭齊之將亡也，有《伴侶》；高齊之將亡也，有《無愁》；陳之將亡也，有《玉樹後庭花》；隋之將亡也，有《泛龍舟》。所謂煩手淫聲，爭新怨衰，此又新聲之弊也。〔註 167〕

如上所述，西晉對音樂的態度存在較爲明顯的背離，禮樂的提倡和貴族音樂奢靡享受都可以視爲魏晉南北朝時期的典型。作爲一個新建立的一統王朝，西晉初期也努力營造盛世之音，但是畢竟又由於多元思潮的慣性，西晉初期

〔註 166〕〔晉〕陳壽撰，〔宋〕裴松之注：《三國志・魏志・齊王芳紀》卷四，中華書局 2011 年版，第 108 頁。

〔註 167〕〔宋〕郭茂倩編：《樂府詩集・雜曲歌辭》冊 3、卷六十一，中華書局 1979 年版，第 884 頁。

缺少漢唐前期那種盛世的氣勢。晉武帝司馬炎雖稱自己不好聲色，但是平吳、蜀後，便毫不遲疑地在太康二年就「詔選孫晧妓妾五千人入宮」，〔註168〕更不用說婦孺皆知的羊車指路的典故。晉滅三國，統一的不僅是政治權力和土地，還有各地的美人歌姬和音樂形式。王朝的統一為享受更為繁華多樣的音樂提供了當然的前提和可能，以致在兩晉，女樂享受已經發展為貴族們普遍追求攀比的主要方式，甚至成為個人財富多少的標誌。《晉書・石崇》載石崇：「絲竹盡當時之選，庖膳窮水陸之珍，與貴戚王愷、羊琇之徒以奢靡相尚。」他的寵妓很多，其中包括「美而艷，善吹笛」的綠珠、「妙年別五聲，能觀金色」的翾風等人。〔註169〕殷仲文「後房妓妾數十，絲竹不絕音。性貪吝，多納貨賄，家累千金」，〔註170〕賈謐更是「歌僮舞女，選極一時」。〔註171〕「挾琴之容飾而赴曲之和作」（戴邈《詣闕上疏》）。

即便到了貴玄虛的東晉時代，對女樂聲色的享受潮流也沒有因為對玄遠風尚的追隨而淡化。《晉書・謝安傳》載：「（安）雖放情丘壑，然每遊賞，必以妓女從。既累辟不就，簡文帝時為相，曰：『安石既與人同樂，必不得不與人同憂，召之必至。』」〔註172〕與此可互為補證的是《晉書・王坦之傳》所載：「初，謝安愛好聲律，朞功之慘，不廢妓樂，頗以成俗。坦之非而苦諫之，安遺坦之書曰：『知君思相愛惜之至，僕所求者聲，謂稱情義，無所不可，為聊復以自娛耳。若絜軌迹，崇世教，非所擬議，亦非所屑，常謂君粗得鄙趣者，猶未悟之濠上邪。』故知莫逆未易為人。」〔註173〕這種追求聽覺與生理快感的享受方式，無論拿什麼做外衣，包括集中於一身的政治權力、清高的精神嚮往、極度的財富彰顯，都無法掩飾一個時代走向精神萎靡和靈魂空虛

〔註168〕〔唐〕房玄齡等撰：《晉書・武帝紀》卷三，中華書局1974年版，第73頁。

〔註169〕〔唐〕房玄齡等撰：《晉書・石崇傳》卷三十三，中華書局1974年版，第1007、1008頁。又《記纂淵海・人倫部・寵嬖》引王嘉《拾遺記》：「石季倫有愛婢曰翾風，妙年別五聲，能觀金色。翔風年三十，妙年者疾之，崇乃退翔風為房老。」

〔註170〕〔唐〕房玄齡等撰：《晉書・殷仲文傳》卷九十九，中華書局1974年版，第2604頁。

〔註171〕〔唐〕房玄齡等撰：《晉書・賈謐傳》卷四十，中華書局1974年版，第1172頁。

〔註172〕〔唐〕房玄齡等撰：《晉書・謝安傳》卷七十九，中華書局1974年版，第2072頁。

〔註173〕〔唐〕房玄齡等撰：《晉書・王坦之傳》卷七十五，中華書局1974年版，第1968頁。

的事實。追求一種新鮮刺激，從而走向了一種超驗的感覺，失去了審美基礎，從而變成失掉了音樂靈魂的軀殼。

享受的變異引發了人文精神的極度變異，生命也在權勢與享樂之間失去了平衡，對人的人格——甚至生命——的踐踏與褻瀆，使音樂也捲入了感官刺激決定一切的變態享受中。《晉書・王敦傳》：

> 時王愷、石崇以豪侈相尚，愷常置酒，敦與導俱在坐，有女伎吹笛小失聲韵，愷便歐殺之，一坐改容，敦神色自若。他日，又造愷，愷使美人行酒，以客飲不盡，輒殺之，酒至敦、導所，敦故不肯持，美人悲懼失色，而敦傲然不視。〔註174〕

女樂成爲政治權力鬥爭的犧牲品，這是一個時代的悲哀。有時候，甚至會因爲女樂的爭奪而引發政治事件。《晉書・石崇傳》：

> 時趙王倫專權，崇甥歐陽建與倫有隙，崇有妓曰綠珠，美而艷，善吹笛。孫秀使人求之。崇時在金谷別館，方登涼臺，臨清流，婦人侍側。使者以告。崇盡出其婢妾數十人以示之，皆蘊蘭麝，被羅縠，曰：「在所擇。」使者曰：「君侯服御麗則麗矣，然本受命指索綠珠，不識孰是？」崇勃然曰：「綠珠，吾所愛，不可得也。」使者曰：「君侯博古通今，察遠照邇，願加三思。」崇曰：「不然。」使者出而又反，崇竟不許。秀怒，乃勸倫誅崇、建。崇、建亦潛知其計，乃與黃門郎潘岳陰勸淮南王允、齊王冏以圖倫、秀。秀覺之，遂矯詔收崇及潘岳、歐陽建等。崇正宴於樓上，介士到門。崇謂綠珠曰：「我今爲爾得罪。」綠珠泣曰：「當效死於官（君）前。」因自投於樓下而死。〔註175〕

當政治權力不能滿足人們近於瘋狂的佔有欲望時，女樂便當然地成爲變相的替代品。這種毫不遮掩的變態的佔有欲的滋生滅絕了人性中的良知成分，從而轉變爲一種變相的權力與財富爭奪的符號。一旦音樂的享受與女樂的蓄養被予以這一意義，就意味著人的生命本身失去了原本的意義。

心理學家馬斯洛指出，人有五種不同層次的需要，也就是生理的需要、安

〔註174〕〔唐〕房玄齡等撰：《晉書・王敦傳》卷九十七，中華書局1974年版，第2553頁。

〔註175〕〔唐〕房玄齡等撰：《晉書・石崇傳》卷三十三，中華書局1974年版，第1008頁。

全的需要、歸屬和愛的需要、尊重需要、自我實現的需要，要滿足高層次的需要，首先必須滿足較爲底層次的需要。健全的人格和健康的人文精神的構建正是自我實現需要的中心，而從一開始就落入了生理聲色享受和個體生命危急的兩晉文學創作主體，失掉了實現自我的基礎，在人文精神的變異條件中進行創作的主體，也喪失了從曹魏正始以來的人的精神獨立性。「欲望的年代既消解了人的深度追求，同時也使人的情欲得到承認與解放，它對於文學的發展有一定的促進作用。」〔註 176〕在這樣的追求個體享受甚至到了威脅人的生命的時代裏，困擾文學創作主體的往往是高度的生存焦慮與個體價值的矛盾。「不能慕遠，溺於近情」，〔註 177〕如何保全家族的利益和自身性命，便成爲文學創作主體最爲關注的焦點，作爲西晉文學鼎盛時期的太康文人，考慮最多是如何明哲保身、趨炎附勢。所以這一時期的創作走向了對外在形式的追求與模擬化的追慕。文士在骨子裏歎慕古人的人格力量與創作精神，但是在實際行爲上，又不可避免地走向了與他們所追尋的人格與精神相背離的生活實踐中去。

禮樂的回歸與儒學的倡導並沒有使文士實現自己的儒教理想，相反，使他們徘徊在保身與功業的思想爭鬥中，造成這一時期文人的人格精神的分裂——不管在他們如何用華麗的辭藻與盡力避免時弊的模擬方式來掩飾，最終還是暴露出了一個時代的精神荒蕪與精神異化造成的人格裂變。

同樣，追求感官上的聲色刺激、變態享受音樂的方式在南朝也是極其普遍的，南朝的開國皇帝出身都較爲低微，從政治權力的構成角度講，這打破了門閥士族一統政權的局面，但是個體修養不高、又有巨大的政治權力做後盾，這個社會便更加全面陷入無序狀態。君臣之間爭奪女樂享受，也就不足爲奇了。《南齊書・到撝傳》：

> （撝）妓妾姿藝，皆窮上品。才調流贍，善納交遊，庖厨豐腆，多致賓客。愛妓陳玉珠，明帝遣求，不與，逼奪之，撝頗怨望。帝令有司誣奏撝罪，付廷尉，將殺之。撝入獄，數宿鬚鬢皆白。免死，繫尚方，奪封與弟賁，撝由是屏斥聲玩，更以貶素自立。〔註 178〕

〔註 176〕袁濟喜著：《中國古代文論的人文追尋・人文走向與審美流變》，中華書局 2002 年版，第 281 頁。

〔註 177〕〔唐〕房玄齡等撰：《晉書・裴頠傳》卷三十五，中華書局 1974 年版，第 1042 頁。

〔註 178〕〔梁〕蕭子顯撰：《南齊書・到撝傳》卷三十七，中華書局 1972 年版，第 647 頁。

此事《太平御覽》列入「奢」類（卷四百九十三），《冊府元龜》分別列入「改過」類（卷八百九十七）與「憂懼」類（卷九百九）。倘若以此事表現到撝改邪歸正，不再貪圖享受，未免牽強。作爲皇帝，與臣子爭女樂，豈不是更應修正自己的德行，以勵精圖治？倘若以此表現到撝的憂懼，恐怕其眞正原因也是來源於王權的政治權力對自己政治生命的威懾，而不是來源於自己享受聲樂的懼怕。若要列入奢侈的典範，那就是有些荒唐了，南朝社會，本是一個「王侯將相，歌伎塡室；鴻商富賈，舞女成群，競相誇大，致有爭奪」的享受「盛」世，追求音樂的感官刺激已經不僅僅是王公貴族的專利，而在民間也頗爲普及，整個社會都陷入了享受的旋流中，時代的精神大廈已經坍塌毀燼，奢靡的又豈止到撝等數人？《南史・徐君蒨傳》載：「（君蒨）頗好聲色，侍妾數十，皆佩金翠，曳羅綺，服玩悉以金銀。飲酒數升便醉，而閉門盡日酣歌。每遇歡謔，則飮至斗。有時載伎，肆意遊行，荊楚山川，靡不畢踐。朋從遊好，莫得見之。」〔註 179〕至於爭奪女樂，自然不足爲奇了。更爲有意思的是梁武帝本人好禮樂，一遍遍稱自己不好聲色，但事實上他對俗樂新聲的喜好並不減弱，他自己改製新聲，《樂府詩集》卷二十六《相和歌・辭江南》：「梁武帝作《江南弄》，以代《西曲》，有《採蓮》、《採菱》蓋出於此。」又卷五十一《清商曲辭・江南弄下》：「《古今樂錄》曰：《上雲樂》七曲，梁武帝制，以代《西曲》。」在促成歌辭的進一步俗化方面，他也頗有創製：「（《上聲歌》）謂哀思之音，不及中和，梁武因之改辭，無復雅句。」（《樂府詩集》卷四十五《清商曲辭・吳聲曲辭》引《古今樂錄》）

表面上，蕭梁父子也是集政治權力與文藝思潮的引領於一身，但是在吸收民間音樂上，蕭梁和曹氏父子其實並不完全相同，在一個精神坍塌的時代，所形成的文藝思潮的導向作用是無法與一個上昇的時代比擬的。二者在音樂選擇的主體先導作用上全然不同，正如袁濟喜先生指出的：

> 可以這麼說，建安文學的興盛是與文人自覺地汲取民間文學的滋養分不開的。不過齊梁君臣對吳歌西曲這一類來自市井的作品主要是依據自己的口味作了選擇與改造。桔淮則枳，他們由於趣味的低俗，對民間文學中的色情猥褻的東西自然十分感興趣，而對其中的精華反而棄置不顧，這一點與曹氏父子及建安文人對漢樂府的選擇構成

〔註 179〕〔唐〕李延壽撰：《南史・徐君蒨傳》卷十五，中華書局 1975 年版，第 440 頁。

了鮮明的對照……可見同樣是對民間文學的愛好，蕭梁政權中人與曹氏集團的趣味是大不一樣的，並因此而影響到當時整個詩壇的狀況。在受民間文學的侵染、文人創作世俗化的過程中，主體的先導作用可以說是起著關鍵作用的。〔註 180〕

對於南朝的民歌接受，充斥著一種縱欲的意識與享受的人生態度，在文學領域中，這又爲宮體詩歌的出現提供了前提。撥開南朝文學繁榮的外衣，除了辭藻與聲色，只能滲透出一個時代審美精神和人格精神的全面崩潰和瓦解。

如果說西晉時期禮樂的回歸與奢靡造成了文人人格的分裂，那麼南朝充斥著的全面世俗則造成了文人人格精神的坍塌，文人的思想窒息於一個病恙的時代。

〔註 180〕袁濟喜著：《中國古代文論的人文追尋·人文走向與審美流變》，中華書局 2002 年版，第 283～284 頁。

第五章　魏晉南北朝主體精神探尋中文學與音樂的契合

整個審美過程中人的主體精神至關重要，魏晉南北朝文學與音樂體現出的愛護人的生命、關懷人的幸福、尊重人的人格和權力、肯定個體的人是整個世界的核心等都構成人們反思人之精神的主要方面。從接受音樂到通過與音樂的契合表現主體精神，嵇康和陶淵明構成了典型個案。《聲無哀樂論》強調審美主體的多元與審美客體的複雜以及二者關係的錯綜，最終目的都是要超越之、順化之，從而達到一種最佳的理想境界。從字面上，「聲無哀樂」闡述音樂作爲審美客體與人的哀樂情感毫不相干，重在強調二者的剝離狀態；實際上，「聲無哀樂」是在陳述審美主體的平和審美心靈所提供的預備狀態與審美客體的自然平和狀態之間絕對契合的理想境界，這種境界又是中國文學創作與欣賞中具有永恒生命力的成分所在。無論在音樂還是在文學領域，嵇康的理論理想與他的實際行爲之間存在著反差，這正是造成中國古代文士精神裂變的根本緣由。陶淵明超越了作爲客體存在的物質形態與物理屬性的「和」，將其直接融入個體的審美體驗中，通過一種超越物理屬性的自然方式達到創作主體與欣賞主體之間的心靈契合，昇華了魏晉以來建立在個體基礎上的主體精神。他用平和至靜的心態來化解胸中的悵然不平，超越了肉體生命的生與死的心理苦痛，既爲自身人格的分裂找到了藥方，也爲魏晉文士找到的心靈上的治愈良方與靈魂的精神家園。陶淵明實踐的超越藝術外形、超越物化形態甚至生命存在的方式，是文學與音樂契合的精神境界的至高點，也是藝術生命與個體人格在超越表達形式的前提下奏響的最和諧之音。

第一節　音樂接受與文學中的主體精神訴求

魏晉南北朝時期是一個審美的時代，其音樂的娛樂和審美功能逐步由服從於政教而走向獨立，而文學，作爲受到音樂藝術浸染的形式，也必然會產生一些相應的期待，儘管這些期待並沒有如同接受美學家所說的那樣，建立在以讀者爲中心的根基之上。文學思潮與人文精神共同構成了這一時代審美的特色，正如袁濟喜先生指出的，「這是一個具有深度，追求人文價值的年代，它構成了魏晉六朝審美文化的不同於歷代審美文化的卓犖風采與獨特韵致，因而我們要來瞭解這一時代審美風尚的特徵，不可不從內在精神價值系統由顯至隱地加以回溯。」〔註 1〕

一、作爲人的活動的音樂與文學的重新定位

中國古代傳統文化中對人的精神的發現由來已久，考察「人文」觀念的起源與發展，則人的精神之發掘歷經兩個層面，其一是考察作爲社會群體的人的精神力量，從而以集體的「大我」方式與自然進行對抗；其二是反思作爲個體的人所具有的精神品質，從而形成具有個體意識的自我。魏晉南北朝時期正是這兩個層面的轉化時期，其間體現出的對人本身的審美認知與對人精神的更新解讀，在中國傳統文化的歷史進程中具有舉足輕重的意義。

作爲社會人文思潮的主要導向，人的精神價值的實現方式隨著政治權力和社會構成方式的不同而不同。上古宗法社會中君臣關係往往不是單純的君與臣，血緣或師承的關係在維繫社會結構的有序及人與人的關係中起著決定作用，掌握了祭祀儀式和樂舞規則的人往往充當著社會知識分子的角色，擔任專門的教育職務的「瞽」，其實就是專門的樂師。整個社會靠一種集體的力量和自然進行對抗，文藝便是這種對抗的外化形式。《易・賁》所言「觀乎天文以察時變，觀乎人文以化成天下也」，其實是一種構建社會的方式，是原始社會在生產力不足以與自然進行抗爭的前提下，探究如何適應自然界的變化而進行對人類社會的調整。「文」本身就含有紋理有序的意思，所以人文也就是人與人關係的有序、整個社會在不斷調諧中的有序。社會的文藝思潮便當然地與一個社會需要達到有序的手段相結合，成爲詩樂教化的代名詞，詩樂便都被賦予了社會政治功能。春秋戰國時期，雖然朝秦暮楚、不忠於一君一

〔註 1〕袁濟喜著：《古代文論的人文追尋》，中華書局 2002 年版，第 267 頁。

國的自我價值實現方式並不受後人的讚賞，但思想家、政治家還可以靠遊說於各個諸侯國家，在多元化的政治權力選擇中實現對社會思潮的統領和自身價值的實現。孔子「惡鄭聲之亂雅樂」，因爲「鄭聲淫」，所以要「樂則《韶》、《舞》，放鄭聲」。此處「淫」的關鍵原因就在於鄭聲對社會的有序理想具有弱化作用，容易使社會群體中的個體產生不利於整體和諧的思緒，相傳爲三代帝王所作的雅樂被約定爲社會評價音樂的根本標準和體系，凡是聲調、音符、節奏與之不諧的，都必須受到排斥。簡言之，雅樂具有規範音樂思想進而規範人的思維方式的功用，而其直接的服務對象就是帝王或者政治權力。在諸侯並爭、天子權力近於虛設的時代，孔子正是因爲看到了音樂這種社會功能的弱化，再次提倡文藝的社會功能，希望能通過對社會思潮的扭轉進而改變社會政治的不和諧。所以儒家並不否定人的存在與人的社會的本質，孔子言「天地之性，人爲貴」(《孝經・聖治》)，孟子認爲「人和」甚至勝於「天時」、「地利」，人及人的活動構成了社會的根本因素，人也正是因爲具有這樣的社會作用才會與禽獸不同，「鳥獸不可以同群」，人只有和人相處才能構成有序的眞正意義上的人的社會。《孟子・離婁下》指出人與禽獸的不同就在於人能够「由仁義行」，因爲人的精神層面的存在——而不是物質實體的存在——使得人成爲這個社會中特殊的群體。這樣，「愛人」便當然地成爲儒家所倡導的精神層面中不可或缺的中心，愛人是對個體提出的要求，也是對整個社會提出的要求，個體必須在高尚的心靈情操的前提下與他人相處。所以要從讓所有人都安居樂業的前提出發，「老者安之，朋友信之，少者懷之」(《論語・公冶長》)，個體要養浩然之氣，「富貴不能淫，貧賤不能移，威武不能屈」(《孟子・滕文公下》)。沒有個體精神品格制約的社會文藝思潮也是無本之源，就是孔子所謂的「人而不仁，如樂何」。在個體具有較好的精神品格修養、內心平正的前提下，才能追求社會的整體的和諧，因此個體必須不斷地修煉自己，達到個體身心之外的社會和個體內心的和一，故而君子必須講究「愼獨」。由此，儒家承認人在社會中具有的重要作用，而且只承認人對社會整體具有積極的構建作用。荀子在《樂論》中一方面不否認音樂是「人性」的表現，可以感染人：「夫樂者，樂也，人情之所不免也。」一方面，將人情視爲一種沒有節制的情感，「民有好惡之情，無喜怒之應，則亂。先王惡其亂也，故修其行，正其樂，而天下順焉。」「人不能不樂，樂則不能無形，形而不爲道則不能無亂。」因此必須「以道制欲，則樂不亂。以欲忘道，則惑而不樂。故樂者，所以道樂也；金、石、絲、竹，所以道德也。」〔註 2〕儒家關注的人是具有絕對理性、能夠節制個體感性情緒的人。

秦漢以來，隨著中央集權制的出現，靠宗法和血緣關係來維繫社會的方式已經遭到解構，帝王具有了至高無上的絕對的權力，知識分子在這種專斷而又冷漠的制度中失去了與政治進行對話的權力，對於社會政治的極端走向也無力扭轉。「漢代思想家尤其是那些儒生，對秦朝毀棄仁義，刻薄寡恩的是深惡痛絕的，他們無力在事務上與帝王分庭抗禮，於是就憑藉其壟斷元典文化的壟斷權力，與帝王權勢相抗衡。」〔註 3〕在這種情況下，帝王的政治權力和知識分子的社會思潮導向之間其實形成了二元對立，二者在本質上是一種依存關係：帝王要實現政治局面的穩定和國家的統一，必須依靠社會思潮的穩定並使之發揮積極作用；知識分子必須依賴政治權力的強制性，才能使自己的思想具有社會價值，進而實現自身的存在價值。於是，社會的文藝思潮很自然地和社會政治權力結合了起來，出現了文藝政教功能的膨脹。錢穆對此的總結便是「《書》即禮也，《詩》即樂也。」〔註 4〕這種結合方式在一個王權強盛的帝國會形成表面上的嚴整有序和良性循環，魏晉南北朝後的封建盛世中慣性依存，如上文所言的《易・賁》「觀乎天文以察時變，觀乎人文以化成天下也」，唐代孔殷達疏：「言聖人觀察人文，則詩書禮樂之謂，當法此教而化成天下也。」李復《答人論文書》中也指出：「《易》曰『觀乎天文，以察時變；觀乎人文，以化成天下。』夫所謂人文者，禮樂法度之謂也。」但是在帝王權力弱化時期便會出現極端的不平衡，諸如「舉秀才，不知書；舉孝廉，父別居」的狀況從深層根源看，其實是社會政治本身出現了紊亂和無序。

從漢末建安前後到曹魏時期，君臣關係又發生了轉化，政權的持有者和政權的依附者一方面是主從關係，另一方面又是文藝創作的友人關係，從前者看社會結構在層級關係上發生了轉化，從後者看文藝思潮的社會功用發生了轉化。這一時期，帝王除了靠政治權力實現社會的治化，還依靠了自身在社會文藝思潮中的特殊地位導向了整個時代的潮流，他們無須完

〔註 2〕見〔清〕王先謙撰，沈嘯寰、王星賢點校：《荀子集解》卷十四，中華書局 1988 年，第 379 頁。

〔註 3〕袁濟喜著：《古代文論的人文追尋・論「興」的審美世界》，中華書局 2002 年版，第 176 頁。

〔註 4〕錢穆著：《國學概論》，商務印書館 1997 年版，第 22 頁。

全依賴思想家可以打造的社會思潮來鞏固政治權力，這樣，文藝思潮的發展終於回歸到了尋找自身特點、發掘自身魅力的時代。與之相應的是以悲爲美的音樂審美觀念不但在人們日常的欣賞中，而且在宮廷雅樂那裏也占據了重要位置，這一思潮很快在文藝形式中遍及，其中接受最爲直接的就是文學。

作爲欣賞主體的人，評價和欣賞文章，自然不是站在某一權威思潮的大一統籠罩下，而是呈現出多元的趨勢，人人都有自己不同的愛好，而且會因爲個體的差異而導致不同的結果，正如曹植《與楊德祖書》言：「人各有好尚，蘭茝蓀蕙之芳，衆人所好，而海畔有逐臭之夫；《咸池》、《六莖》之發，衆人所共樂，而墨翟有非之之論，豈可同哉。」〔註5〕而對讀者的欣賞能力和審美能力的期待也和音樂有不可分割的關係。曹植《與吳季重書》：「夫君子而不知音樂，古之達論，謂之通而蔽。墨翟不好伎，何爲過朝歌而回車乎。足下好伎，値墨翟回車之縣，想足下助我張目也。」〔註6〕李延濟注曰：「墨翟不好樂，而朝歌非妓樂，何爲過之而回車也。是其有不知音之蔽也，足下正直此縣，想亦助我張目，怒之也。好妓樂，知音也。」〔註7〕這是應用音樂來表達對讀者的期待，欣賞好的文學作品，讀者必須具備相應的欣賞能力和欣賞素養。對於未來的欣賞者，這裏也提出了殷切期待，希望他們具備良好的評價素質。曹丕《與吳質書》：「昔伯牙絕弦於鍾期，仲尼覆醢於子路。愍知音之難遇，傷門人之莫逮也。」〔註8〕寫作過程的眞情實感不但是欣賞者對創作主體的期待，更是創作主體自身的期待。文學創作主體在對自己的感思和心緒進行整合外現的過程中，音樂和文學不但具有相同性，而且具有等同的外化作用。曹植《幽思賦》曰：

> 顧秋華而零落，感歲莫而傷心。觀躍魚於南沼，聆鳴鶴於北林。搦素筆而慷慨，揚大雅之哀吟。仰清風以歎息，寄余思於悲弦。信有

〔註5〕〔梁〕蕭統編，〔唐〕李善注：《文選》卷四十二，上海古籍出版社1986年版，第1903頁。

〔註6〕〔梁〕蕭統編，〔唐〕李善注：《文選》卷四十二，上海古籍出版社1986年版，第1907頁。《文選》五臣注本無「夫君子而不知音樂，古之達論，謂之通而蔽」三句，李善注曰：「蓋昭明移之，與季重之書相應耳。」見1908頁。

〔註7〕《六臣注文選》卷四十二，見〔清〕紀昀、永瑢等：《景印文淵閣四庫全書》冊1331，臺灣商務印書館2008年版，第138頁。

〔註8〕〔梁〕蕭統編，〔唐〕李善注：《文選》卷四十二，上海古籍出版社1986年版，第1897頁。

心而在遠，重登高以臨川。何余心之煩錯，寧翰墨之能傳。〔註 9〕

對於自己的「傷心」、「慷慨」、「煩錯」等哀思與心緒，詩人借助兩個途徑來外化，其一是寄所思於「悲弦」，其二是借助「翰墨」，一方面借助音樂世界裏的音符來寄託，也就是劉晝所強調的：「樂者，天地之聲，中和之紀，人情之所不能免也。人心喜則笑，笑則樂，樂則口欲歌之，手欲鼓之，足欲舞之，歌之舞之，容發於聲音，形發於動靜，而入於至道。」音樂能够提供人的情緒和情感活動向外界宣泄和釋放的可能，從而成爲人的精神生活中必不可少的一個方面；一方面借助凝結在言語文字中的文學思緒來表達，也即劉勰《文心雕龍·明詩》所言：「人稟七情，應物斯感，感物吟志，莫非自然。」〔註 10〕兩種表達方式相互應和，即構成了文學創作主體的心靈。詩樂表達中的情感因素越來越受到重視，在創作過程中人情感的突出，必須以表達個體的情感需要爲出發點，相應的靠壓抑個體博得有序狀態與秩序的創作方式不能得到認可了。

創作者自身也明確認識到這種表達的重要，曹丕《與吳質書》：「少壯眞當努力，年一過往，何可攀援！古人思秉燭夜遊，良有以也。頃何以自娛？頗復有所造述。」〔註 11〕將「有所造述」看成是「自娛」，也就是看成一種具有審美作用的情感因素，藉以進行自我表演和自我安慰。自娛的方式可以有很多：可以是遊覽，如曹植《遊觀賦》所說的「靜閒居而無事，將遊目以自娛」；也可以遊獵，如曹丕所言：「彎弓忽高馳，一發連雙麋」；也可以是歌舞音聲，所謂「丹幃曄以四張」、「作齊鄭之妍倡」；也可以是以筆寫心，進行文學的交流與切磋，「文人騁其妙說兮，飛輕翰而成章」（曹植《娛賓賦》）。這些活動的共同特點都是娛心，使活動主體心情舒暢的同時能够得到審美的感受，突出主體本身的感受，將主體置於所有外在的客觀因素之上，心靈的安慰和心緒的安寧是最爲主要的。劉勰：「夫樂本心術，故響浹肌髓。」認爲音樂必須發自內心、根據人的性情而作，只有這樣才能達到感人的目的，才能感人至深到滲透肌膚，通徹到骨髓。陸機《文賦》：「伊茲事之可樂，固聖賢

〔註 9〕《全三國文》卷一三，見〔清〕嚴可均輯：《全上古三代秦漢三國六朝文》冊 2，上海古籍出版社 2009 年版，第 411 頁。

〔註 10〕〔南朝〕劉勰著，周振甫注：《文心雕龍注釋》，人民文學出版社 1981 年版，第 48 頁。

〔註 11〕〔梁〕蕭統編，〔唐〕李善注：《文選》卷四十二，上海古籍出版社 1986 年版，第 1898 頁。

之所欽，課虛無以責有，叩寂寞而求音，函綿邈於尺素，吐滂沛乎寸心。」〔註12〕文學創作給創主體的感覺不應是沉重的道德負擔，而是極大的精神享受——個體的精神享受。與此相通的是李漁《閒情偶寄・語求肖似》對文學創作的另一種形式——塡詞之樂的論述：「予生憂患之中，處落魄之境，自幼至長，自長至老，總無一刻舒眉，惟於製曲塡詞之頃，非但鬱藉以舒，慍為之解，且常僭作兩間最樂之人，覺富貴榮華，其受用不過如此，未有眞境之為所欲為，能出幻境縱橫之上者。」〔註13〕

魏晉南北朝時期有關人精神的解讀，是在前代人社會本質發現基礎上的更進一步的彰顯，如果說魏晉以前只是發現了人文所表徵的群體特性，並沒有發現其中所蘊含的個體精神價值，詩樂作為社會文藝思潮的重要組成部分，更側重於對人的社會特徵的彰顯與構建，則魏晉以來，愛護人的生命，關懷人的幸福，尊重人的人格和權力，肯定個體的人是整個世界的核心，成為人們反思人之精神的主要方面。人文精神的認知在反思中邁向了更高境界。

二、人格內涵的重新審視

與漢魏時期相比較，魏晉之際音樂與文人之間的關係更為密切，音樂不但成為文士藉以抒情的工具，更成為文士精神領域不可或缺的一個部分。音樂不僅是審美客體，而且是融合了個體人格精神的審美理想，與人們對自身價值和重要性的認知等量齊觀。通過音樂和音樂影響之下的文學，人們寄託著對現實生活中無法實現的個人價值和生命理想的不懈追求。

孔子言「放鄭聲，遠佞人。鄭聲淫，佞人殆」，較早將音樂與人格相關聯，雖然他所要求的人格與魏晉之際所要求的人格並不等同，一重在約束並規約自身行為從而適應來自社會的統一要求，一重在張揚和突出人的個體特徵，高揚主體生命的情趣。儒家所塑造的人格導向了心靈的善和品德的外在統一，卻造成了人格的不完整，孔子就曾經提出過「四毋」，「毋我」與小我相對，超越小我意味著超越個體的客觀存在，個體必須通過對自己的剋制與嚴格要求，必須成為品格高尚的人，德行的修養在維護人的心靈和社會的穩定中起著至關重要的作用。一旦社會對個體的人的同化需求與個體本身心靈的

〔註12〕《漢魏六朝百三家集》卷四十八，見《景印摛藻堂四庫全書薈要》冊469，世界書局1988年版，第558頁。

〔註13〕〔清〕李漁撰：《閒情偶寄》，吉林大學出版社2011年版，第26頁。

渴求發生衝突時，必須對本眞自然的人格進行壓抑甚至扭曲，以達到整體與表面的和諧，社會群體母體中個體的差異遭到了抹殺，個體人格丟失了差異性與作爲個體個性特徵。以宗法和血緣爲主要社會構建方式使得中國社會曾將個體對社會的責任作爲個體德性的重要方面，在個體的人格精神與社會的群體人格精神發生衝突時，毫不猶豫地選擇服從群體而放棄個體。

與漢魏之際將音樂作爲欣賞客體不同，魏晉以來，音樂一方面仍然是達官貴人們作爲娛樂的工具之一，這同以前並無太多區別，另一方面，音樂也逐步「內轉」。魏晉之際，認爲人只有在超越了來自人爲因素的約束，尤其是來自禮法的約束，才能在藝術中灌注能動的人格精神和生命體驗，因而自彈自唱，完成表演和欣賞的合一，形成一種自娛自樂式的音樂創作和欣賞方式，又是這一時期音樂的特有風格。《世說新語・簡傲》載阮籍在禮樂與政治權力面前的坦然行爲，就是這一時期個體人格與禮樂之間取捨的典型：

> 晉文王功德盛大，坐席嚴敬，擬於王者。惟阮籍在坐，箕踞嘯歌，酣放自若。〔註14〕

在經過了政治權力與社會思潮粘合的歷程後，知識分子，也就是引導一個社會的思想家，發現並不能因此而拯救已經走向紊亂的社會秩序，極度地依賴政治除了使文藝變成了權力的附庸以外，社會的思潮並不能彈劾極端化集中的政治權力，反而被其控制，不僅作爲社會良心和對社會進行反思與探尋的文藝思潮出現了變異，就連人本身也發生了變異。因而，從漢末開始，人們開始尋找與依附政治不同的途徑，期望通過另一種方式的探索解救社會的良心，從而也解救社會與社會中獨立的人。

反思人文精神在社會中的獨立性與實際功用，首先就是禮樂制度的解構。音樂中的人格內涵由集體人格精神內轉爲個體人格精神，由此引發了魏晉南北朝時期創作主體、接受主體、欣賞客體也發生了轉化。

創作主體表演的音樂與自己的人格力量相關聯，代表個體的意願，可以向時代的政治權力甚至權威說「不」。人格力量成爲創作主體釋放自己全部心理能量的必要前提。《宋書・范曄傳》載：

> （范）曄長不滿七尺，肥黑，禿眉鬚。善彈琵琶，能爲新聲，上欲聞之，屢諷以微旨，曄僞若不曉，終不肯爲上彈。上嘗宴飲歡適，謂曄

〔註14〕〔南朝〕劉義慶著，〔南朝〕劉孝標注，余嘉錫箋疏：《世説新語箋疏》，上海古籍出版社1993年版，第765頁。

曰：「我欲歌，卿可彈。」曄乃奉旨。上歌既畢，曄亦止弦。〔註15〕

面對音樂藝術時，政治權力對個體的威懾力降低，職位的高低可以不作爲絕對區別的標準，這正是一個時代文藝思潮和政治權力走向分立的一個方面。經過漢末的戰亂和社會的動蕩，社會群體人格價值受到了質疑，魏晉南北朝的社會思潮導向了微觀生命的關懷，社會藝術思潮更多地轉向與個體人格特徵相結合。《晉書・戴逵傳》載戴逵「好談論，善屬文，能鼓琴」，「常以琴書自娛」，「太宰武陵王晞聞其善鼓琴，使人召之。逵對使者破琴曰：『戴安道不爲王門伶人。』」〔註16〕可見，音樂被視爲與個體人格相關聯，彈與不彈，往與不往，完全由個體的意願來主宰，而不能囿於權貴權威。這與漢末杜夔不爲劉表奏樂有本質不同，〔註17〕杜夔是從雅樂的禮儀出發，認爲劉表非天子，而不應該在庭觀樂，而戴逵却是完全出於個人的喜好和人格，認爲自己所演奏音樂就是自己的一個表徵，奏與不奏，主要在於自己。個體將音樂表現方式作爲自己表現個體體驗與情感的自在因素。阮籍「兀然彈琴、長嘯，以此終日」，便屬此類（《太平御覽》引《魏氏春秋》）。

創作主體的對人文精神的再思考引發了接受者與欣賞客體的轉化。對接受者而言，這種超出了功利目的的表達內容與表現方式又與接受的非功利性相契合，從而引發審美過程中的「共鳴」或「知音」現象，也就是作爲滲透了創作主體精神和情感的作品的召喚力量對接受主體的感染力。《世說新語・任誕》：「劉道眞少時，常漁草澤，善歌嘯，聞者莫不留連。有一老嫗，識其非常人，甚樂其歌嘯，乃殺豚進之。道眞食豚盡，了不謝，嫗見不飽，又進一豚，食半餘半，乃還之。」〔註18〕音樂作爲人格的表徵，也成爲人與人之間在人格上相通的主要途徑。在人格精神上有相通之處的個體，在音樂認識和音樂欣賞方面必然有相同之處。這樣，由相遇而及相識、相知，都可以由

〔註15〕〔梁〕沈約撰：《宋書・范曄傳》卷六十九，中華書局，1974年版，第1820頁。

〔註16〕〔唐〕房玄齡等撰：《晉書・戴逵傳》卷九十四，中華書局1974年版，第2457頁。

〔註17〕《三國志・魏志・杜夔傳》：「荊州牧劉表令（夔）與孟曜爲漢主合雅樂，樂備，表欲庭觀之。夔諫曰：『今將軍號不爲天子合樂，而庭作之，無乃不可乎。』表納其言而止。」見〔晉〕陳壽撰，〔宋〕裴松之注：《三國志・魏志・杜夔傳》卷二十九，中華書局2011年版，第671頁。

〔註18〕〔南朝〕劉義慶著，〔南朝〕劉孝標注，余嘉錫箋疏：《世說新語箋疏》，上海古籍出版社1993年版，第736頁。

音樂作爲言表的媒介：「戴公從東出，謝太傅往看之。謝本輕戴，見但與論琴書。戴既無吝色，而談琴書愈妙。謝悠然知其量。」（《世說新語・雅量》）〔註19〕同樣，「賀司空入洛赴命，爲太孫舍人，經吳閶門，在船中彈琴。張季鷹本不相識。先在金閶亭聞弦甚清，下船就賀，因共語，便大相知說。問賀：『卿欲何之？』賀曰：『入洛赴命，正爾進路。』張曰：『吾亦有事北京。』因路寄載，便與賀同發。初不告家，家追問乃知。」（《世說新語・任誕》）〔註20〕這種相知是建立在彼此在心靈的相通上，也即創作者表達的思想感情與接受者的接受情感之間產生了共鳴所致。

> （阮籍）嘗遊蘇門山，有隱者莫知姓名，有竹實數斛，杵臼而已。籍聞而從之，談太古無爲之道，論五帝三王之義，蘇門先生翛然曾不眄之，籍乃嘐然長嘯，韵響寥亮。蘇門先生乃逌爾而笑。籍既降，先生喟然高嘯，有如鳳音。籍素知音，乃假蘇門先生之論以寄所懷。〔註21〕

> 籍又能爲青白眼，見禮俗之，以白眼對之。及嵇喜來弔，籍作白眼，喜不懌而退。喜弟康聞之，乃賫酒挾琴造焉，籍大悅，乃見青眼。〔註22〕

對欣賞客體而言，音樂由一種被欣賞的客體逐步融入個體的個性特徵，成爲個體自娛的標誌。音樂不再僅僅是一個沒有主動性的審美對象，而成爲和接受者具有相通性的人格的外在體現。這就要求藝術形式所承載的情感必須是眞實的，才能引起人們的共鳴。《禮記・樂記》中強調「惟樂不可以爲僞」，重在強調所借助的客體（音樂形式）與個體內在心理的一致性，這也是作爲個體人格精神的音樂所具有的基本特徵，音樂成爲表現個人窮究物理，獲得眞理的一個途徑。《晉書・律曆志》載：

> 荀勖造新鐘律，與古器諧韵，時人稱其精密。惟散騎侍郎陳留阮咸

〔註19〕〔南朝〕劉義慶著，〔南朝〕劉孝標注，余嘉錫箋疏：《世說新語箋疏》，上海古籍出版社 1993 年版，第 373 頁。

〔註20〕〔南朝〕劉義慶著，〔南朝〕劉孝標注，余嘉錫箋疏：《世說新語箋疏》，上海古籍出版社 1993 年版，第 740 頁。

〔註21〕《世說新語・栖逸》劉孝標注引《魏氏春秋》，見〔南朝〕劉義慶著，〔南朝〕劉孝標注，余嘉錫箋疏：《世說新語箋疏》，上海古籍出版社 1993 年版，第 740 頁。

〔註22〕〔唐〕房玄齡等撰：《晉書・阮籍傳》卷四十九，中華書局 1974 年版，第 1361 頁。

> 識其聲高，聲高則悲，非興國之音，亡國之音。亡國之音哀以思，其人困，今聲不合雅，懼非德正至和之音，必古今尺有長短所致也。會咸病卒。武帝以勖律與周漢器合，故施用之。後始平掘地得古銅尺，歲久欲腐，不知所出何代，果長勖尺四分。時人服咸之妙，而莫能厝意焉。〔註 23〕

就荀勖與郭夏、宋識等人共同研究的結果，認爲所造的新的鐘律是和古樂相符合的，當時，荀勖任中書職，馬端臨《文獻通考》指出魏晉以來，「凡任中書者，皆運籌帷幄、佐命移祚之人」，足見當時這一職位權力之大。有關荀勖諸人的研究結果，雖然也有人懷疑他們「暗解」，但都不敢得罪荀勖，只好趨附之，「稱其精密」，最爲典型的便是裴顧（《晉書・裴顧傳》）。而阮咸却認爲聲音太高，不符合古樂的雅正中和之響，並且堅持說出自己所認爲的眞相。結果付出了很大的代價，政治手段頗爲高超的荀勖「以爲異已，乃出咸爲始平相」（《晉書・樂志上》），阮咸還沒有來得及被徵回，便「以壽終」了（《晉書・阮咸傳》）。對於阮咸而言，音樂是嚴肅而且具有眞理的，不是權威所能够扭曲的。然而標誌著個體人格精神的音樂還需要寄託在客體中的實際情感也必須是眞實的，「咸妙解音律，善彈琵琶。雖處世不交人事，惟共親知絃歌酣宴而已。」〔註 24〕只有這樣，才能提供接受主體產生共鳴的必要條件。因而，音樂成爲表現個體個性本眞的重要方面，阮籍「日與劉伶等共飲酒，歌呼時人，或以籍生在魏晉之交，欲佯狂避時，不知籍本性自然也」，〔註 25〕就是將自己的生命體驗寄託在歌呼時人的形式中，從而使自己的本性自然得到釋放。

第二節　從《聲無哀樂論》看嵇康對主體精神的探尋

嵇康《聲無哀樂論》既是魏晉時期音樂理論創作的扛鼎之作，也是這一時期文學以論辯爲主要形式的代表作，很多研究都指出它揭示了主體與客體

〔註 23〕〔唐〕房玄齡等撰：《晉書・律曆志上》卷十六，中華書局 1974 年版，第 491 頁。

〔註 24〕〔唐〕房玄齡等撰：《晉書・阮咸傳》卷四十九，中華書局 1974 年版，第 1363 頁。

〔註 25〕《太平御覽・人事部・簡傲》引王隱《晉書》，見〔唐〕李昉等撰：《太平御覽・人事部》冊 5、卷四百九十八，上海古籍出版社 2008 年版，第 564 頁。

之間的複雜關係。從探討其中審美過程中的主體與客體出發，可以進一步探討嵇康乃至魏晉時期思想中的主客體關係。

一、個體審美體驗的重塑

儒家「雅」的審美所關注的審美主體大多都從群體角度出發，或者稱爲「民」，或者縮小其範圍稱爲「聖人」、「賢人」、「鄙人」，這些具有群體指代意義的審美主體代表某一個既定的階層，是從整個階層集體角度獲得對情感與道德的認知，究其實，與其說是主體，倒不如說是特定思想的接受客體。諸如孔子聞《韶》、季札觀樂，其實都是將個體所得的結論作爲一種群體的代言而提出，個體在審美活動中只是作爲代言者出現，而不是作爲具有主動審美性的獨立個體出現，其所得出的結論自然也是代表特定群體的感發。

> 夫喜怒哀樂，哀憎慚懼，凡此八者，生民所以接物傳情，區別有屬而不可溢者也。夫味以甘苦爲稱，今以甲賢而心愛，以乙愚而情憎，則愛憎宜屬我而賢愚宜屬彼也，可以我愛而謂之愛人，我憎則謂之憎人，所喜則謂之喜味，所怒則謂之怒味哉？由此言之，則外內殊用，彼我異名。〔註 26〕

《聲無哀樂論》從對「前論」所說的接受主體的群體審美所得結論的質疑開始，對那些被確信的記載與傳說提出了異議：

> 此皆俗儒妄記，欲神其事而追爲耳。欲令天下惑聲音之道，不言理以盡此，而推使神妙難知，恨不遇奇聽於當時，慕古人而歎息，斯所以大罔後生也。

魏晉時代，人們已經對儒學宣言中天眞童話的眞實性開始了質疑與咄咄逼問，阮籍在《達莊論》中寫道：「彼《六經》之言，分處之教也……夫守什五之數，審左右之名，一曲之說也。」〔註 27〕就是通過對比提出對儒學功能的懷疑。儒學思潮的權威被解構，一味追慕古人、崇信古人所言也開始受到批判。

〔註 26〕《全三國文》卷九四，見〔清〕嚴可均輯：《全上古三代秦漢三國六朝文》冊 2，上海古籍出版社 2009 年版，第 608 頁。本節未注明《聲無哀樂論》引文均出自此。

〔註 27〕《全三國文》卷四五，見〔清〕嚴可均輯：《全上古三代秦漢三國六朝文》冊 2，上海古籍出版社 2009 年版，第 592 頁。

嵇康認爲在現時社會中的欣賞活動，應該不只是靠聽取那些被傳抄千百遍、經過很多人改造的觀點，如果這些觀念成爲至高無上的眞理，當下社會的人都靠古人造就的經驗去處理現實社會所發生的事，那當下的審美就永遠都失掉了意義，因爲只是遠古時期的複製品，出神入化的「奇聽」已經隨著時間的流逝而無法還原了。審美過程中眞正依賴的不應該是這些前人所積纍的「前理解」，而應該是當下審美主體的審美實踐活動對古人理解的驗證，通過自己的審美感受和審美體驗，「推類辨物」，得出屬於個體自身的有效理解，具體的行爲應當是「先求之自然之道，理已足，然後借古義以明之耳」。沒有自己眞正的心得體會，却過多地依賴前人的言論作爲論據，這種欣賞態度並不可取，「未得之於心而多恃前言以爲談證，自此以往，恐巧歷不能紀耳」。

審美主體的這一變遷必然會引發審美結果的差異，群體審美所得出的一統結論也被解構，個體審美實踐與身心體驗成爲具有現實意義的審美形式。因此嵇康認爲羊舌母聽聞兒啼的典故也不見得對個體的審美具有正確的導向作用：

> 若神心獨悟暗語之當，非理之所得也，雖曰聽啼，無取驗於兒聲矣。若以嘗聞之聲爲惡，故知今啼當惡，此爲以甲聲爲度，以校乙之啼也……今晉母未待之於老成，而專信昨日之聲，以證今日之啼，豈不誤中於前世好奇者從而稱之哉！

當審美過程是成爲個體根據自己的審美體驗與審美實踐進行的心理活動時，審美也就有了多元的特性。這主要體現在兩個方面，其一是欣賞主體本身所具有的個體差異造成的多元層次，其二是個體心理的「前狀態」對審美過程的潛移默化造成的多元體驗。前者屬於創作主體與欣賞主體共有的氣質類型，曹丕《典論・論文》討論創作主體稟性「雖在父兄，不能移諸子弟」時已經展開過討論；後者則屬於欣賞過程中專有的接受心理過程，正是嵇康在《聲無哀樂論》中主體差異論的基礎。

人往往根據自身對事物的態度賦予其特定的情感，從而導致在具體審美過程中忽視了審美客體原先具有的自然屬性和客觀意義，將所有的焦點都集中在個體賦予的情感意義之上。嵇康認爲這是在音樂欣賞中常犯的錯誤：

> 夫五色有好醜，五聲有善惡，此物之自然也。至於愛與不愛，喜與不喜，人情之變，統物之理，唯止於此，然皆無豫於內，待物而成耳。

客觀存在所具有的好與丑、善與惡本來都是獨立於人的情感意向的，人們根據自己的喜好憎惡來看待事物，所以就賦予了這些客觀存在一定的情感意義。這一過程中，不同的審美主體產生的審美情感未必完全相同，完全是依賴於「人情」，「人情不同，各師其解，則發其所懷」。這裏的「人情」，其實就是在審美活動生發之前主體所持有的具一定傾向性的情感「前狀態」。個體的審美心理和情趣存在較大的差異性，具有多元的特點，面對同一欣賞客體，不同的「前狀態」會產生不同的審美效果：

> 夫會賓盈堂，酒酣奏琴，或忻然而歡，或慘爾而泣，非進哀於彼，導樂於此也。其音無變於昔，而歡戚並用，斯非吹萬不同耶？夫唯無主於喜怒，亦應無主於哀樂，故歡戚俱見；若資〔偏〕固之音，含一致之聲，其所發明，各當其分，則焉能兼御群理，總發衆情耶？由是言之……心志以所俟爲主，應感而發。

聽同樣的音樂，人們產生哀與歡兩類完全不同的情感表現，歸根結底，不是因爲音樂傳達了不同的情感因子，而是人們的「心志」不同，這些作爲潛在因素的「前狀態」，受到音樂的感染，由潛意識狀態激化爲顯性狀態，從而產生了「歡戚俱見」的場面。嵇康在《琴賦》中論述琴音對人的作用，也專門論及「懷戚者」、「康樂者」、「和平者」三種心情的人聽琴「所致非一」的不同情感表現。這是同一審美客體對具有不同「前狀態」的人影響所致。

同樣，不同的審美客體，可以在具有同樣「前狀態」的主體身上激發相同的感情：

> 夫言哀者，或見機杖而泣，或睹輿服而悲，徒以感人亡而物存，痛事顯而形潛，其所以會之，皆自有由，不爲觸地而生哀，當席而泪出也。今無機杖以致感，聽和聲而流涕者，斯非和之所感，莫不自發也。

審美主體不是被動地等待被感染，而是在審美過程中經歷了一個積極的過程：將自身潛在的心理狀態與審美感覺結合起來，在體驗中形成一種新的顯性的情感狀態。審美過程中所產生的具有情感意義的判斷並不是來自審美客體，而是直接取決於審美主體，主體在接受過程中激發自身「前狀態」的過程使其具有絕對的審美權威性。《聲無哀樂論》中解構了集體的審美主體和審美意識，其實就是解構了審美結果的一致性，個體作爲審美主體的「前狀態」的異同，又造成了審美實踐中的多元結果。

對審美主體這種欣賞過程中的心理狀態的認知並不是肇始自嵇康，《淮南子・齊俗訓》載：「夫載哀者聞歌聲而泣，載樂者見哭者而笑。哀可樂者、笑可哀者，載使然也。」〔註 28〕曹植《釋愁文》也認爲人在悲愁的前狀態下，「受之以巧笑不悅，樂之以絲竹增悲」。〔註 29〕嵇康《聲無哀樂論》中專門提出這一問題全面進行論辯，所體現的主體精神其實和他所主張的「越名教而任自然」相一致的，只有在完全放棄了名教所要求的審美經驗的前提下，才能成爲獨立的欣賞主體，這一主體是自然而然的獨立狀態與其完全自由的人格精神的統一，這種自在狀態不需要、也沒有任何強加的外力進行牽引，主體靠自身獨立的審美體驗與審美實踐實現了審美過程的自然狀態，這是個體人格精神在沒有受到任何人爲改造而產生的以自我爲主體的體驗與感受——雖然其情感結果是多元的。

二、審美客體的不確定性與獨立性

《聲無哀樂論》中所論及的音樂在因主體的欣賞作用而成爲審美客體的過程中，同一情感內容並不完全具有相同的表現特徵。如對同樣的客體，就存在「愛與不愛，喜與不喜」之別，在不同地域之間，又有「歌哭不同」的相異風俗。有時候這種差異由於「人情之變」，有時候却是由相應的民族性與地域性範圍內的約定俗成而決定，前一類屬於主體的差異造成的接受多元，上文已經進行了一定闡述，後一類却是由客體自身因素所致。歌哭的表現方式也是具有一定外化作用的媒介，而這一媒介又會隨著地方風俗的差異而有不同的表現形式，倘若音樂能够表現情感，就會因爲其民族性與地域性而造成混亂狀態，因爲不同地區、不同民族會採用不同的音樂形式來表達某一種情感，從而造成「音聲無常」的結果：

> 夫殊方異俗，歌哭不同。使錯而用之，或聞哭而歡，或聽歌而戚。然其哀樂之懷均也。今用均同之情而發萬殊之聲，斯非音聲之無常哉！

從符號表意的角度，哭並不一定就是悲哀的意思，而歡顏也不一定就是快樂的象徵。這種由局部地域和局部民族通過任意的選擇而確定下來的交際符號，雖然在某一範圍內具有約定俗成的約束力，但是一旦超出了這一範圍，

〔註 28〕陳廣忠譯注：《淮南子・齊俗訓》，中華書局 2012 年版，第 580 頁。

〔註 29〕《漢魏六朝百三家集》卷二十六，見《景印摛藻堂四庫全書薈要》冊 469，世界書局 1988 年版，第 146 頁。

就會出現認知上的差異，「音聲無常」的根本原因就是對審美客體的約定超出了有效力範圍。對於音樂的律呂，各個國家所採用的表達方式也必然不同，若單純以晉聲聽楚音，所得出的結論必然不是楚音之原意：

> 請問師曠吹律之時，楚國之風耶？則相去千里，聲不足達。若正識楚風來入律中耶？……今以晉人之氣吹無韵之律，楚風安得來入其中，與爲盈縮耶？風無形，聲與律不通，則校理之地，無取於風律，不其然乎？

嵇康用此，意在表明：因爲音聲的表現呈「無常」狀態，音樂寄託人們的情感根本不可能。且不論此說是否具有認識論上的矛盾，這一約定俗成的規約之失效造成的審美客體之多元却是不爭的事實。其實，作爲人的情感狀態的表現方式本身就是經過了一定的符號化和約定俗成的，「因事與名，物有其號，哭謂之哀，歌謂之樂」，以具有多元性的音樂符號，來表現同樣因規約失效而具有多義性的情感概念，在嵇康看來，除了引出混亂之外，別無所用。因此，歸根結底，應該取消這種牽強的對應關係本身。

《聲無哀樂論》中作爲審美客體的音樂，已經和上古的音樂形式具有了形式上的不同，上古音樂詩、樂、舞三位一體的存在形式已經被打破，變成了具有相對獨立性的「純音樂」，是脫離了外在因素的完全獨立的音樂，其實就是指一種完全由樂器進行表演而與人聲沒有任何關係的音樂。所以嵇康所理解的語言和音樂完全不同：「內有悲痛之心，則激哀切之言。言比成詩，聲比成音。雜而咏之，聚而聽之。」對於季札、孔子聽音的故事，嵇康並不認爲是從音樂的角度出發：「季子在魯，采詩觀禮以別風雅，豈徒任聲以決臧否哉！又仲尼聞韶，歎其一致，是以咨嗟，何必因聲以知虞舜之德，然後歎美耶？」既然二者都不是由聲，而是通過「采詩觀禮」的方式，其所依據的其實是詩歌中的言語內容。詩歌中既有人爲的語言成份，也有器樂的表演成份，嵇康將這二者完全分離開來。語言具有具體的表現內容，創作主體將自身激憤跌宕的情感寄託在其中，欣賞主體也可以從中領悟出這種情感，而音樂却與創作主體的情感沒有任何的關係，不能「象其體而傳其心」。這是音樂作爲審美客體與語言甚至舞蹈完全不同的地方。

> 且牛非人類，無道相通，若謂鳥獸皆能有（言），葛盧受性獨曉之，此爲解其語而論其事，猶傳譯異言耳，不爲考聲音而知其情，則非所以難也。

對於人與動物之間的溝通，嵇康認爲主要靠的是言語爲基礎的「傳譯」方式，但是人與動物「無道」溝通，從根本上不可能。而且，動物的聲音和人的聲音根本就不是嵇康所說的音樂的範疇，而是摻雜了非器樂的東西。儒家認爲人的道德具有超越一切的能量，所以「伯牙鼓琴，六馬揚秣」，關鍵不是人與動物之間是否具有相通性，而是人是否在所使用的媒介中注入了一種具有人格力量的感化因素。嵇康對此表示懷疑，其實就是對這種道德範疇中的人格因素的懷疑。不要說人與動物之間，即便是人與人之間，音樂與語言在溝通媒介的作用上也是有區別的，《聲無哀樂論》中專門舉了一個「易」解的事例來類比：

> 請問聖人卒入胡域，當知其所言否乎？難者必曰：知之。知之之理何以明之？願借子之難以立鑒識之域焉。或當與關接，識其言耶？將吹律鳴管，校其音耶？觀氣採色，知其心耶？此爲知心自由氣色，雖自不言，猶將知之，知之之道，可不待言也。若吹律校音以知其心，假令心志於馬而誤言鹿，察者固當由鹿以知馬也，此爲心不繫於所言，言或不足以證心也。若當關接而知言，此爲孺子學言於所師，然後知之則何貴於聰明哉？夫言非自然一定之物，五方殊俗，同事異號，趣舉一名以標識耳。夫聖人窮理，謂自然可尋，無微不照。苟無微不照，理蔽則雖近不見，故異域之言不得強通。

可見，音樂作爲審美客體具有不同地域不同民族之間任意約定俗成所造成的不確定性，也具有獨立於語言及歌舞形式的獨立性。

更爲重要的是，音樂獨立於作爲審美主體之人的情感，是超越了人爲的加工與改造因素的自然「體」。爲了突出這種獨立性，嵇康屢次用生理現象比喻音樂，儘管有些地方未免牽強，但強調欣賞客體獨立性的目的顯而易見：

> 然和聲之感人心，亦猶酒醴之發人情也，酒以甘苦爲主，而醉者以喜怒爲用。其見歡戚爲聲發，而謂聲有哀樂，猶不可見喜怒爲酒使，而謂酒有喜怒之理也。

> 夫食辛之與甚噱，熏目之與哀泣，同用出泪，使易牙嘗之，必不言樂泪甜而哀泪苦，斯可知矣。何者？肌液肉汁，踧笮便出，無主於哀樂，猶簁酒之囊漉，雖笮具不同而酒味不變也。聲俱一體之所出，何獨當含哀樂之理耶？

> 夫聲之於心，猶形之於心也，有形同而情乖，貌殊而心均者。何以明之？聖人齊心等德而形狀不同也。苟心同而形異，則何言乎觀形而知心哉？

> 夫曲用每殊，而情之處變，猶滋味異美，而口輒識之也。五味萬殊，而大同於美；曲變雖衆，亦大同於和。美有甘，和有樂。然隨曲之情，近乎和域；應美之口，絕於甘境，安得哀樂於其間哉？

音樂對於人情感的獨立，就如同酒不能使人喜怒、眼泪中沒有甘苦、外貌中不能窺視內心一樣，是「自以理成」的。欣賞主體不能從中得到有關哀樂的情感，是因爲主體根本就無法將哀樂的情感寄託給音樂：

> 且夫咸池、六莖、大章、韶夏，此先王之至樂，所以動天地感鬼神者也。今必云聲音莫不像其體而傳其心，此必爲至樂不可託之於瞽史，必須賢人理其管絃，爾乃雅音得全也。舜命夔擊石拊石，八音克諧，神人以和。以此言之，至樂雖待聖人而作，不必聖人自執也。

在嵇康眼裏，創作者與欣賞者無法通過音樂進行感情的交流，音樂不存在人爲的改造與變異，音樂之美實際表現在獨立之美與自然之美。倘若一定要賦予這些沒有情感屬性的自然之物以人的情感意義，只能是改變其屬性、強加其人之意志的行爲，如是改造過的客體，早已不是它本身，而是人的代言體。更不能因爲前人的改造就認可之、默認之甚至宣揚之。

三、主客體關係與主體精神的探尋

「聲音自當以善惡爲主，則無關於哀樂；哀樂自當以情感而後發，則無繫於聲音。」《聲無哀樂論》中「主人」所論及的主體情感與客體屬性在審美過程中處於分離狀態，互不相干：哀樂之情潛伏於主體，與音樂沒有任何關係，音樂有自身的內在規律，但這些都與人的感情無關。既然這樣，音樂何以成爲人們的欣賞客體，受到主體的關注？嵇康認爲這都是由於音樂和人各自的物理屬性，或稱自然屬性。「聲音之體盡於舒疾，情之應聲亦止於躁靜耳」，音樂的自然屬性在於其自身音高、音長、音色等的物理特徵以及節奏、律呂的舒疾緩急配合得當而形成的聽覺上的和諧，人的自然屬性便是猛靜、躁靜的氣質類型的外在表現，而不是喜樂哀痛的心理和情感狀態。在二者的自然屬性之間有一種對應，對於不同的樂器而言，「琵琶箏笛」能引起音高多變、節律緊湊引起人的「形躁而志越」，「琴瑟」能因音色清越、音高花樣相對少而吸引人的注意力，使人「虛心靜聽」，鐘鼓之類，則由於音強的強弱不同使人們「猛靜」不同。對於不同的樂曲，也是由於這些自然因素的不同作用而使人產生或神情專注、或躁動不安、或神態安詳的反應，而這些反應也都是人所天然具有的，不經過任何約束與刻意調整。

> 然皆以單復、高埤、善惡爲體，而人情以躁靜專散爲應。譬猶遊觀於都肆，則目濫而情放；留察於曲度，則思靜而容端。此爲聲音之體盡於舒疾，情之應聲亦止於躁靜耳。

從上古生民將自然界與藝術的生發關聯開始，音樂的產生與存在在嵇康看來就是一種純自然之象：「夫天地合德，萬物資生。寒暑代往，五行以成。章爲五色，發爲五音。音聲之作，其猶臭味在於天地之間，其善與不善，雖遭遇濁亂，其體自若而無變也，豈以愛憎易操，哀樂改度哉！」中國古代社會建立在農耕經濟基礎之上的生產方式決定著天氣變化與藝術相聯繫，音樂的產生便也和陰陽五行、寒暑交替等自然現象密切相關，這既是一種物理現象，同時也是人們對自然界充滿神秘感的原始認知生成的必然結果。春秋以後，對藝術的神秘感知逐漸退色，如何實現音樂對人的作用，盡可能地發揮藝術對於社會構建的功能成爲人們關注的主要問題。相對而言，嵇康不反對遠古生民對音樂藝術的觀念，但對由此衍生出來的強加給音樂的情感觀念却提出了針鋒相對的反詰，其傾向性不言而喻。

音樂內在的調和性完全是一種物理屬性，與人的附加行爲毫不相干，聲音的物理之和是審美主體感官體驗上的和諧之音，嵇康稱之爲「自然之和」：

> 音聲有自然之和而無繫於人情，克諧之音成於金石，至和之聲得於管絃也。夫纖毫自有形可察，故離瞽以明暗異功耳，若以水濟水，孰異之哉？

音樂自身的調諧性來自金石管絃演奏出的聲音的物理屬性的和諧，是一種自然而然的和諧，這與儒家所強調的「和」在本質上有著區別：儒家強調個體對於社會的改造作用與由此而產生的道德情操，經過了具有約束力度的審美視角的選擇；嵇康所說的作爲審美客體之和完全建立在樂器的本性上，處於一種「原生」的狀態——與儒家經過權威加工的禮樂相比，這才是「克諧之音」、「至和之聲」，其自然而然的狀態也是最能感染人的，「音聲和比，人情所不能已者也」，從骨子裏，這種音聲正是人情「不已」需要的產物。嵇康所要求的音聲的物理屬性之和諧是完全剔除雜質，回歸原初的，以至於「以水濟水」，物質上完全相同到幾乎無法分辨的程度。與此相應的，也應是人的自然而然、與生俱來的氣質類型，而不是經過社會化的情感狀態。

人之情千差萬別，主體的情感範圍也是多層而複雜的，選擇其中的哀樂兩種表現方式，只是取了兩個極端作爲典型而已，即便是在這兩類情感中，也有更爲細緻的區別：「哀樂各有多少。又哀樂之極，不必同致也。夫小哀容壞，甚悲而泣，哀之方也；小歡顏悅，至樂而笑，樂之理也。」對於這些欣賞過程中或悲或樂的心理，嵇康從本質上都是反對的，《琴賦》中所言以前文人對音樂的理解「稱其材幹則以危苦爲上，賦其聲音則以悲哀爲主，美其感化則以垂涕爲貴」，都是一些舍本逐末的伎倆，「麗則麗矣，然未儘其理也」。〔註30〕「躁靜者，聲之功也；哀樂者，情之主也」，音樂的自然狀態不與這些具有跌宕情緒的心理成分相關，也不與創作過程中的作者心理狀態相關，悲哀危苦之情，不是通過琴聲所演奏的音樂來傳達的，而是通過音樂賦文中流露在行文中的言語內容來表現的，所以儘管情感富麗、手法多樣，却並不合自然之「理」。音樂欣賞的最高境界不是產生或悲痛或喜樂的激動情緒，而是應處於一種超然的平和狀態，也就是要「和心」，內與外都達到一種至高的平和，這是審美主體內心深處超越了一切功利與虛榮的精神狀態，這本來就是人本身的原初情感狀態，是遠古生民的生存心態：

> 古之王者，承天理物，必崇簡易之教，御無爲之治，君靜於上，臣順於下，玄化潛通，天人交泰。枯槁之類，浸育靈液，六合之內，沐浴鴻流，蕩滌塵垢。群生安逸，自求多福。

這種依據人的自然而然的情性而構建有序社會的狀態在儒家提出「移風易俗」的補救方法時，已經被打破了，社會「衰弊之後」再尋求補救便會摻雜人們的私心雜念，由於強調人的道德情操對社會構建的作用而落入了世俗與鄙夷而已。嵇康之所以反對音樂中的哀樂情感，其矛頭其實直接指向的是對個體道德情操的刻意改變與塑造。從人的精神領域言，情感是人心理的本質，道德最終是一種人與人之間的人倫關係。中國古代社會特有的宗法制就是以血緣爲基礎的社會構建方式，由此而確立的人與人之間的情感也以血緣爲基礎。《樂記》有言：「其哀心感者，其聲噍以殺；其樂心感者，其聲嘽以緩；其喜心感者，其聲發以散；其怒心感者，其聲粗以厲；其敬心感者，其

〔註30〕〔梁〕蕭統編，〔唐〕李善注：《文選》卷十八，上海古籍出版社1986年版，第835頁。

聲直以廉；其愛心感者，其聲和以柔：六者非性也，感於物而後動。」〔註31〕將音樂與人的心理情感對應起來。嵇康反對這種機械的聲情關係，歸根結底就是爲了反對聲音具有感染人之道德的作用。個體任何具有一定傾向性心理的外顯，從某種意義上，都是對中正平和心態的破壞。學界多認可《養生論》是《聲無哀樂論》的哲學基礎，嵇康由養生的角度看待音樂。養生本身重視的就是個體情性與身心的陶冶與淨化，而「喜怒悖其正氣」、「哀樂殃其平粹」都不能養生，帶有偏頗致使心靈失衡的情緒狀態無疑是養生的大忌。唯有「寂然無思慮」、「養之以和」、「忘歡而後樂足」才能使養生所需要的個體靈魂精神淨化澄清到與自然萬物順化的境界，與音樂欣賞中的致和相一致。人的心態處於清靜自然的境界的行爲方式就是「默然從道，懷忠抱義而不覺其所以然也」，其所追求的精神外顯就是「和心足於內，和氣見於外」。只有內心具有超越一切功利因素的至上之和，才能達到自我精神與宇宙精神的契合。

由此，從音樂藝術審美主客體的關係角度言，「聲無哀樂」其中包含至少三個層次的和。

其一是音樂的「體」之和，也就是不經過任何人爲改造具有獨立性的音樂與不摻雜任何人爲因素的「純」音樂在自然屬性上的和諧。這種和諧性質完全基於音樂作爲一種自然界存在的物理特性而言，不存在任何人爲臆造與扭曲。音樂眞正打動人的是其物理的性質，是一種和諧而又平和的節奏與表現方式，是這種方式在感染人淨化人，而不是其中所表現的情感在規約人。它拒絕異化，保持自然的獨特性。

其二是審美主體的「心」之和，也就是脫離了任何道德約束與情感傾向的完全處於游離狀態的人的自在方式，這是個體靈魂與外界的自然萬物契合的基本條件，更是個體人格精神達到淨化與滌蕩的至高境界。這種心境拒絕任何導致心靈傾向的牽引，保持審美視野與審美心靈的獨立與純淨。

其三，具有自然諧和性質的音樂與具有平和境界的心靈在審美過程中的契合，這既是音樂產生「移風易俗」作用的根本所在，更是主體接受這種「移風易俗」作用的根本所在，契合的最終結果是實現與儒家所倡導的社會構建方式完全不同的另一類和諧構建方式。

〔註31〕〔清〕朱彬撰，沈文倬、水渭松校點：《禮記訓纂》，浙江大學出版社2010年版，第548頁。

> 故歌以敘志，舞以宣情；然後文以採章，照之以風雅，播之以八音，感之以太和。導其神氣，養而就之；迎其情性，致而明之；使心與理相順，氣與聲相應。合乎會通以濟其美，故凱樂之情見於金石，含弘光大顯於音聲也。

音樂由於自身比舞蹈、語言更爲抽象的特點，留給人們更爲廣闊的薰染空間，所以對人的作用更爲重要。否定音樂與哀樂等情感因素的關係，並不等於反對音樂與人的關係。音樂之大美在於對人的情性的迎合與發現，而人對音樂的最佳處理方式就是讓音樂的美充分從其自然的金石之音中表現出來，而不是進行與自己傾向性相適應的改造。只有以絕對平和的心態去欣賞絕對自然和諧的音樂，才能在精神上達到絕對的契合，如此的社會必然是「萬國同風，芳榮濟茂，馥如秋蘭，不期而信，不謀而成，穆然相愛」的。至於儒家通過追求八音和諧，企圖讓人聽起來覺得順耳，從而使人產生一種愉悅的心情，實現治化作用，「志微、噍殺之音作，而民思憂；嘽諧、慢易、繁文、簡節之音作，而民康樂；粗厲、猛起、奮末、廣賁之音作，而民剛毅；廉直、勁正、莊誠之音作，而民肅敬；寬裕、肉好、順成、和動之音作，而民慈愛；流辟、邪散、狄成、滌濫之音作，而民淫亂」，〔註32〕這樣的音樂雖然也可以成爲具有音律節奏的音樂，但是在對人的作用和對社會和諧的構建方式上，完全失效：「風俗移易，本不在此」。眞正對人的性情和社會的構建起決定作用的，應該是一種「無聲之樂」，是由至和之心聽取的至和之樂。這正是《聲無哀樂論》第八個回合的辯難對全篇理論的昇華，這一部分將音樂的功用與社會聯繫起來，並不是嵇康思想上的彷徨與矛盾，更不是嵇康的理念世界的混沌與模糊，而是歸根結底，爲沒有經過異化的自由的音樂和沒有被桎梏的自在的人格精神找到最終的歸宿。

如是，「聲無哀樂」在表面上不斷強調音樂於情感互不干涉的游離狀態，實際上却在爲二者在超越一切異化因素之外找到契合，袁濟喜先生指出嵇康所說的這種和，「是一種最高的人格與藝術相融合的境界，也是個體自由的境界」。〔註33〕實際上，這種和已經不只是「聲無哀樂」，而是聲心皆無哀樂，音樂的眞正功用在於使人「導養神氣，宣和情志，處窮獨而不悶」的前提下，

〔註32〕《禮記·樂記》，見〔清〕朱彬撰，沈文倬、水渭松校點：《禮記訓纂》，浙江大學出版社2010年版，第564頁。

〔註33〕袁濟喜著：《古代文論的人文追尋》，中華書局2002年版，第65頁。

〔註34〕達到對整個社會的作用。人的精神與音樂的契合超越語言、超越音樂、超越客觀之「象」，上昇到個體心靈審美的最高境界。

第三節　陶淵明的音樂與文學觀對魏晉以來主體精神的昇華

陶淵明的文藝思想集中體現在其音樂觀念與文學創作中，都是從主體之「和」的角度出發，通過超越客體物理屬性的自然方式達到創作主體與欣賞主體之間的心靈契合。陶淵明通過對自己審美理想的生活實踐，爲自身人格的分裂找到了藥方，也爲在「遇」與「不遇」的痛苦中掙扎的中國古代知識分子找到了精神家園，實踐並昇華了魏晉以來形成的有關人的主體精神。

一、陶淵明的音樂觀

「潛不解音聲，而蓄素琴一張，無弦，每有酒適，輒撫弄以寄其意。」〔註35〕這是沈約《宋書・陶潛傳》關於陶淵明之琴和音樂修養的記載，蕭統《陶淵明傳》中有相近描述。《晉書・隱逸傳》、《南史・隱逸傳》又借鑒沈、蕭所記，《晉書》還引入陶詩「但識琴中趣，何勞弦上聲」之句以佐證，將音樂素養與其本人的文學創作直接聯繫。然而觀陶淵明傳世詩文，多次出現音樂意象以及與音樂相關的描寫。其中有陶淵明從創作主體自身視角出發的，如敘述自己日常生活中音樂創作與演奏，則曰「息交遊閒業，臥起弄書琴」（《和郭主簿》），「清琴橫床，濁酒半壺」（《時運》），「欣以素牘，和以七絃」（《自祭文》）；敘述自己對音樂的態度，則曰「弱齡寄事外，委懷在琴書」（《始作鎮軍參軍經曲阿作》），「董樂琴書，田園不履」（《勸農》），「觴弦肆朝日，樽中酒不燥」（《雜詩》），「樂琴書以消憂」（《歸去來兮辭》）。也有從接受主體欣賞視角出發的，如「知我故來意，取琴爲我彈。上弦驚別鶴，下弦操孤鸞」（《擬古九首》），「今日天氣佳，清吹與鳴彈。感彼柏下人，安得不爲歡？清歌散新聲，綠酒開芳顏。未知明日事，余襟良已殫」（《諸人共遊周家墓柏下》）。由

〔註34〕〔晉〕陸機：《琴賦》，見〔梁〕蕭統編，〔唐〕李善注：《文選》卷十八，上海古籍出版社1986年版，第835頁。

〔註35〕〔梁〕沈約撰：《宋書・隱逸・陶潛傳》卷九十三，中華書局1974年版，第2288頁。

此，對將陶淵明「不解音聲」理解爲樂盲或音樂知識貧乏的質疑之聲也頗多。

琴是中國古代文人精神底蘊的象徵，音樂藝術修養是魏晉南北朝文人風度的普遍追求，陶淵明愛好琴，喜愛音樂藝術。陶詩中有「商歌非吾事，依依在耦耕」（《辛丑歲七月赴假還江陵夜行塗口》）、「原生納決履，清歌暢商音」（《咏貧士》）、「商音更流涕，羽奏壯士驚」（《咏荊軻》）、「上弦驚別鶴，下弦操孤鸞」（《擬古九首》）等句，將古代音樂理論與社會政治權力的對等關係融入詩句中，將音樂的具體風格與內容移植入詩歌的情感表現中。

陶淵明使用「素琴」，並非眞的是「不解」任何音樂的樂盲，也不是「偶然斷弦」，〔註 36〕沈約與蕭統距離陶淵明生活時間不到一百年，而且又是從正史的嚴謹視角進行敘寫，不應發生憑空臆斷，也不當以偶然入正史。梁代雖然是新聲興盛時期，但從官方政策上時時強調雅樂正聲，沈約作史也是從正統觀念出發，他與陶淵明音樂觀念存有差異也很自然，所言陶淵明不解的「音聲」範圍自然也不言自明。陶淵明所理解的音樂，並不是單單靠樂器的物理屬性表現出來的節奏與音律，而是通過創作主體心靈過濾並蘊寄著情感的音外之音。由於與創作主體的心靈達到了完全的契合，這種音樂超越了一切物化形式與媒介，過濾了包括琴本身的音聲猛靜、強弱、緊緩等在內的表現方式與物理成分，從而使音樂的創作與欣賞完全上昇爲一種思想領域的精神存在形式。弦的有無只能表現音樂客體的物質存在與主體的感官被刺激的程度，並不代表音樂情感和音樂精神的傳達。所以在陶淵明看來，審美的關鍵不在於自然屬性的和諧，而是人作爲有能動性的主體能不能「識趣」，創作主體通過自身的和諧心靈去演奏，欣賞主體通過自己的和諧心靈去體驗並感知，二者之間的直接交流與溝通超越了聲音媒介。作爲創作主體，不用擔心自己所潛蘊的情感表白能否被理解、被闡發，只要有知音，自然便能闡發，若不是知音，又何必一定要通過「弦上聲」來強制其接受呢。蘇軾正是從這種心靈的和諧對物化形態的超越的角度，對他所追慕的陶淵明做出了評價：

> 陶淵明作《無弦琴》詩云：「但得琴中趣，何勞弦上聲。」蘇子曰：淵明非達者也。五音六律，不害爲達，苟爲不然，無琴可也，何獨弦乎？〔註 37〕

〔註 36〕參見王定璋：《陶淵明懸案揭秘》，四川大學出版社 1996 年版，第 83 頁。

〔註 37〕《陶淵明非達》，見〔宋〕蘇軾著，傅成穆儔標點：《蘇軾全集》卷六十五，上海古籍出版社 2000 年版，第 2075 頁。

我笑陶淵明，種秫二頃半。婦言既不用，還有責子歎。無弦則無琴，何必勞撫玩。〔註38〕

蘇軾認爲陶淵明和劉伶都非「達者」，就是從「但識琴中趣，何勞弦上聲」的超物化形態角度發出的追述，這並不意味著蘇軾在反駁陶淵明，事實上，蘇軾認爲「淵明形神似我，樂天心相似我」，將陶淵明作爲自己的異代知音，他是沿著陶淵明審美觀念中的原本之「趣」，認爲審美主體與審美客體之間通過至和之靈魂所溝通的契合，超越的不僅僅是弦所發出的音聲的有無，連琴本身也是可以超越的。蘇軾作《題沈君琴》也是本著這樣的具有超感功能的審美體驗：「若言琴上有琴聲，放在匣中何不鳴，若言聲在指頭上，何不於君指上聽。」聽琴的本質不在琴、指、弦，而在超越時空、超越所有物化媒介的心靈體驗。蘇軾發掘了陶淵明蘊含在「音聲」中的主體精神，他自己也便成爲陶淵明的知音，不管實際上他與陶淵明距離的時代有多遠。

至此，陶淵明之後直到今天，將陶淵明會不會彈琴作爲探索其內在思想和創作的一個主要根源，似乎是多餘的。彈琴，關鍵不是在琴弦的有無或彈奏技巧，甚至有時候，琴本身也是可有可無的，演奏主體的平和態度和心境的寧靜，構成了彈琴本身的主體力量，彈者自有寄託方式，聽者自有解「託」方式，這才是陶淵明所追求的境界，聲的有無、序的嚴整、物的存在於一個精神達到極其平和的個體處是沒有意義的。

二、陶淵明的文學視野

陶淵明這種「何勞弦上聲」的審美觀念同樣滲透在其文學創作理念中，一方面是對作爲物化意象媒介形式的超越，另一方面是用心靈時空突破並超越了物理時空的局限。

《五柳先生傳》中陶淵明的自畫像爲：

好讀書，不求甚解；每有會意，便欣然忘食……常著文章自娛，頗示己志。忘懷得失，以此自終。〔註39〕

陶淵明所理解的讀書方式與傳統的學問方式不同，不是經過字斟句酌地研究

〔註38〕《和頓教授見寄・用除夜韵》，見〔宋〕蘇軾著，傅成穆儔標點：《蘇軾全集》卷十三，上海古籍出版社2000年版，第146頁。

〔註39〕〔晉〕陶淵明著，龔斌校箋：《陶淵明集校箋》，上海古籍出版社1996年版，第420頁。本文所引陶淵明詩文，多據此本。

與討論去挖掘字面的意義，而是通過閱讀獲得一種心靈上的通感，這並不意味著所得甚少而不足以娛心，而是通過超越言語媒介和文字媒介而直接溝通心靈體驗的接受方式。這種「不求甚解」的閱讀方式倘若用傳統儒家經學學問的角度看，恐怕陶淵明不只是「不解音聲」，而是連書也「不解」了。

在陶淵明看，理解文學並不意味著停留在文字與修辭，而是潛藏在文字之外的情感體驗，審美過程不是按照經典權威的解釋去獲得一種知識結構定勢薰染，而是達到主體「會意」忘我的過程。與漢儒皓首窮經注釋字義的方式不同，與王弼、何晏諸人貫通儒道、企圖尋找一種合理而折中解釋的努力也不同，陶淵明以「遊好六經」的方式，用自己的心靈閱讀，而不是靠前人的框架與結構去閱讀。朱光潛先生將陶淵明的讀書與心靈結合起來，指出這種超越了語言媒介的接受方式中所蘊含的主體選擇：

> 淵明是一位絕頂聰明的人，却不是一個拘守系統的思想家或宗教信徒。他讀各家的書，和各人物接觸，在於無形中受他們的影響，像蜂兒採花釀蜜，把所吸收來的不同的東西融會成他的整個心靈。〔註 40〕

陶詩中表達意念的形象趨於不確定與日常化的痕迹，傳統的「意」與「象」之間關係發生了轉移。

《易傳》:「聖人有以見天下之賾，而擬諸其形容，象其物宜，是故謂之象。」認爲聖人立「象」以見「意」，傳統的「意」「象」關係上，二者不可分離、互爲依賴，「象」作爲審美客體，根本目的在於寄託「意」;「意」代表審美主體的心靈，也是通過象的描述才能顯現。文學在人的心靈與自然萬物之間構成一種內在的必然聯繫，立「象」的根本目的在於表現「意」，人的「意」是當然的中心，「象」具有以人的意志爲啓發的傾向性。在很長時間內，「意」的主體「人」是具有群體特徵的集體情節之人，作爲個體的主體基本上處於被淹沒的狀態。魏晉時期，個體意識覺醒，代表個體的人的意志開始出現，「象」在文學中更爲頻繁地出現，這是魏晉時期主體意識開始浮現的表徵之一。無論是以個體還是以群體爲中心，在「意」、「象」關係上都是將主體的意志加到某一個獨立特定的物上，通過對物的期待與代物表白來解釋主體心中的悲樂情結。

陶淵明詩文中的「象」與衆不同，具有不確定性，綜觀陶詩，或言雲或

〔註 40〕朱光潛著：《詩論》，三聯書店 1984 年版，第 264 頁。

言雨，或見秋菊或飲美酒，這些錯綜使用的意象淡化了客體的象徵意義，使之由人所賦予的固化意義回歸到自然狀態。「採菊東籬下，悠然見南山。山氣日夕佳，飛鳥相與還。」一連出現了四個不同的意象：秋菊、南山、夕照、飛鳥，它們也都僅僅作爲客觀的存在，不寄託主體的任何意志，擡眼所望，都只是一個個自然中的獨立存在的物。正因爲客體回歸到本眞的原生的物的狀態，失去強加施予的傾向性，才能體現出主體之情的平和與寧靜，在這種無所寄託、超越寄託的平和中，主體之「眞」與自然之「眞」相契合。這與「識趣」對琴聲的超越異曲同工，最終都在強調精神絕對自由的主體面對具有物化形態的客體時在精神領域的審美感知。「象」的選擇回歸到了物化本身，就意味著那些特定地賦予特殊意義的客體開始失去了其特殊意義，日常生活的意象以獨立自在的狀態進入陶詩。上所言秋菊、南山、夕照、飛鳥都是日常所見日常之景，另外如南野、草屋、榆柳、桃李、遠村、近烟、鷄鳴、狗吠，甚至子女、鄰里都成爲陶淵明文學創作中的審美客體，「曖曖遠人村，依依墟裏烟」、「狗吠深巷中，鷄鳴桑樹顚」，既是創作主體日夕相伴的生活之「象」，又以其獨立的形態出現。很多時候，特定「象」的意義在陶淵明的創作中轉化爲日常生活之「物」，這也是其創作中意象高頻使用的原因。

「意」超越「象」，直接融入平和的自然中，這是主體精神與自然精神的直接融通，將自身的藝術美建立這個宇宙世界自然美之上。

現實生活時空往往成爲創作者感覺時空的基礎，其構建的規律和文學語言邏輯規範在陶淵明的創作中被打破了，成爲創作主體的心靈時空，古與今、天地自然、人與物在這個特殊的時空中相互交錯，用跳躍而超驗的方式相互聯繫。

桃花源中從山之小口至豁然開朗之境，其中生活的人們「乃不知有漢，無論魏晉」的極度寧靜，在「人境」的喧囂空間中，由心靈的平和而達到「心遠地自偏」的超然態度，都是一種主體的心靈時空。這種具有隨意性與任意性的時空超越了生活境況和人生社會關係，完全進入了創作者的思維空間、感情領域，從而使主體的精神境界在物理世界之外開闢出一個無限廣闊的心理國度，從而達到人與自然、人的生命與自然靈性、人的精神與自然神韻的相互溝通。

心靈時空的存在其實是創作主體對自身生活的物理世界中特定時空的超越，最爲典型的是個體的物化存在的肉體生命也可以成爲靈魂超越的對象。

生命過程既然是一個「存生不可言」、「奄去靡歸期」過程，那就坦然去面對，「自古皆有沒，何人得靈長？不死復不死，萬歲如平常」（《讀〈山海經〉》）。對生的留戀，其實就是對物化世界中物的留戀，包括對自己的功德、名利等的不願捨去，其實這些正是人的精神境界中最不應留戀的，「應盡便須盡，無復獨多慮」（《形影神》），肉體的生命既然不能長久，就應該與自然萬物同為一體，達到最終的融合，「死去何所道，託體同山阿」（《輓歌》）。

可見，陶淵明「何勞弦上聲」的音樂審美與文學創作中的審美觀念是彼此融通的，其超越的不僅僅是客體，還包括主體本身的物化形式與固有邏輯，只有擺脫所有附加在人的精神領域中的物的局限，也唯有如此，才能達到精神境界的絕對自由。

三、陶淵明審美觀念對魏晉以來創作主體精神的昇華

對生命的渴望和追求，成為漢末以來文人主體意識涌動與覺醒的主要標誌。人生坎坷、壯志難酬的無限悲傷，對人生短暫和死亡頻繁出現在自己周圍的無奈，使人們強烈地意識到命運再不是由天所確定的，生與死也不再僅僅隸屬於天人關係的認知範疇中。這種生命意識投映到詩文中，便是《古詩十九首》折射出的對人生短暫的憂慮不安，三曹七子詩歌，如《短歌行》、《大墻上蒿行》、《七哀詩》等中普遍存在著因生命短暫而強調及時行樂的情緒。在建安時期，這種對生命的渴望表現為功業之心不能得到實現而產生的人生苦短的深沉感慨，至正始之音，則是對個體生命不能自主而發出的人生無常的悲憤與反抗。從他人肉體的泯滅與自身有限生命的不斷流逝中，魏晉士人發現了主體生命的可悲之處：

> 定命論泯滅了主體與客體的界限，在無法抗拒的命運面前，主體的憂懼與怨哀都無必要，剩下的是「樂天知命而不憂」。魏晉士人拋棄了命定論，將人生變故看作人類活動本身造成的，人的死亡是由戰爭、疫癘和疾病等原因引起的，沒有超自然的鬼神在起作用……正因為人的死亡是不可抗拒的自然規律在起作用，時空無限而人生有限，所以悲哀與孤獨才是人生的底蘊。這是一種基於自我覺醒之上的時代情緒，它深深地影響到文學與審美風尚之中。〔註41〕

〔註41〕袁濟喜著：《古代文論的人文追尋·憂生於輓歌》，中華書局2002年版，第257—258頁。

這一時期出現的遊仙詩，最直接的原因就是人們渴望生的永恒與肉身的不滅，當時的人大多服藥，講究養生之道，以期獲得長生不老。

陶淵明也有對生命的思考，歲月的推移也在無時無刻不增加著他對生命將逝的擔憂：

日月還復周，我去不再陽。眷眷往昔時，憶此斷人腸。（《雜詩》）

重雲蔽白日，閒雨紛微微。流目視西園，曄曄榮紫葵。於今甚可愛，奈何當復衰。（《和胡西曹示顧賊曹》）

悲日月之遂往，悼吾年之不留。（《遊斜川序》）

在他所生活的普通百姓中，生命的脆弱性暴露得更爲簡單而直接：「徘徊丘隴間，依依昔人居。井竈有遺處，桑竹殘朽株。借問採薪者，此人皆焉如？薪者向我言：『死歿無復餘』。『一世異朝市』，此語眞不虛！」（《歸田園居》）物是人非，生命不再，在整個世界中如此平常。面對人之「肉身」及其局限性，他又表現出超然的態度：「人生似幻化，終當歸空無」（《歸田園居》），「百年歸丘壟，用此空名道」（《雜詩》）。生老病死既然是人生必然要經歷的，就應當以坦然的態度面對。

在對待生與死的關係上，魏晉時期不盡一致，建安正始時期生死完全出於對立的狀態，死亡就是對生的扼殺，要求得永生就必須逃避死神。但東晉士人則更傾向於將生死統一起來，追求形神相親的境界。對於陶淵明而言，人的死亡僅僅是肉體形式的消亡，他對時人瘋狂追求肉體永恒的方式不以爲然，對所謂的永生提出了疑問：「運生會歸盡，終古謂之然。世間有松喬，於今定何間」（《連雨獨飲》），「彭祖愛永年，欲留不得住」（《形影神》）。即便是通過各種強加給肉體生命的強制措施得到了不死之目的，又能怎樣呢？「自古皆有沒，何人得靈長？不死復不老，萬歲如平常」（《讀山海經詩三首》），所實現的除了時間與空間上的重複和再現，又別無任何意義。在《形影神》中，集中表達了陶淵明對人的生命的意義和看法。形與影之間的贈答其實就是人們對待生命不能永恒的現實解決方法。《形贈影》借「形」表白長生既不可得，「天地長不沒，山川無改時。草木得常理，霜露榮悴之。謂人最靈智，獨復不如茲。」還不如回歸到自然中去，享受既有的人生，「願君取吾言，得酒莫苟辭。」《影答形》則託「影」認爲生既不可得，那就只有立名立善來求得永久了，「身沒名亦盡，念之五情熱。立善有遺愛，胡爲不自竭」。「形」求眞的境界，其觀點接近正始之音，而

「影」的觀點則接近傳統儒家。但這兩種觀點都有局限，《神釋》中指出「縱浪大化中，不喜亦不懼」的一切順應自然的方式才是對待生死的最好辦法。只有從超越生與死的界限而不將二者置於全然對立的角度上，才能有坦然的心境去對待肉體生命的存在與消亡。這種態度同樣在《輓歌詩》三首中體現了出來，陶淵明在詩中設想自己死後的一系列情景，哀畢復樂，但最後自己所得結論却是「死去何所道，託體同山阿」，將死視爲回歸自然的正常之事。死不應令人畏懼，生亦不應令人竊喜。因肉體的生死對立而產生的對死的恐懼在陶淵明坦然而又心平氣和的心境中沖淡著、化解著，最終超越了物的形式，走向了精神的絕對自由。

陶淵明對肉體生命的觀念拋開了生死對立，使人的自然之性得到回歸，這從表面上看似乎來自道家所提倡的自然觀念，其實二者並不相同。陶淵明能坦然面對肉體的死亡，但對於死亡所激起的情感悲痛，他仍然無法超越：「銜哀過舊宅，悲泪應心零。借問爲誰悲？懷人在九冥。禮服名群從，恩愛若同生。門前執手時，何意爾先傾！在數竟未免，爲山不及成。慈母沉哀疚，二胤才數齡。雙位委空館，朝夕無哭聲。流塵集虛坐，宿草旅前庭。階除曠游迹，園林獨餘情。翳然乘化去，終天不復形。遲遲將回步，惻惻悲襟盈。」（《悲從弟仲德》）這讓人不禁想起莊子喪妻而「箕踞鼓盆而歌」的情形，莊子認爲妻子因死而回到了自然原初形態，是値得慶賀之事（《莊子・至樂》）；阮籍當葬母，却仍然喝酒吃肉，臨葬直言「窮矣」而吐血廢頓（《世說新語・任誕》）。陶淵明是一個生活在現實中實踐自己信念的詩人，他考慮的重點是一個獨立個體生命的存亡，他所強調是一個個體面對死亡不憂不懼的超然態度以及這種心境所帶來的人與物關係重組的至和，他無法超越一個個體眞實的情感悲哀。而莊子重在探討人與自然原生關係，「察其始而本無生，非徒無生也，而本無形，非徒無形也，而本無氣。雜乎芒芴之間，變而有氣，氣變而有形，形變而有生，今又變而之死，是相與爲春秋冬夏四時行也」。〔註 42〕認爲人本來就是「雜乎芒芴之間」的「無生」、「無形」、「無氣」狀態，只有再次回到與自然同處渾沌的原初狀態才是人生命的根本所在，這從根本上講，不是靠主體本身的精神力量去超越生死，而是靠自然同化人的生命狀態去漠視生死，究其實是以物化人，是一種化成的成就感，歸根結底是在探討一種不加

〔註 42〕《莊子・至樂》，見〔清〕王先謙撰：《莊子集解》卷五，中華書局 1987 年，第 150 頁。

入任何強制性的政治治化因素，而不是主體的自然情感狀態。從這一角度講，陶淵明在主體精神的認同上更接近阮籍。

隨著魏晉以來儒學構建的崩潰，以對個體生命的追求、依戀、珍重爲主的心理成爲人們精神生活的主要內容，但是時代不能滿足人們的精神理想，而是將一樁樁嚴酷的死亡事實擺在士人面前，於是，對生的渴望便自然而然地演化成對死亡的恐懼。生與死嚴格對立起來，生命意識的主題變成了如何逃避死亡、對抗死亡。人們骨子裏對眼前的死亡已經不是情感態度，而是對自我生命的深沉反思。所以阮籍與陶淵明在探討生的方式上又有不同，陶淵明能够坦然的對待自身的生與死，他喪親的悲哀是他情感的眞實流露，雖然是悲哀，但仍然是眞實自然的情感，沒有任何叛逆或者反抗之心緒所激發的氣結迴腸。阮籍則在情感眞實之餘，將自己對死亡、對禮教的叛逆與反抗寫在行動上。故而，面對親人的死亡，陶淵明之悲重於表達自己的情感，而阮籍之悲則重於表露自己的思想。

由此可見，陶淵明用內心的坦然與寧靜，超越了自身肉體生命的生與死的心理苦痛，既是魏晉以來對生與死問題思考與轉化的繼承與發揚，更是對魏晉以來建立在個體基礎上的主體精神的昇華。與其說陶淵明在生死觀念上繼承了老莊的「萬物與我爲一」的思想，還不如說陶淵明在對魏晉以來主體精神關注下的生命意識進行了以主體心靈爲中心的實踐，在超越與哀傷之間的陶淵明，更接近一個眞實而具有生活情感的主體，正如林語堂所說的：

> 有人也許會把陶淵明看做「逃避主義者」，然而事實上他並不是。他想要逃避的是政治，而不是生活本身。如果他是邏輯家的話，他也許會決定出家去做和尚，徹底逃避人生。可是陶淵明是酷愛人生的，他不願完全逃避人生。在他看來，他的妻兒是太眞實了，他的花園，伸過他的庭院的樹枝，和他所撫愛的孤松是太可愛了；他因爲是一個近情的人，而不是邏輯家，所以他要跟周遭的人物在一起。他就是這樣酷愛人生的，他由這種積極的、合理的人生態度而獲得他所特有的與生和諧的感覺。這種生之和諧產生了中國最偉大的詩歌。他是塵世所生的，是屬於塵世的，所以他的結論不是要逃避人生，而是要「懷良辰以孤往，或植杖而耘耔」。陶淵明僅是回到他的田園和他的家庭的懷抱裏去，結果是和諧而不是叛逆。〔註43〕

〔註43〕林語堂：《人生的愛好者，陶淵明》，中安網 http：//read.anhuinews.com/system/2005/02/01/001124163.shtml。

中國古代知識分子身上根植著儒家的深深情結，魏晉以來，這種情結遭到了外在的客觀環境的摧毀，戰爭、病疫、權力的爭執不但時時威脅著人們生的渴望，而且消解著個體作爲主體進行的實踐活動。壯志難酬的功名之心也好，對高蹈人格的理想追慕也好，理想與現實的衝突時刻制約著魏晉士人通往自己的理想王國，造成人們心靈的苦悶與人格的裂變。曹植在上述自己「戮力上國，流金石之功」的同時（《求自試表》），寫下了大量的遊仙詩；阮籍「不與世事」、「酣飲爲常」、「口不臧否人物」（《晉書・阮籍傳》），但精神上鬱鬱寡歡，《大人先生傳》中罵那些所謂名士淋漓盡致；嵇康追求自然之道，自己却成了政治集團爭鬥的祭品。恰如魯迅在《魏晉風度及文章與藥及酒之關係》中所說：「表面上毀壞禮教者，實則倒是承認禮教，太相信禮教了。」透過這一時期的詩文，我們看到的是一個個因彷徨而痛苦不堪的靈魂。陶淵明早期也經歷這樣的心路歷程，他三次出仕，以此來完成自己「遊好在六經」時期所接受的「猛志逸四海，騫翮思遠翥」的理想，但每一次都在「誤落塵網中」的苦悶中徘徊，回憶起自己「心念山澤居」的心靈嚮往，最終又一次次歸返田園。仕與隱的彷徨，正是陶淵明思想彷徨的痕迹，這是他不能發現自己潛意識中的本眞性情所致，也是他無法超越自身入世情結所致。陶淵明一次次退隱，不是因爲他的政治仕途的客觀障礙，而是因爲他自己在內心產生的裂變，是人格中的兩類因子在矛盾中衝擊的結果。他又最終找到了出路，用平和寧靜的心靈體味超越「形」與「影」的苦悶，回歸到自然宇宙的神化境界。陶淵明不但超越了物化的客體，他更能超越自己，用至和平淡的心境去找尋蘊藏在內心深處的「本我」，這就是《歸去來兮辭》中的自我發現與自我體悟：

> 歸去來兮，田園將蕪胡不歸？既自以心爲形役，奚惆悵而獨悲。悟已往之不諫，知來者之可追；實迷途其未遠，覺今是而昨非。

主體不能超越自己，眞正具有能動性，使得「心爲形役」，正是這一時期人們彷徨矛盾的病根所在。所以，用與自身潛在心靈相統一的實踐來治愈之，用平和至靜的心態來化解胸中的悵然不平，便是陶淵明爲魏晉文士找到的心靈上的治愈良方，是爲自屈原以來中國古代知識分子因彷徨在「遇」與「不遇」之間而無限痛苦的靈魂探尋到的精神家園。朱熹對陶淵明做出如下評價：「晉宋人物，雖曰尚清高，然個個要官職，這邊一面清談，那邊一面招權納貨。陶淵明眞個不要，此所以高於晉宋人物。」陶淵明這種特立獨行的「眞」，正是其「但識琴中曲，何勞弦上聲」的主體審美精神的體現。這種「不覺知有我，安知物爲貴」的物我兩忘的境界是中國傳統文化中個體自由的至高境界。

如果說與嵇康一樣，陶淵明也在尋找一種精神歸屬感，則他們的自然觀念不同，嵇康以毫無強加外力的自然觀念來對抗禮教對人性的改變，他一生都在反抗，他無法實現自己心靈的平和自然在實踐中的應用，也無法克服自己「剛腸疾惡」的性格「弱點」。而陶淵明用自己的生活實踐爲自己心靈的平和自然做出詮釋，儘管他並沒有專門陳述一種理論，他本來就是不求甚解、超越了這種專門的理論化總結的，從這個意義上說，陶淵明化解了嵇康那裏現實與理想的矛盾、形神難並的苦痛。

魏晉風流其實是魏晉士人所追求的人格精神，折射在現實生活中就是一種藝術嚮往——實踐藝術，用言行、詩文使人生藝術化。「但識琴中趣，何勞弦上聲」的灑脫正是這種藝術的集中體現。在這樣的音樂審美觀念中，不但彙集著陶淵明對客體物化形態的超越，還蘊含了主體以其心理境界超越自我、化解自我心與行之間矛盾的巨大能動性。

陶淵明對藝術觀念的實踐，爲中國古代文人找到了精神上的依託。中國古代知識分子身上根植著儒家的深深情結，自屈原以來，「遇」與「不遇」一直是困擾知識分子心靈的中心問題，兩漢文學中這一主題貫穿始終，文人朝夕之間介於「虎」與「鼠」之間的尷尬地位與他們骨子裏的儒學救世情結交互跌宕，從賈誼的《弔屈原賦》、《惜誓》、《鵩鳥賦》到司馬遷的《悲士不遇賦》，東方朔的《非有先生論》、《答客難》，王褒的《洞簫賦》等，再到趙壹的《刺世疾邪賦》、《窮鳥賦》，蔡邕的《述行賦》等，或憤怒不平，或自嘲自解，其主題都不離「士人不遇」。魏晉以來，儒家情結遭到了外在的客觀環境的摧毀，然而，風度追慕的掩飾下，個體渴望「遇」的深層心理並沒有弱化，曹植明帝年間屢屢上書、何王融通儒道的嘗試、嵇阮不事二君的叛逆，都無不烙上對「遇」之渴望與「不遇」之悲痛的隱隱痕迹。

主體的能動促使陶淵明化傳統的文學「情志」觀念爲個體「情致」，成爲魏晉以來主體認知的總結與昇華。

「詩言志」、「情動於中而形於言」是中國詩歌的傳統，強調一定要通過詩歌爲代表的文學來表達一定的「志」。儒家所強調的「三不朽」中，立言雖然占據了一定地位，但是，立言的目的却是爲了補足「德」。所以在中國古代文士那裏總有「詩言志」的情結。陶淵明也「酣觴賦詩，以樂其志」（《五柳先生傳》)，但是這種志已經超越了儒家強調的單一「情志」含義，轉變成了個體的性情與興趣。

陶淵明用「自娛」的態度去處理自己的「志」。他也將文學的創作與「示志」聯繫起來，但正如張可禮先生所言，與以往文士詩文中的具有普遍意義的情志不同，陶淵明更注重的是「示己志」，〔註44〕他的文學創作的具體場合往往與個體的心情有關，最喜歡的創作方式是「登東皋以舒嘯，臨清流而賦詩」(《歸去來兮辭》)，在個體心情舒暢歡悅的情境中創作常有發生，「談諧終日夕，觴至輒傾杯。情欣新知歡，言咏遂賦詩」(《乞食》)。在這樣的前提下創作的文學作品，也建立在自娛的基礎上。《五柳先生傳》中說「常著文章自娛，頗示己志」，《飲酒》序中指出：「余閒居寡歡，兼比夜已長，偶有名酒，無夕不飲。顧影獨盡，忽焉復醉。既醉之後，輒題數句自娛。紙墨遂多，辭無詮次。聊命故人書之，以爲歡笑爾。」文學的創作過程首先是創作主體心理的娛樂，可見其目的不一定就是爲了傳達神聖的志向，有時候也可以是生活中的「歡笑」因素。所以，諧趣在陶詩中並不少見，去朋友家喝酒稱爲「乞食」便是一例。

陶淵明的「志」不是刻意追求的人生志向，而是性情所致。在其詩文中，隨時可以發現陶淵明給自己的自畫像，研讀時候雖然不講究面面俱到但全力執著投入的心態：「開卷有得，便欣然忘食」(《與子儼等疏》)，「好讀書，不求甚解；每有會意，便欣然忘食」(《五柳先生傳》)；從事躬耕的眞實感受以及對生活的選擇態度：「種豆南山下，草盛豆苗稀。晨興理荒穢，帶月荷鋤歸。道狹草木長，夕露沾我衣。衣沾不足惜，但使願無違」；閒居時那種「悠然見南山」的嫻靜飄逸……所有這些都不是陶淵明刻意創造出來的理想生活，而是他用自己的眞心實踐的個人情趣。他闡述自己辭官的理由：「質性自然，非矯厲所得；饑凍雖切，違己交病。嘗從人事，皆口腹自役。於是悵然慷慨，深愧平生之志。」明確表明自己所實踐並在詩文中表明的志，是一種「質性自然，非矯厲所得」的本性。

這種寄託在詩文中的娛樂的欣賞態度與審美視角，已經超出了「言志」的範圍，進而轉化爲主體自身的體悟與情感表白。

從主客體的審美關係上，儒家的雅樂正聲與道家的聽「天籟」之音具有相似性。音樂雖然因給人以更爲廣闊的想像空間而具有較其它交際媒介更爲感染人的力量，但是，音樂自身也有局限性，任何樂器在表現聲音的方面都

〔註44〕張可禮：《陶淵明的文藝思想》，《文學遺產》1997年第5期，第37頁。

有局限性。在儒家所認定的古代聖王創制雅樂的時期，人們所發現的音樂表現方式十分有限，節奏與音律的變化形式以及跌宕婉轉、所使用的樂器的種類等都不可能和後來的時代相比，人們的接受能力也就僅限於這樣的表現。這樣的音樂作爲雅樂形式的規範，與後來出現雅俗樂區分時代的俗樂相比較，變化形式自然更爲有限。所以儒家從主體的接受能力出發，主張通過有限的、不超過理智接受的音樂表現方式，保持欣賞過程中清醒地選擇既定的音色、音強以及所用的樂器等，抵制「繁手淫聲」的多樣化對人的心靈的蠱惑與迷亂。道家強調「五聲令人耳聾，五色令人目盲」是認爲諸如經過改造與異化的「五聲」、「五色」在實質上都不能表達人的精神狀態，與其有，還不如沒有，借助了一定外在時空以及其它形態而表現的音樂，其實總有局限。在諸子爭鳴的時代，「五音」已經是比古聖王時期更爲發達的藝術形式，在莊子學派看，越發達多樣，越異化變態，越使人因距離自然遙遠而產生心靈的迷惑。歸根結底，儒道都是從主體的接受狀況出發，以不受迷惑的心理狀態爲目的，只是所採取的方式或爲強求節制樂器音聲或爲自然界原生狀態的樂器音聲，從而體現出表面上的不同而已。

魏晉時期的社會，理想與現實的衝突制約著魏晉士人，無論是壯志難酬的功名之心，還是對高蹈人格的理想追慕，人們在內心並不平靜。在個體的和諧與社會整體和諧的選擇中，魏晉南北朝文士的內心深處往往是徘徊不定的。陶淵明的音樂與文學審美觀念，受到了當時社會思潮的影響，與儒道兩家都有不同。探尋精神理想境界，只有主體超越了這種具有物質屬性的音聲形式，才能使精神之和上昇到不惑的狀態，這就是陶淵明所實踐著的不「勞弦上聲」，靠主體內心的平和寧靜去面對錯綜複雜的音樂世界、文學創作和多樣而有限的生活世界。這種超越了藝術外形、超越物化形態甚至生命存在的方式，是中國古代音樂與文學關係的契合點，也是藝術生命與個體人格在超越表達形式的前提下奏響的和諧之音。從這一角度言，陶淵明的音樂與文學觀念在體現其個體人格精神方面是高度一致的，這是魏晉南北朝時期人的精神發展的昇華。

結　語

探尋美與和諧是中國傳統文化發展中永恒的主題，由其樸素的認知開始，就充滿了關心人、尊重人的成分，這也是中國傳統文化生生不息的主要動因之一。魏晉前以社會整體和諧狀態的追求爲主，禮與德成爲規範社會思潮與個體行爲的絕對準則，文學與音樂也落入了這種羈絆，最爲明顯的就是「發乎情，止乎禮義」的文藝觀念的滋生：唯有在音律節奏上具有一定規範的禮樂才可稱爲「樂」，而超出這一接受範圍的則只能稱爲「音」或「聲」；文學作品評價的基本標準也必須以此爲首要條件，即便是充滿了奇瑰想像的漢賦，也必須「引之節儉」才被肯定。魏晉南北朝文藝觀念的更新與變遷最受關注之處在於對從個體出發的人的精神內在和諧的追尋，這一時期的人「向自己的眞性情、眞血性裏掘發人生的眞意義、眞道德」。〔註 1〕從社會整體和諧與美的追求到個體內在和諧與美的追求，既是帶動時代文藝思潮發生轉向的動力，更是人對自身與社會關係認知的完善，這是中國古代樸素審美所具有的特質。

魏晉南北朝文學對音樂的接受正是這一轉換的微觀歷程之一。從表面上，這一時期的文學與音樂從形式上不如原生狀態那樣渾然黏著，從表現的手段和借助的媒介上都有了較爲明顯的區別，但實際上，作爲主體的人在沿著和諧理想而延伸的審美視野下，對音樂與文學關係的認知並沒有因它們外在形式的分化而有所改變。同樣，魏晉南北朝文學創作和文學理論研究的繁榮程度遠遠勝過了音樂，也並不意味著音樂由此而走向了衰落，而是把音樂

〔註 1〕宗白華著：《美學散步》，人民文學出版社 1981 年版，第 223 頁。

對人與社會關係的反思精神逐步融入到日益走向獨立的文學中。從創作實踐中維護並昇華這種個體內部的和諧之美，以及在世俗化的薰染中引發人的精神變異，這是文學創作主體在接受音樂過程中產生的兩個極端。由此，反映到文學作品中，便有了審「美」與審「色」的區別。

在個體的和諧與社會整體和諧的選擇中，魏晉南北朝文士的內心深處又往往是矛盾的，已經根植了儒家思想的文士努力尋找到社會整體和諧理想與個體內心和諧理想契合的途徑，期待以此來化解理想與現實的衝突，反而造成了自身人格的分裂，即使魏晉時期作爲「越名教而任自然」先鋒的嵇康也未能逃離這一矛盾的羈絆。陶淵明用平和至靜的心態來化解胸中的悵然不平，既爲自身人格的分裂找到了藥方，也爲魏晉文士找到了安頓靈魂的精神家園。從這一角度言，嵇康是魏晉南北朝時期人的精神發展歷程的縮影，而陶淵明則是歸宿與昇華。

選擇文學對音樂的接受，就是想在探尋二者關係的基礎上，找到二者在審美視角上的共性，探究欣賞主體在精神領域中的發展與變遷。文學獨立，其與音樂的關係呈游離狀，但在表達個體自由與時代主體精神方面，二者高度契合。從形式上各自獨立的游離到表達主體精神的契合之間，這一時期的文學從創作生發、審美期待、理論表述、欣賞選擇、風格形成等方面，都無不受到音樂的影響。

主要參考文獻

論著部分

1. 陳廣忠譯注：《淮南子》，中華書局 2012 年版。
2.〔梁〕蕭統編，〔唐〕李善注：《文選》，上海古籍出版社 1986 年版。
3.〔梁〕徐陵編，〔清〕吳兆宜注：《玉臺新詠》，中華書局 1985 年版。
4.〔南朝宋〕劉義慶，余嘉錫箋疏：《世說新語箋疏》，上海古籍出版社 1993 年版。
5.〔梁〕劉勰撰，周振甫譯注：《文心雕龍今譯》，中華書局 1986 年版。
6.〔梁〕鍾嶸著，張朵、李進栓注譯，徐正英審定：《詩品》，中州古籍出版社 2010 年版。
7.〔唐〕段安節：《樂府雜錄》，古典文學出版社 1958 年版。
8.〔宋〕王應麟：《玉海》江蘇古籍出版社，上海書店 1988 年影印本。
9.〔宋〕李昉等編：《文苑英華》，中華書局 1966 年影印本。
10.〔宋〕陳暘：《樂書》，文淵閣四庫全書本。
11.〔宋〕張敦頤：《六朝事迹編類》，上海古籍出版社 1995 年版。
12.〔明〕胡應麟：《詩藪》，上海古籍出版社 1979 年版。
13.〔清〕郭慶藩：《莊子集釋》，王孝魚點校，中華書局 1961 年版（新編諸子集成）。
14.〔清〕嚴可均輯：《全上古三代秦漢三國六朝文》，中華書局 1958 年版。
15.〔清〕沈德潛：《古詩源》，中華書局 1963 年版。
16.〔清〕劉熙載：《藝概》，上海古籍出版社 1978 年版。
17.〔清〕阮元校刻：《十三經注疏》，中華書局 1980 年版。
18.〔清〕何文煥輯：《歷代詩話》，中華書局 1981 年版。

19. 丁福保輯：《歷代詩話續編》，中華書局 1983 年版。
20. 逯欽立輯校：《先秦漢魏晉南北朝詩》，中華書局 1983 年版。
21. 丘瓊蓀：《歷代樂志律志校釋》，人民音樂出版社 1999 年版。
22. 羅根澤：《樂府文學史》，東方出版社 1998 年版。
23. 黃節：《漢魏樂府風箋》，人民文學出版社 1958 年版。
24. 蕭滌非：《樂府詩詞論叢》，齊魯書社 1985 年版。
25. 王運熙：《樂府述論》，上海古籍出版社 1996 年版。
26.《樂府詩研究論文集》，作家出版社 1957 年版。
27. 蕭滌非：《漢魏六朝樂府文學史》，人民文學出版社 1984 年版。
28. 錢志熙：《漢魏樂府的音樂與詩》，大象出版社 2000 年版。
29. 劉再生：《中國古代音樂史簡述》，人民音樂出版社 1989 年版。
30. 中央音樂學院中國音樂研究所：《中國古代音樂史料輯要》，中華書局，1962 年版。
31. 鄭祖襄：《中國古代音樂史學概論》，人民音樂出版社 1998 年版。
32. 朱謙之：《中國音樂文學史》，北京大學出版社 1989 年版。
33. 黃翔鵬：《傳統是一條河流》，人民音樂出版社 1990 年版。
34. 黃翔鵬：《溯源探流——中國傳統音樂研究》，人民音樂出版社 1993 年版。
35. 黃翔鵬：《中國人的音樂和音樂學》，山東文藝出版社 1997 年版。
36. 蔡仲德：《中國音樂美學史資料注譯》，人民音樂出版社 1990 年版。
37. 修海林：《中國古代音樂美學》，福建教育出版社 2004 年版。
38. 陳元鋒：《樂官文化與文學——先秦詩歌式的文化巡禮》，山東教育出版社 1999 年版。
39. 修海林：《古樂的沉浮》，山東文藝出版社 1997 年版。
40. 王昆吾：《隋唐五代燕樂雜言歌辭研究》，中華書局 1996 年版。
41. 趙敏俐等：《中國古代歌詩研究——從〈詩經〉到元曲的藝術生產史》，北京大學出版社 2005 年版。
42. 逯欽立：《漢魏六朝文學論集》，陝西人民出版社 1984 年版。
43. 羅根澤：《羅根澤古典文學論文集》，上海古籍出版社 1985 年版。
44. 陸侃如：《陸侃如古典文學論文集》，上海古籍出版社 1987 年版。
45. 胡適：《白話文學史》，東方出版社 1996 年版。
46. 曹道衡，沈玉成：《南北朝文學史》，人民文學出版社 1991 年版。
47. 羅宗強：《魏晉南北朝文學思想史》，中華書局 1996 年版。
48. 曹道衡，劉躍進：《南北朝文學編年史》，人民文學出版社 2000 年版。

49. 劉躍進：《玉臺新詠研究》，中華書局 2000 年版。
50. 張可禮：《東晉文學繫年》，山東教育出版社 1992 年版。
51. 陸侃如：《中古文學繫年》，人民文學出版社 1985 年版。
52. 王瑤：《中古文學史論》，北京大學出版社 1998 年版。
53. 劉師培：《中古文學論著三種》，遼寧教育出版社 1997 年版。
54. 劉躍進：《永明文學研究》，文津出版社 1992 年版。
55. 劉躍進等：《中國古代文學通論・魏晉南北朝卷》，遼寧人民出版社 2005 年版。
56. 王昆吾：《中國早期藝術與宗教》，東方出版社 1991 年版。
57. 劉大杰：《魏晉思想論》，林東海導讀，上海古籍出版社 1998 年版。
58. 劉志偉：《魏晉文化與文學論考》，甘肅人民出版社 2002 年版。
59. 王玫：《建安文學接受史論》，上海古籍出版社 2005 年版。
60. 袁行霈：《陶淵明研究》，北京大學出版社 1997 年版。
61. 宗白華：《美學散步》，上海人民出版社 1981 年版。
62. 〔德〕H.R.姚斯：《接受美學與接受理論》，〔美〕R.C.霍拉勃，周寧、金元浦譯，遼寧人民出版社 1987 年版。
63. 朱立元：《接受美學》，上海人民出版社 1989 年版。
64. 袁濟喜：《六朝美學》，北京大學出版社 1989 年版。
65. 袁濟喜：《古代文論的人文追尋》，中華書局 2002 年版。
66. 袁濟喜：《中國古代文論精神》，山西教育出版社 2005 年版。
67. 修海林、李吉提：《中國音樂的歷史與審美》，中國人民大學出版社 1999 年版。
68. 饒宗頤：《澄心論萃》，上海文藝出版社 1996 年版。
69. 〔德〕黑格爾：《美學》，朱光潛譯，商務印書館 1981 年版。
70. 〔法〕丹納：《藝術哲學》，傅雷譯，人民文學出版社 1981 年版。
71. 〔德〕格羅塞：《藝術的起源》，蔡慕輝譯，商務印書館 1998 年版。
72. 朱光潛：《西方美學史》，人民文學出版社 1979 年版。

論文部分

1. 《魏晉時期的〈詩經〉解讀》，蔣方，《文學評論》，2000 年第 4 期，84 頁～92 頁。
2. 《魏晉文學理論發展述略》，張文勛，《雲南民族大學學報》，2005 年 5 月第 3 期，124 頁～131 頁。
3. 《關於加強中國詩歌與音樂關係研究的幾點思考》，趙敏俐，《文藝研究》2002 年第 4 期，97 頁～99 頁。

4.《略論魏晉南北朝時期音樂與文學的關係》，張伯偉，《文學評論》，1999年第3期，126頁～134頁。
5.《詩樂關係之我見》，洛地，《文藝研究》2002年第三期，108頁～110頁
6.《論永明體的產生於音樂之關係》，吳相洲，《文藝研究》，2002年第三期，19頁～121頁。
7.《琴音與詩意——試論魏晉時期音樂與文學的相互關係》，王一涵，《理論界》，2003年第六期，41頁～42頁。
8.《〈文選〉音樂賦創作程序與美學意蘊發微》，劉志偉，《西北師大學報》，1996年9月第5期，21頁～25頁。
9.《從音樂意象看魏晉時歌與音樂的關係》，劉志偉，《蘭州大學學報》1995年第二期，116頁～122頁。
10.《從音樂意象看阮籍文學創作與音樂的關係》，劉志偉，《西北師大學報》，1992年第6期。
11.《古典詩學中「清」的概念》，蔣寅，《中國社會科學》，2000年1期，146頁～157頁。
12.《六朝樂舞賦評述》，於浴賢，《漳州師範學院學報》，2000年第三期，50頁～56頁。
13.《論魏晉風度與琴及音樂之關係》，許濤，《東嶽論叢》，1999年5月第三期，85頁～88頁。
14.《論阮籍善嘯》，范子燁，《北方論叢》，1999年第2期，44頁～50頁。
15.《南北朝及隋代樂府官署演變考》，劉懷榮，《社會科學戰線》，2002年第5期，98頁～102頁。
16.《論永明體的產生與音樂之關係》吳相洲，《文藝研究》2002年第4期，第119頁～121頁。
17.《論鄴下後期宴集活動對建安詩歌的影響》，劉懷榮，《文學遺產》2005年第2期，78頁～87頁。
18.《中國古代歌詩藝術生產與消費的基本方式》，趙敏俐，《江海學刊》，2005年第3期，163頁～171頁。
19.《永明體的產生與佛經轉讀關係再探討》，吳相洲，《文藝研究》，2005年第3期，62頁～69頁。
20.《家樂盛衰演變的軌迹及其對中國音樂文學的重大影響》，劉水雲，文藝研究，2007年3期。
21.《音樂與文學的共生與相成》，尚學鈺，《飛天》，2011 年 24 期，41～42頁。
22.《論音樂與文學作品的相伴共生性》，段建新，《作家雜誌》，2011年1期，239～140頁。

23.《音樂美學中音樂與文學的共同性》，王蓮杰，《文藝評論》2011 年 2 期，145 頁。
24.《唐代音樂制度與文學的關係》，左漢林，《文學評論》，2010 年 3 期。
25.《禮樂張力下的音樂體認》，李宏峰，中國藝術研究院 2007 年博士論文。